Elke Ottensmann

Ein Auto voller Blumen

Geschichten für zwischendurch

Elke Ottensmann

Ein Auto voller Blumen

Geschichten für zwischendurch

SCM Hänssler

SCM

Stiftung Christliche Medien

© der deutschen Ausgabe 2013
SCM Hänssler im SCM-Verlag GmbH & Co. KG • 71088 Holzgerlingen
Internet: www.scm-haenssler.de • E-Mail: info@scm-haenssler.de

Soweit nicht anders angegeben, sind die Bibelverse
folgender Ausgabe entnommen:
Lutherbibel, revidierter Text 1984, durchgesehene Ausgabe in neuer
Rechtschreibung 2006, © 1999 Deutsche Bibelgesellschaft, Stuttgart.
Weiter wurden verwendet:
NLB: Neues Leben. Die Bibel, © der deutschen Ausgabe 2002 und 2006
SCM R.Brockhaus im SCM-Verlag GmbH & Co. KG, Witten.
EU: Einheitsübersetzung der Heiligen Schrift,
© 1980 Katholische Bibelanstalt, Stuttgart.
GNB: Gute Nachricht Bibel, revidierte Fassung, durchgesehene Ausgabe in
neuer Rechtschreibung, © 2000 Deutsche Bibelgesellschaft, Stuttgart.

Umschlaggestaltung: Jens Vogelsang, Aachen
Titelbild: fotolia.com
Satz: Ronald Parusel, Sigmaringen
Druck und Bindung: CPI – Ebner & Spiegel, Ulm
Gedruckt in Deutschland
ISBN 978-3-7751-5554-0
Bestell-Nr. 395.554

Inhalt

Die Sonne
scheint schon!

Mama, darf ich mal aus dem Fenster schauen?«, ruft unsere kleine Tochter Steffi aufgeregt. Wir haben unsere erste Nacht auf dem Kreuzfahrtschiff verbracht. Während wir schliefen, wurden wir sanft schaukelnd von Genua nach Civitavècchia befördert. Nun liegen wir in unseren Kabinenbetten; das einzige Bullauge in unserer Kabine wird von lichtundurchlässigen Vorhängen verdunkelt.

»Es ist sicher noch sehr früh«, denke ich. »Unser Wecker hat ja noch nicht einmal geklingelt.« Wir haben eine Ausflugstour nach Rom gebucht und müssen uns bereits um 7.15 Uhr in der Club Lounge auf Deck 7 einfinden, von wo aus wir mit unserer Reisegruppe zum Bus geleitet werden. Aber ich weiß ja genau, dass mein Mann den Wecker auf 6.00 Uhr gestellt hat und bin sicher, dass wir noch viel Zeit haben, bevor wir aufstehen müssen.

Als Steffi den Vorhang zur Seite schiebt, wird unsere Kabine in gleißendes, grelles Licht getaucht. »Die Sonne scheint schon!«, verkündet sie daraufhin fröhlich. »Wann geht hier wohl die Sonne auf?«, frage ich mich schlaftrunken, während ich zu meiner Armbanduhr greife. Der Schreck durchfährt meinen gesamten Körper, als ich begreife, dass es tatsächlich bereits 7.05 Uhr ist! Ein unfeines Wort entschlüpft meinem Mund, während mein Mann und ich aus dem Bett springen. Keine Zeit für Frühstück, keine Zeit für gar nichts. Stress pur! Wir greifen nach den nächstbesten Kleidern und sind froh, dass Steffi sich schon ganz allein anzieht, was sie auch sehr geschmackvoll tut. Schnell noch die beiden großen Kinder anrufen, die eine eigene Kabine haben und sich darauf verlassen hatten, dass wir sie rechtzeitig wecken würden. Irgendwie schaffen wir es alle fünf, dass wir um 7.20 Uhr am Treffpunkt sind. Die Gruppe ist noch da; mein Mann rennt los, um am Frühstücksbuffet wenigstens noch etwas Obst für die beinahe zweistündige Busfahrt nach Rom zu besorgen. Ich bin froh, am gestrigen Abend immerhin eine Tasche mit Sonnencreme, Hüten und Pässen sowie etwas Geld gepackt zu haben. Während wir darauf warten, von Bord gehen zu dürfen, trällert Udo Jürgens aus dem Lautsprecher das Lied: »Wir haben alles im Griff auf dem sinkenden Schiff.«

In Gedanken bin ich immer noch bei Steffis Worten: »Die Sonne scheint schon!« Hätte ich das nicht selbst merken müssen? Immerhin war ich vor ihrem erfreuten Ausruf auch schon einmal wach gewesen und hätte selbst einmal den Vorhang beiseiteschieben können. Doch zu sehr hatte ich mich auf den Wecker verlassen, der uns nun kläglich im Stich gelassen hatte. Oder vielleicht wollte ich gar nicht herausfinden, ob die Sonne schon schien, und wollte im wahrsten Sinne des Wortes vor der Realität die Augen verschließen. Dabei ging es mir überhaupt nicht um den Sonnenschein, sondern um die für Urlaub viel zu frühe Morgenstunde. Immerhin hatten wir uns wochenlang danach gesehnt, endlich die warme Sonne zu spüren, uns darauf gefreut, dem kühlen, verregneten Sommer in Deutschland für ein paar Tage zu entfliehen. Der überwiegend graue Himmel während der Ferienzeit war zu Hause bereits vielen Menschen aufs Gemüt geschlagen. Schade eigentlich, dass wir uns doch oft die Stimmung verderben lassen, wenn wir schlechtes Wetter haben. Die Kinder leben uns auch hier vor, wie es anders gehen kann: Da wird keine Regenpfütze ausgelassen, um hineinzuspringen, mit dem Fahrrad durchzufahren oder gar Papierboote darauf schwimmen zu lassen. Man kann ja eigentlich jedem Wetter etwas Positives abgewinnen, doch manchmal ist der Hunger nach Sonne und Wärme einfach größer ...

Und noch etwas: Allzu schnell vergessen wir angesichts des grauen Himmels und der Regenwolken, dass die Sonne trotzdem scheint! Sie scheint den ganzen Tag, auch wenn wir sie nicht sehen, als wolle sie uns strahlend zurufen: »Das Schönste kommt noch! Nur Geduld.« Die Sonne steht im wahrsten Sinne des Wortes über den Wolken! Ja, sie scheint selbst dann weiter, wenn sie für uns untergegangen ist. Wir können sie dann mit unserem begrenzten Horizont nur nicht mehr sehen. Doch sie scheint weiter, geht für andere Menschen auf, erhellt ihren Tag und schenkt ihnen neue Wärme. Tag für Tag, Jahr für Jahr. Solange wir leben.

Der Reiseleiter beendet meine Grübelei, indem er uns freundlich auffordert, uns zum Ausgang zu begeben. Und wir werden einen sonnenreichen Tag in Rom verbringen.

Der Blick aus
meinem Küchenfenster

Was sehen Sie, wenn Sie aus Ihrem Küchenfenster (sofern Sie eines haben) blicken? Blicken Sie ins Grüne oder haben Sie vor Ihrer Küche eine Straße und können den Verkehr beobachten? Können Sie bei Ihrem Nachbarn hineinschauen oder sehen Sie vielleicht nur die nächste Hauswand vor sich? Oder haben Sie eine Kellerwohnung, aus der Sie überhaupt nicht viel sehen können? Vielleicht wohnen Sie aber auch weit oben in einem Hochhaus mit Sicht auf die ganze Stadt?

Wenn ich aus meinem Küchenfenster schaue, habe ich jedes Mal das Gefühl, ein Brett vor dem Kopf zu haben, denn ich sehe nichts als eine Holzwand vor mir. Das war nicht immer so. Bevor die Wand errichtet wurde, hatte ich einen wunderschönen Blick auf den Garten unseres Nachbarn. Es war, als blickte ich auf eine Parklandschaft. Selbst das Spülen des Geschirrs war entspannend, denn ich konnte dabei meinen Blick über den wunderschönen Garten schweifen lassen und das satte Grün der Wiese sowie die bunten Farben der Blumenrabatte genießen. Dabei gab es für mich immer Neues zu entdecken, denn auch viele Tiere erfreuten sich an diesem schönen Garten. Zahlreiche Bienen, Hummeln und Schmetterlinge flogen zu den Blumen ein und aus, viele Vögel machten es sich in dem großen Kirschbaum gemütlich und brüteten ihre Eier in den dafür aufgehängten Nistkästen. Gelegentlich schlenderte ein Igel am helllichten Tag vorbei, oder die Katze des Nachbarn sonnte sich auf der Gartenbank und beobachtete dabei gespannt die Vögel im Baum. An dem kleinen Gartenteich quakten Frösche und Libellen schwirrten herum. Sogar ein Entenpärchen verirrte sich ab und zu dorthin und machte Rast auf dem kleinen Gewässer. Der Blick aus meinem Küchenfenster war eine Augenweide und ich sah oft hinaus, egal ob ich abwusch, Gemüse schnippelte oder Kartoffeln schälte. Doch eines Tages setzte unser Nachbar seinen Plan in die Tat um, für sein Wohnmobil eine Garage zu errichten. Immerhin erzählte er mir von seinem Vorhaben, auch dass er die Wände aus Holz und nicht aus Beton machen würde. Ihm war bewusst, dass ich von nun an aus meinem Küchenfenster auf eine Wand schauen würde, nicht aber, was mir damit genommen wurde. Die Garagenwand wurde hoch, schließlich musste ja sein Wohnmobil hineinpassen. Die herrliche Aussicht auf ein kleines Fleckchen Paradies wurde durch eine meterhohe Holzwand verbaut. Heute kann ich nur noch erahnen, was sich hinter dieser Wand wohl gerade abspielt. Leider habe ich keinen Röntgenblick oder eine Brille, die es mir ermöglicht, einfach durch das Holz hindurchzusehen. Ich fühle mich in meiner Sichtweite eingeschränkt und mein Blickfeld stößt schnell auf eine Grenze. Selbst mit der blühendsten Fantasie lässt sich diese Wand nicht wegdenken. Sie ist nun da und ich muss mich damit abfinden und mich daran gewöhnen, bei dem Blick aus meinem Küchenfenster Bretter vor dem Kopf zu haben, die gleichzeitig meine Küche ein wenig dunkler machen.

Wer der Redewendung gemäß »ein Brett vor dem Kopf« hat, der ist vorübergehend etwas begriffsstutzig oder hat ein »Blackout«. Die Augen sind einem sozusagen für etwas verschlossen, das normalerweise eigentlich ganz klar und eindeutig ist. Wenn einem tatsächlich die Aussicht auf etwas genommen wird, worauf man sich vielleicht gefreut hat und womit man fest gerechnet hat, macht sich Enttäuschung breit. Dann ist man gefordert, seinen Blick auf etwas anderes zu lenken und eine neue Perspektive zu gewinnen. Meine Aussicht ist nun zwar verbaut, wenn ich aus meinem Küchenfenster schaue, aber ich habe noch andere Fenster, aus denen ich blicken kann. Und wenn es etwas dunkel wird, können wir ein Licht anschalten oder eine Kerze anzünden. Oder wir können versuchen, uns der Sonne zuzuwenden.

In unserem Leben stoßen wir immer wieder auf Grenzen. Grenzen, die von anderen errichtet werden, aber ebenso kommen wir auch immer wieder an unsere eigenen Grenzen: wenn wir unsere Möglichkeiten ausgeschöpft haben oder wenn wir am Rande unserer Kraft sind, gilt es, die Grenzen zu beachten und nicht zu ignorieren. Eine Grenze zwingt uns dazu, zu handeln: indem wir andere Wege einschlagen oder uns helfen lassen. Wer an eine Grenze stößt, muss zunächst einmal langsamer werden und innehalten. Wenn es an dieser Grenze gar nicht weitergeht, müssen die Schritte geändert und in andere Bahnen gelenkt werden. Dies fällt oft schwer, denn neue Wege bringen Veränderungen mit sich, die wir uns vielleicht nicht gewünscht haben. Doch solange wir Leben in uns haben, geht es weiter. Wir sind gut beraten mit den Worten Davids in Psalm 37, Vers 5: »Befiehl dem Herrn deine Wege und hoffe auf ihn, er wird's wohl machen.«

Gott meint es gut mit uns, wir dürfen auf ihn hoffen. Das ist tröstlich, vor allem dann, wenn wir wieder einmal ein Brett vor dem Kopf haben und den Wald vor lauter Bäumen nicht mehr sehen. Unser Lebensweg geht weiter, auch wenn er uns noch so verschlungen erscheint. Wir müssen nicht wissen, wohin er uns führt. Aber wir müssen weitergehen, Schritt um Schritt. Egal, in welcher Situation wir uns gerade befinden, ob uns die Aussicht auf etwas Herrliches genommen wurde, ob uns die Sicht versperrt wurde oder eine Wand vor uns errichtet wurde: Gott wird es wohl machen. Er sieht unseren Weg schon längst vom anderen Ende her.

Hedwig von Redern hat dies vor mehr als hundert Jahren wunderbar beschrieben:

»Weiß ich den Weg auch nicht, du weißt ihn wohl; das macht die Seele still und friedevoll. Ist's doch umsonst, dass ich mich sorgend müh, dass ängstlich schlägt das Herz, sei's spät, sei's früh. Du weißt den Weg ja doch, du weißt die Zeit, dein Plan ist fertig schon und liegt bereit. Ich preise dich für deiner Liebe Macht, ich rühm die Gnade, die mir Heil gebracht. Du weißt, woher der Wind so stürmisch weht, und du gebietest ihm, kommst nie zu spät; drum wart ich still, dein Wort ist ohne Trug. Du weißt den Weg für mich, das ist genug.«[1]

---

[1] Hedwig von Redern. Weiß ich den Weg auch nicht. Evangelisches Gesangbuch, Ausgabe für die Evangelische Landeskirche in Württemberg 1996, Nr. 624.

Aufwind

Die Luft war angenehm mild, dafür dass wir uns auf über 2 000 Metern Höhe befanden. Mein Mann und ich waren am frühen Morgen im Tal losgegangen, um zur Mittagszeit den Gipfel zu erreichen. Dankbar für die Alm, die uns nach dem anstrengenden Marsch nach oben dort erwartete, hatten wir uns mit Ziegenmilch und frischem Bergkäse gestärkt. Nun saßen wir auf der Terrasse und genossen die Aussicht. Das Bergpanorama um uns herum war überwältigend, genauso wie der Blick ins Tal hinunter. Die Sonne schien aus einem strahlend blauen Himmel, an dem ein paar weiße Schäfchenwolken sanft und langsam hinzogen. Ein warmes Lüftchen wehte uns aus dem Tal entgegen. Wir hatten noch etwas Zeit, bevor wir uns wieder an den Abstieg machen wollten und beobachteten einen Adler dabei, wie er hoch über uns seine Kreise zog. Er hatte offensichtlich guten Aufwind, denn schnell schraubte er sich höher und höher, bis wir ihn nur noch als einen kleinen Punkt am Himmel ausmachen konnten. Wir überlegten gerade, wie schön das sein musste, so frei und unbeschwert durch die Lüfte zu segeln, als direkt hinter uns plötzlich ein dumpfer Aufschlag zu hören war. Als wir uns umdrehten, sahen wir einen Drachenflieger, der kurz nach seinem Start ein Stück weiter oben am Hang ziemlich unsanft gelandet war. Die nächste Stunde verbrachten wir damit, ihn bei seinen etwas unbeholfenen Flugversuchen zu beobachten. Immer wieder versuchte er, den richtigen Moment abzupassen, um mit dem warmen Aufwind aus dem Tal abzuheben. Da der Wind öfters unverhofft drehte und plötzlich zum Gegenwind wurde, scheiterten mehrere seiner Versuche. Immer wieder fiel er gleich nach dem Start wie ein Stein nach unten an den Hang, noch bevor er richtig abgehoben hatte. Für uns war das spannend, für ihn sicher nicht ganz ungefährlich. Per Funkgerät war er in Kontakt mit seinen Kameraden, die vor ihm erfolgreich abgehoben hatten und bereits in luftiger Höhe segelten. Doch dann war der richtige Augenblick endlich gekommen: der Mann rannte mit seinem Drachenflieger los, steil den Berg hinunter, um dann gekonnt den Absprung zu wagen und abzuheben, um sich gleich darauf in die für einen Hängegleiter typische Liegeposition zu begeben. Die aufsteigende Thermik nahm ihn mit nach oben. Nun schraubte auch er sich in engen Kreisbahnen immer höher, ähnlich dem Adler, den wir zuvor beobachtet hatten. Schließlich hatte er gut und gerne eine Höhe von 4 000 Metern erreicht und war für das bloße Auge kaum noch zu erkennen.

Für uns, die wir keinerlei Erfahrung mit Drachensegeln haben, erscheint das ein gewagtes Abenteuer zu sein. Wie schnell könnte man dabei auf die Nase fallen oder, noch schlimmer, ganz abstürzen. Wir sind abhängig vom richtigen Wind zur richtigen Zeit und es braucht sicherlich viel Erfahrung und Übung, bevor man sich in diese gewaltigen Höhen schwingen kann, ganz zu schweigen von guten Nerven. Doch ohne Aufwind hätten auch die Vögel ihre Schwierigkeiten damit, sich so hochzumanövrieren, dass sie selbst über den Berggipfeln kreisen können.

Aufwind – wir alle brauchen ihn, auch wenn wir mit unseren Füßen am Boden bleiben. Um nicht stehen zu bleiben, ist es wichtig, dass wir uns immer wieder antreiben lassen oder auch neue Richtungen einschlagen, je nachdem, wohin der Wind sich dreht. Durch Aufwind erhalten wir eine neue Blickrichtung und können die Dinge aus einer anderen Perspektive betrachten. Aufwind in unserem Leben kann aus allen möglichen Richtungen kommen: Manchmal reicht ein Lächeln oder ein ermutigendes Wort, manchmal bedarf es einer stärkeren Brise wie professionelle Hilfe durch Ärzte oder auch Beratern aus den verschiedensten Bereichen. Die Vielfalt hierbei ist beinahe unerschöpflich: Gesundheit, Finanzen, Ernährung, beruflicher Werdegang, Ehe, Erziehung, Seelsorge, um nur einige zu nennen. Frischen Wind in die Segel zu bekommen, gibt uns neuen Schwung im Leben und ermöglicht uns, unser Ziel schneller zu erreichen.

Manchmal müssen wir danach suchen und wie der Drachenflieger den richtigen Moment abwarten. Wenn wir uns dann von dem warmen Aufwind mitnehmen lassen, können wir uns stetig immer weiter nach oben tragen lassen. Dann spüren wir auf einmal Abstand, können vieles ganz anders überblicken und neuen Mut schöpfen. Wir können zwar weder die Windstärke noch seine Richtung beeinflussen, aber wir können lernen, uns nach dem Wind zu richten und ihn zu unserem Vorteil zu nutzen. Richten wir dann unseren Blick nach oben, sehen wir den Himmel und sind ihm ein Stückchen näher gekommen.

Der meteorologische Aufwind ist ein Phänomen und kann sich unverhofft und plötzlich drehen oder abflauen und auf der anderen Seite des Hanges als Abwind wieder nach unten drücken. Wir haben aber noch einen anderen Aufwind in unserem Leben. Einen Wind, der nicht aufhört, uns lau und mild entgegenzuwehen. Es steht uns frei, diese Thermik zu nutzen! Jesaja beschreibt diesen Wind in Kapitel 40, Vers 31: »Aber die auf den Herrn harren, kriegen neue Kraft, dass sie auffahren mit Flügeln wie Adler, dass sie laufen und nicht matt werden, dass sie wandeln und nicht müde werden.«

... Damit auch wir uns wieder wie ein Adler in die Lüfte schwingen können.

Neulich im Park

E in milder Herbstwind bewegte die Zweige und Äste der Bäume im Park. Leise raschelten die noch hängenden bunten Blätter oder segelten sanft auf die Erde. Die Nachmittagssonne wärmte mit erstaunlicher Kraft die Luft und brachte die bunten Herbstblätter zum Leuchten. Der Park zeigte sich an diesem sonnigen Herbsttag noch einmal von seiner schönsten Seite. In den Beeten blühten Dahlien, Astern, Chrysanthemen und Rosen in leuchtenden Farbtönen. Auf dem kleinen See schwammen Enten und auch ein paar Schwäne zogen ihre Kreise. Am Ufer hatten Kinder ihre Freude daran, die Tiere mit Brotstückchen zu füttern. Sie merkten nicht, dass sie dabei von einem freundlichen alten Herrn beobachtet wurden, der auf einer Parkbank saß. Während er den Kindern zuschaute, wanderten seine Gedanken zurück in seine eigene Kindheit, wie er selbst als kleiner Junge an genau demselben See die Enten gefüttert hatte. Er lächelte bei der Vorstellung, dass sich manche Dinge wohl nie änderten.

Jäh wurde er plötzlich aus seinen Gedanken gerissen und in Sekundenschnelle in die Gegenwart zurückgeholt, denn in diesem Augenblick ließ sich ein großer, hagerer Junge neben ihm auf die Bank plumpsen. Der alte Mann musterte den Jungen von der Seite und schätzte ihn auf höchstens 15 Jahre. Bei genauerem Hinsehen fielen ihm zwei herunterhängende Kabel auf, die ihren Anfang in Form von zwei Stöpseln in beiden Ohren des Jungen nahmen und schließlich in einem kleinen grauen Gerät endeten. Da nun auch der Jugendliche zu ihm herüberblickte, tippte der alte Mann kurz mit der Hand an seinen Hut und grüßte ihn mit den Worten: »Guten Tag, junger Mann.« Dieser grüßte zurück: »Hi«, und fuhr damit fort, mit seinen Beinen rhythmisch einen Takt zu klopfen.

Der alte Mann war nun neugierig geworden und begann ein Gespräch: »Was hast du denn da für einen Apparat in der Hand? Hörst du damit Musik?« Der Junge nahm die Stöpsel aus den Ohren und fragte: »Was haben Sie gesagt?« Der Mann wiederholte geduldig seine Frage und erfuhr von dem Jungen: »Das ist ein iPod. Und ja, ich höre damit Musik.« Er wollte sich gerade die Stöpsel wieder in seine Ohren stecken, als aus seiner Hosentasche ein lautes Lachen erklang. Mit großen Augen sah der alte Mann dem Jungen dabei zu, wie er einen weiteren kleinen Apparat hervorholte. »Das ist bestimmt ein Handy«, dachte der Mann für sich, denn er hatte sich erst kürzlich von seinem Sohn davon überzeugen lassen, sich ein eigenes Handy anzuschaffen. Für den Notfall, wie er sich selbst gut zuredete, denn ganz eingesehen hatte er die Notwendigkeit dieser Anschaffung nicht. Doch nun konnte er nicht umhin, seinem jungen Banknachbarn bei dessen Telefongespräch zuzuhören. Mit wachsender Verwunderung versuchte er, sich einen Reim aus dem Kauderwelsch zu machen: »Ich sitze gerade im Park und chille.« – »Nee, wie cool is'n das? Klar komme ich am Samstag auf die Party.« – »Ach der Henrik, der ist doch ein Assi, noch dazu ein Mof. Mit dem will doch niemand abhängen. So einen Tafelglotzer finde ich vollpanne.« – »Ja, die Laura hängt doch nur mit den anderen

19

Emos zusammen, das sind so richtige Partybremsen.« – »Der Test heute Morgen war voll daneben. Nicht mal eine Gehirnprothese durfte man benutzen! Ist doch klar, dass dieser Nerd als Erster fertig war. So ein Hirni. Abschreiben hat er mich mal wieder nicht lassen.« – »Ja, heute Abend können wir noch zusammen zocken und uns die neue Minecraft-Version runtersaugen. Meine Mutter wird zwar wie immer stressen, aber sie ist nun mal ein Motzkeks.« – »Mann, das ist ja oberaffengeil! Wie lollig! Bringst du die CD morgen mit in die Schule?« – »Okay, bis heute Abend dann beim Skypen! Bleib cool!«

Mit diesen Worten beendete der Junge sein Telefongespräch. Es war das merkwürdigste Gespräch, das der alte Mann jemals gehört hatte. Verblüfft sah er dem Jungen dabei zu, wie dieser sein Handy wieder in die Hosentasche steckte.

»Sag mal, redet ihr jungen Leute immer so?« Jetzt war es der Junge, der den Mann verblüfft anschaute: »Was meinen Sie denn? Ist doch ganz normal, so zu reden!« Der alte Mann schmunzelte. »Ich glaube, dann brauche ich bald jemanden, der für mich dolmetscht! Hilfst du mir, dass ich heute etwas dazulerne? Was ist denn ein Mof, ein Emo und eine Partybremse? Und was ist eine Gehirnprothese und ein Tafelglotzer? Was macht man, wenn man chillt, zockt und skypt?« Der Junge verdrehte zwar erst einmal die Augen, doch gleichzeitig freute er sich über das Interesse des alten Mannes und dass er ihn darum gebeten hatte, ihm etwas zu erklären. Das hatte schon lange niemand mehr getan! Ja, er hatte ihn genau genommen um Hilfe gebeten. Dem Jungen wurde es merkwürdig warm ums Herz wie schon lange nicht mehr. Da saß jemand neben ihm auf der Parkbank und hatte einfach nur Zeit! Ohne es zu wollen, platzte es aus ihm heraus:

»Ist cool, dass Sie sich dafür interessieren. Die meisten Leute haben wenig Verständnis für unsere Aussprüche oder machen sich noch lustig über uns.« Sein Banknachbar schmunzelte: »Nun, das wiederholt sich wohl in jeder Generation. Die jungen Leute haben neue Ideen und verändern die Welt. Und das ist auch gut so. Wir Alten haben unser Leben gelebt und sollten euch Jungen manchmal mehr zuhören, um euch besser zu verstehen.«

Eifrig begann der Jugendliche nun damit, dem alten Mann die Begriffe zu erklären. »Also, ein Mof ist ein Mensch ohne Freund. Klar, oder? Ein Emo ist ein emotionaler Mensch und eine Partybremse ist jemand, der nicht mitfeiert. Eine Gehirnprothese ist ein Taschenrechner und ein Tafelglotzer dasselbe wie ein Streber. Chillen tut man, wenn man sich ausruht; zocken und skypen macht man am Computer.« Etwas erschöpft, aber auch stolz schaute der Junge den alten Mann an. Dieser hatte seinen Ausführungen aufmerksam zugehört und lächelte nun. »Als ich so alt war wie du, gab es diesen Park auch schon; damals schwammen auch Enten auf dem See, die wir Kinder fütterten. Doch von Handy, iPod, Fernseher, DVD und Computer wussten wir noch lange nichts, auch nicht, dass manche von uns Mofs oder Emos waren.«

Mit großen Augen sah der Junge den alten Mann an und fragte ihn: »Was hat man denn damals in seiner Freizeit bloß gemacht, so ganz ohne elektronische Geräte? Nee, da würde ich ja eingehen!« Der alte Mann antwortete schmunzelnd: »Nun, wir Kinder haben uns draußen getroffen, wann immer es möglich war. Wir haben Spiele gespielt oder sind stundenlang durch den Wald gezogen, haben dabei so manches Baumhaus gebaut oder die eine oder andere Höhle erforscht. Und die meisten von uns mussten selbstverständlich zu Hause helfen, viele in der Landwirtschaft der Eltern oder auch beim Betreuen der kleinen Geschwister. Oder wir haben von unseren Vätern und Großvätern gelernt, wie man schöne Gegenstände aus Holz herstellt: Pfeifen schnitzen, Spielsachen oder kleine Möbel bauen.« – »Cool. Dazu hat bei mir zu Hause niemand Zeit. Oma und Opa wohnen weit weg und immer sind meine Eltern mit irgendwas gestresst und ich störe oft nur. Dann bleibe ich lieber in meinem Zimmer und sitze am Computer. Richtig Zeit zum Reden gibt es eh kaum.«

»Mein Junge, das meinen wir oft nur. Wir alle haben genau die Zeit, die wir wirklich brauchen. Aber leider verbringen wir die uns gegebene Zeit viel zu oft mit Dingen, die nicht so wichtig sind. Und das, was wirklich wichtig wäre, wird achtlos beiseitegeschoben. Miteinander reden, einander zuhören und sich gegenseitig Mut zusprechen, wäre sinnvoller, als den Abend vor dem Fernseher oder dem Computer zu verbringen.« – »Schon, aber abends sind meine Eltern zu müde, um lange mit mir zu reden und ziehen sich lieber selbst einen Film rein.«

Der alte Mann schaute den Jungen verständnisvoll an. »Probier's doch einfach mal aus. Mach du den ersten Schritt und erzähle deinen Eltern einfach, wie dein Tag war. Sie werden sicher erst einmal überrascht sein. Aber ganz bestimmt freuen sie sich, wenn du ihnen zeigst, dass auch du Interesse an ihnen hast. Frag sie auch, wie ihr Tag war. Du wirst sehen, das ist gar nicht so schwer.« Der Junge empfand so etwas wie Hoffnung. »Ja, das könnte sein. Ich find's cool, dass Sie so auf einer Bank herumsitzen, einfach nur so.« – »Vielleicht sollte man das öfters machen, nicht erst, wenn man schon alt ist wie ich. So ganz ohne iPod, Handy oder Laptop«, meinte der alte Mann und schmunzelte. –

»Ja, vielleicht haben Sie recht«, gab der Junge nachdenklich zur Antwort.

Wie im Fluge war den beiden die Zeit vergangen. Eine Stunde später standen sie auf und gingen beide ihrer Wege. Beide ihren eigenen Gedanken nachhängend, beide ein klein wenig verändert.

Die Ruhe
nach dem Sturm

L eise vor mich hinsummend schob ich den Staubsauger durch unsere Wohnung. Die Kinder waren in der Schule und würden erst in ein paar Stunden nach Hause kommen. Der Morgen hatte mit einem wunderschönen Sonnenaufgang begonnen, die Sonne am strahlend blauen Himmel hatte die Frühlingsluft bereits erwärmt. Vom Wohnzimmer aus sah ich direkt in den Garten hinaus, wo die ersten zartgrünen Blättchen an den Büschen und Bäumen sichtbar wurden und die Narzissen und Tulpen dicke Knospen zeigten.

Gut gelaunt machte ich mich daran, den Fußboden zu wischen. Die Kaffeemaschine brodelte und zischte, und ein herrlicher Kaffeeduft erfüllte die Wohnung. Ich nahm mir vor, gleich ein Päuschen zu machen und mich mit einer Tasse Kaffee gemütlich aufs Sofa zu setzen. Doch plötzlich wurde meine Ruhe durch ein stürmisches Klingeln an der Haustür abrupt unterbrochen. Normalerweise würde unser Hund nun auch Sturm bellen, und ich wunderte mich kurz, dass er weder zu hören noch zu sehen war. Ich beeilte mich, die Tür zu öffnen und sah zuerst unsere Dalmatiner-Dame, die mit gesenktem Kopf hereintrottete. Sie war wieder einmal ausgerissen und wusste genau, dass sie das nicht sollte. Hinter ihr stand wutschnaubend und mit zornrotem Gesicht unser Nachbar, Herr Gassenmeier. Er hielt es gar nicht erst für nötig, mich zu begrüßen. Stattdessen legte er gleich mit seiner Schimpforgie los: »Können Sie nicht besser auf Ihren Hund aufpassen? Wieso lassen Sie ihn überhaupt allein herumlaufen? Ausgerechnet in meinem Garten musste er sein Geschäft verrichten! Wenn das noch einmal vorkommt, gehe ich zur Polizei und zeige Sie an!«

Herr Gassenmeier wohnte eine Straße weiter. Beinahe lächerlich war es, wie er da vor mir stand – an diesem Vormittag, der schöner nicht hätte sein können. Die Sonne schien warm, der Himmel war strahlend blau, die Vögel zwitscherten fröhlich ihre Liedchen, und vor mir tobte der Nachbar, weil unsere Hündin seinen Vorgarten mit einem Häufchen versehen hatte. Sie hatte offensichtlich die Gelegenheit zu einem kleinen Spaziergang genutzt, als die Haustür kurz aufgestanden hatte, weil der Postbote bei uns geklingelt hatte. Daraufhin musste sie schnurstracks in den Garten von Herrn Gassenmeier gerannt sein, um anschließend gleich wieder nach Hause zu laufen, dicht gefolgt von besagtem Nachbarn. Und nun stand er vor mir, vor lauter Aufregung hatte er beinahe genauso viele Flecken im Gesicht wie unser Dalmatiner. Bevor ich etwas erwidern konnte, war Herr Gassenmeier auch schon wieder davongestampft. Ich machte erst einmal die Haustür zu und begann zu überlegen. Eigentlich kam mir seine Reaktion völlig übertrieben vor. Doch so wollte ich die Situation nicht stehen lassen. Das war schon irgendwie eigenartig. Seit Tagen nämlich beschäftigte mich der Bibelvers: »Eine linde Antwort stillt den Zorn« (Sprüche Salomos, Kapitel 15, Vers 1). Gerade am Sonntag zuvor hatte unser Pfarrer sogar darüber gepredigt. Nun hatte ich ganz unverhofft die Gelegenheit, diese Lebensweisheit der Bibel praktisch anzuwenden. Doch im ersten Moment war ich zutiefst verletzt und wütend darüber, wie ich gerade behandelt worden war. Mein erster Gedanke war, diesem Nachbarn ordentlich die Meinung zu sagen. Was bildete er sich überhaupt ein, so mit mir zu reden? Wie konnte er das nur wagen? Noch dazu mit einer Frau? Nein, nach einer »linden« Antwort war mir wirklich nicht zumute. Doch ich wollte es zumindest probieren, allen Emotionen zum Trotz. Entschlossen und mit einem Stoßgebet auf den Lippen ging ich los, in der Hand ein Schäufelchen und einen Plastikbeutel, um den »Stein des Anstoßes« aus dem Garten des Nachbarn zu entfernen.

Eigentlich kannte ich Herrn Gassenmeier nicht wirklich und hatte deshalb keine Ahnung, mit wem ich es da eigentlich zu tun hatte. Doch das war ja auch nicht so wichtig. Ich wusste nun, was ich zu tun hatte und klingelte an seiner Haustür. Bevor er nun irgendetwas sagen konnte, entschuldigte ich mich bei ihm und bat ihn um Verzeihung. Ich versprach ihm, dafür zu sorgen, dass unser Hund nicht mehr in seinen Garten machen würde – und selbstverständlich würde ich die verschmutzte Stelle gleich säubern.

Die Verwandlung, die sich innerhalb von Sekunden in ihm vollzog, war beeindruckend. Ich konnte förmlich zusehen, wie sich seine verbitterten Gesichtszüge glätteten und meine Worte direkt in sein Herz trafen. Das hatte ich so noch nie erlebt. Er blieb zunächst sprachlos, und ich machte mich daran, besagtes Häufchen zu entfernen. Als ich gerade gehen wollte, kam er mir hinterhergelaufen und bat nun seinerseits mich um Entschuldigung: »Sie müssen entschuldigen, ich war wohl etwas gestresst und habe überreagiert. Normalerweise bin ich nicht so unfreundlich.«

Eine linde Antwort stillt den Zorn. Ich wurde erfüllt von Staunen und Dankbarkeit über die Weisheit dieser Worte. Hätte ich meinem eigenen Impuls nachgegeben und so reagiert, wie mir eigentlich zumute war, hätte es nur noch mehr Ärger oder Streit gegeben. So ließ ich jedoch einen nachdenklichen und leicht beschämten Nachbarn zurück und war dankbar für diese Wendung, die die Ruhe nach dem Sturm wiederherstellte.

Karl der Lachende

K ann es sein, dass jemand lachen kann, obwohl es eigentlich gar nichts zum Lachen gibt? Jemand, der trotzdem lacht, obwohl seine äußeren Lebensumstände bei anderen Menschen große Unzufriedenheit und tiefen Frust hervorrufen würden? Einen solchen Menschen habe ich vor vielen Jahren kennengelernt. Dieser Mensch hieß Karl.

Kurz nach dem Mauerfall fuhren mein Mann und ich im alten VW-Käfer meiner Oma nach Ostdeutschland. Dort hatten wir Verwandte, die wir so gut wie nicht kannten; nur aus Erzählungen meiner Eltern und von Briefen, die wir uns während der DDR-Zeit geschrieben hatten. Doch nun war der Weg frei, und wir konnten Tante Gisela endlich einmal besuchen.

Als mein Mann und ich nun im Januar 1990 zu Tante Gisela kamen, bot sich uns so kurz nach dem Mauerfall ein tristes Bild. Die Stadt war geprägt von großen Schwefelwerken, die aus hohen Schornsteinen ihren schmutzigen Rauch jahrzehntelang auf die ganze Umgebung verteilt hatten. Der Geruch des Schwefels lag drückend in der Luft, sogar aus den Schächten am Straßenrand stieg der stinkende gelbliche Schwefeldampf heraus.

Die Straßen waren mit Schlaglöchern übersät, sodass eine Autofahrt eher einer Holperfahrt gleichkam. Die Häuser hatten alle dieselbe Farbe, nämlich ein schmutziges Einheitsgrau, und waren alle renovierungsbedürftig. Wir fühlten uns um

Jahrzehnte zurückversetzt, als wir mit unserem Käfer durch die Straßen fuhren und schließlich vor dem schweren alten Holztor standen, das auf den Hof von Tante Gisela führte.

Tante Gisela war etwa 70 Jahre alt, doch sie sah wesentlich älter aus. Ihr Leben lang hatte sie hart gearbeitet und bewirtschaftete immer noch den alten Bauernhof, auf dem sie seit ihrer Kindheit lebte. Ihr Leben war entbehrungsreich gewesen; sie war es gewohnt, mit dem Allernötigsten auszukommen und damit zufrieden zu sein. Sie hatte nie geheiratet und irgendwann ihren Onkel Karl bei sich aufgenommen, nachdem dessen Frau gestorben war. Platz hatte sie genug in ihrem großen alten Haus.

Wir wurden herzlich von ihr empfangen und gleich in die gute Stube geführt, wo im Kamin ein Feuer wohlige Wärme verbreitete und die Holzscheite gemütlich knisterten. Der Wohnzimmertisch war zur Kaffeetafel umfunktioniert worden und Tante Gisela hatte ihr bestes Geschirr aus dem Schrank geholt, das sie sonst nur an Festtagen benutzte. Gleich mehrere Kuchen hatte sie gebacken und während sie den Kaffee einschenkte, forderte sie uns auf, beherzt zuzugreifen und es uns schmecken zu lassen. Als wir gerade das erste Stück Kuchen aufgegessen hatten und Tante Gisela eifrig jedem von uns ein zweites Stück auf den Teller legte, ging die Tür auf und ein alter Mann kam leicht schlurfend ins Wohnzimmer. Er hatte einen dicken, roten, selbst gestrickten Wollpullover und eine alte verwaschene Latzhose an. Auf dem Kopf trug er eine Seemannskappe, seine Füße steckten in ausgetretenen Filzpantoffeln. Tante Gisela stellte ihn uns vor: »Das ist Onkel Karl.« Und zu ihm gewandt sagte sie: »Na, Onkel Karl, hast du die Hühner schon gefüttert oder soll ich es nachher machen?« Onkel Karl ließ sich auf das Sofa fallen und erzählte lachend: »Bei den Hühnern war ich gerade, du solltest mal die dicke Berta sehen, hat heute schon zweimal Eier gelegt!« Er sah uns an und erzählte einfach los. Er erzählte von den Hühnern, von seinem Gemüsegarten, von den Obstbäumen und von damals, als er in den Krieg eingezogen wurde. Da seine Zahnreihen ziemlich lückenhaft waren, nuschelte er etwas und war ab und zu schlecht zu verstehen. Aber eigentlich machte das nichts, denn was uns weitaus mehr faszinierte, war sein Lachen. Eigentlich lachte er beim Reden ununterbrochen, es war, als könne er gar nicht aufhören zu lachen. Er lachte, bis ihm die Tränen herunterliefen. Wir konnten nicht anders, wir mussten einfach mitlachen.

In den nächsten Tagen lernten wir Tante Gisela und Onkel Karl sowie die nähere Umgebung besser kennen. Für uns war alles interessant. Sogar eine Probefahrt in einem Trabbi stand auf dem Programm. Onkel Karl führte uns durch Haus und Hof und hatte zu allem eine Geschichte zu erzählen. Das Anwesen war in einem sehr maroden Zustand, denn niemand hatte in den letzten fünfzig Jahren etwas erneuert. Einige Stellen waren notdürftig repariert worden; anstelle einer kaputten Fensterscheibe war ein alter Waschzuber aus Blech aufgesetzt worden, wie Karl uns lachend erklärte. Immer noch lachend fügte er hinzu: »Wir hatten zu DDR-Zeiten eben weder Geld noch Materialien und mussten uns irgendwie behelfen.«

Als Karl uns über die Obstwiese führte, zeigte er auf einen kleinen Hügel ganz hinten an der alten Steinmauer. »Dort haben wir unseren Hund Manfred begraben, nachdem er an Altersschwäche gestorben ist.« Selbst bei dieser an sich nüchternen

Aussage lachte Karl sich halb kaputt. Beim weiteren Erzählen wurde er vor Lachen so geschüttelt, dass er nur noch stockend reden konnte. Dabei war Onkel Karl nicht irgendwie albern oder verwirrt. Im Gegenteil, er war intelligent und hatte einen klaren Verstand. Auch litt er nicht unter der sogenannten Lachkrankheit »Kuru«, die hätte nämlich innerhalb weniger Monate zum Tod geführt. Tante Gisela bestätigte aber unsere Vermutung, dass es sich bei ihm dennoch um eine Störung handelte. Für uns war es aber eine äußerst liebenswerte Störung. Sobald Onkel Karl uns erblickte, freute er sich und begann, uns etwas zu erzählen. Und sobald er mit Erzählen anfing, setzte auch sein Lachen ein – und wir stimmten unwillkürlich mit ein. Noch nie haben wir so viel gelacht wie in den Tagen bei Tante Gisela und Onkel Karl. Dieses Lachen brachte uns mehr Entspannung und Erholung, als uns ein teurer Hotelaufenthalt hätte bieten können. Eigentlich schade, dass wir wie die meisten Menschen viel zu wenig lachen.

Onkel Karl konnte gut leben mit seiner Störung, die vermutlich eine psychische Ursache hatte. Er starb vor einigen Jahren hochbetagt im Alter von 88 Jahren. Leider wissen wir nicht, ob er auch dabei noch ein letztes Mal lachte.

Dunkle Wolken
am Horizont

Eigentlich sollte es ein schöner, gemütlicher Abend werden. So dachte ich jedenfalls, als mein Mann und ich an jenem Samstagabend im Juni zusammen essen gingen, um unseren 17. Hochzeitstag zu feiern. Doch was er mir so nach und nach im Gespräch zwischen Salat und Hauptmenü auftischte, machte mich zunehmend unruhiger, und schließlich war mir der Appetit ganz verdorben. Mein Mann hatte an jenem Tag nämlich erfahren, dass er seine Arbeitsstelle verlieren würde. Diese Nachricht schlug wie ein Blitz bei uns ein und traf uns völlig unerwartet. Als Zivilangestellter bei der amerikanischen Luftwaffe hatte er schon seit vielen Jahren einen krisenfesten Arbeitsplatz. Wie konnte es nun sein, dass er seine Stelle verlieren sollte?

Im Laufe der darauffolgenden Wochen kamen die Beweggründe immer mehr ans Licht und wiederholt konnten wir nur darüber staunen, wie Politik manchmal funktioniert. Präsident Obama hatte in seinem ersten Wahlkampf versprochen, den Militärangehörigen weltweit mehr Arbeitsstellen zu verschaffen. Das geschah nun, indem Zivilangestellte wie mein Mann gehen sollten, um Platz für die versprochenen Militärstellen zu machen. Die bereits vorhandenen Arbeitsplätze für Zivilangestellte sollten einfach zu Arbeitsplätzen für Militärangehörige umgewandelt werden. So würde es auf dem Papier aussehen, als würden neue Arbeitsstellen geschaffen. Die amerikanische Militärzeitung »Stars and Stripes« war dann auch des Lobes voll darüber, dass der Präsident weltweit zahlreiche »neue« Arbeitsstellen schaffen würde. Die Tatsache, dass dafür im Gegenzug die Zivilangestellten arbeitslos würden, wurde mit keiner Silbe erwähnt.

Von jenem Tag an lebten wir mit der Gewissheit, dass sich unser Leben verändern würde und zugleich mit der Ungewissheit, was aus uns werden sollte. Die folgenden Wochen und Monate glichen einer Achterbahnfahrt der Gefühle. Beinahe täglich gab es neue Informationen, manchmal ermutigend, sodass wir Hoffnung schöpften, es könne doch weitergehen, dann wieder niederschmetternd und aussichtslos, was eine Weiterbeschäftigung anging. In jenen Tagen waren wir froh über das Wissen, dass wir einen Felsen in diesem tobenden Meer des Lebens haben. Einen Felsen, auf den wir immer bauen können: Jesus Christus. Für Situationen wie diese und viele andere in unserem Leben hat er ein ganz besonders anschauliches Gleichnis für uns. Wenn der Sturm kommt, sitzen wir nicht allein im Boot: »Und Jesus stieg in das Boot, und seine Jünger folgten ihm. Und siehe, da erhob sich ein gewaltiger Sturm auf dem See, sodass auch das Boot von Wellen zugedeckt wurde. Er aber schlief. Und sie traten zu ihm, weckten ihn auf und sprachen: Herr, hilf, wir kommen um! Da sagte er zu ihnen: Ihr Kleingläubigen, warum seid ihr so furchtsam? Und stand auf und bedrohte den Wind und das Meer. Da wurde es ganz stille« (Matthäus, Kapitel 8, Verse 23-26).

In den Stürmen unseres Lebens dürfen und sollen wir stets die Augen auf Jesus richten, so wie Petrus es zunächst tat, als er auf Jesu Geheiß hin aus dem Boot stieg, um ihm auf dem

Wasser entgegenzugehen. Doch was geschah, als er einen Moment lang nicht mehr zu ihm schaute, sondern sich von dem starken Wind um ihn herum erschrecken ließ? Er begann zu sinken! Selbst dann ließ Jesus ihn nicht untergehen; nein, er selbst zog ihn heraus: »Petrus aber antwortete ihm und sprach: Herr, bist du es, so befiehl mir, zu dir zu kommen auf dem Wasser. Und er sprach: Komm her! Und Petrus stieg aus dem Boot und ging auf dem Wasser und kam auf Jesus zu. Als er aber den starken Wind sah, erschrak er und schrie: Herr, hilf mir! Jesus aber streckte sogleich die Hand aus und ergriff ihn und sprach zu ihm: Du Kleingläubiger, warum hast du gezweifelt? Und sie traten in das Boot, und der Wind legte sich« (Matthäus, Kapitel 14, Verse 28-32).

Vielleicht brauchen wir ab und zu einen Sturm in unserem Leben, der uns daran erinnert, wer wirklich Herr über alle Stürme ist. Den gewohnten Kurs zu ändern, macht oft Angst. Wenn man gar nicht vorhatte, seinen Kurs zu ändern, man sich aber plötzlich dazu gezwungen sieht, können die emotionalen Wellen schnell hochschlagen. Dann kann es hilfreich sein, sich darauf zu besinnen, dass Gott uns nicht geschaffen hat, damit wir es uns auf dieser Erde gemütlich machen und nur an unseren eigenen Komfort denken. Wir sind aufgerufen, für Gottes Reich zu arbeiten und uns Schätze im Himmel zu sammeln.

Wer seinen Kurs ändert, muss sich oft auch in Geduld üben und warten. Nach einem Umzug braucht es Zeit, neue Freunde zu finden. Bei Krankheit lässt die Genesung oft auf sich warten. Bei der Hoffnung auf eine eigene Familie fehlt zuweilen noch der richtige Partner oder das lang ersehnte Baby lässt auf sich warten. Bei Arbeitslosigkeit ist fast immer Ausdauer und Flexibilität gefragt, bevor sich eine neue Stelle auftut. Lässt man sich umschulen, ist Durchhaltevermögen erforderlich.

Nach langen Wochen des Wartens und vielen Gesprächen mit Michaels Arbeitgeber hatte unsere Achterbahnfahrt der Gefühle endlich ein Ende: Zwei Tage vor Ablauf des alten Arbeitsvertrages erhielt er auf beinahe wundersame Weise doch wieder einen neuen Vertrag. Ein Wunder war es deshalb für uns, da dies eigentlich unmöglich gewesen war. Selbst die Vorgesetzten meines Mannes hatten ihm lange Zeit keine Chance auf einen neuen Arbeitsvertrag eingeräumt. Die damalige Jahreslosung wurde für uns ganz konkret: »Euer Herz erschrecke nicht! Glaubt an Gott und glaubt an mich!« (Johannes, Kapitel 14, Vers 1).

Wenn man weiß, dass etwas zu Ende gehen wird, sieht man viele Dinge plötzlich mit anderen Augen. Auch diese Erfahrung ist lehrreich, ja vielleicht sogar heilsam. Immer wieder bereiten wir uns im Lauf des Lebens auf etwas vor: jeden Tag, jede Woche, jedes Jahr. Gott ruft uns auf, bereit zu sein, ihn zu empfangen. Vergessen wir das nicht viel zu oft in unserem Alltag? Sich neu darauf zu besinnen, was wirklich wichtig ist, Gottes Zuruf aus Johannes kann uns dazu ermutigen. Und wenn die Weichen auf unserer Lebensreise neu gestellt werden, sind wir nicht allein. Mit dem Fahrplan unseres Meisters des Lebens kommen wir gut und sicher ans Ziel.

Ein wandelndes Wunder

Wer schon einmal Elisabeth begegnet ist, kommt aus dem Staunen nicht mehr heraus, sie ist sozusagen ein wandelndes Wunder. Ihre 84 Jahre sieht man ihr nicht an, da sie so manchen in den Schatten stellt, der gut und gerne nur halb so alt wie sie ist. Dafür, dass sie eigentlich schon längst tot sein könnte, sieht sie noch sehr lebendig aus. So lebendig, dass sie jedes Jahr auf Kreuzfahrt geht, wenn möglich vier bis fünf Mal im Jahr. Auf einer dieser Kreuzfahrten sind wir uns begegnet ...

Seit gestern sind wir auf dem Schiff: mein Mann Michael und ich sowie unsere drei Kinder Melissa, Samuel und Stephanie. Die beiden Großen haben ihre eigene Kabine auf Deck sieben, während Michael und ich mit Stephanie eine Kabine auf Deck neun bezogen haben. Das Schiff legt gerade vom Hafen von Villefranche in Südfrankreich ab, wo wir unseren ersten Landausflug hatten. Wir sind soeben zurückgekommen und erfüllt von den neuen Eindrücken, die wir in Nizza und Monaco sammeln konnten. Michael und ich liegen am hinteren Ende des Schiffes auf den dort bereitstehenden Liegestühlen. Steffi ist bei ihren großen Geschwistern. Ich fange an, mich zu entspannen; schaue der Fahrrinne und Gischt hinterher. Gerade als ich denke, dass ich endlich etwas ausruhen kann, bricht mein Liegestuhl zusammen; ich falle ruckartig nach unten. Statt Entspannung macht sich nun Verspannung bei mir breit. Irgendwie ist es mir einfach nicht vergönnt, dass ich mal ein bisschen relaxen kann …

Am Abend ist Galadinner angesagt. Wir werfen uns in Schale und machen uns auf den Weg zum Restaurant auf Deck fünf. Im Aufzug treffen wir eine ältere Dame aus Mannheim. Wir kommen gleich ins Gespräch; sie erzählt uns, dass sie allein unterwegs ist und dieses Jahr bereits ihre vierte Kreuzfahrt macht. Sie beeindruckt mich irgendwie und ich bitte Gott, dass wir uns noch einmal begegnen dürfen. Bei über 1 500 Passagieren an Bord ist das keine Selbstverständlichkeit.

Den nächsten Tag können wir ruhig angehen lassen und erst einmal gemütlich frühstücken. So wie gestern gleich morgens loszuhetzen, um einen Ausflug nicht zu verpassen, grenzt an Stress. Wir wollen uns schließlich erholen! Während wir im Restaurant frühstücken und aus dem Bullaugenfenster schauen, sehen wir auf einmal Delfine aus dem Wasser springen. Was für ein wunderschönes Schauspiel! Sie begleiten uns eine Weile und verschwinden dann aus unserem Blickfeld. Da geht plötzlich die Frau aus dem Aufzug von gestern Abend an unserem Tisch vorbei. Ich freue mich über diese schnelle Gebetserhörung. Während Michael und Steffi zur Kabine zurückgehen, mache ich mich zu ihrem Tisch auf. Sie sitzt ganz allein dort und frühstückt. Gerne darf ich mich zu ihr setzen, schnell sind wir in ein Gespräch vertieft. Sie heißt Elisabeth und hat viel zu erzählen: »Als ich 68 Jahre alt war, wurde bei mir ein bösartiger Tumor im Bauch entdeckt. Man sagte mir damals, dass ich nicht mehr lange zu leben hätte. Mein Mann und ich verkauften daraufhin unser Haus und zogen in eine kleine Wohnung. Mit dem Geld aus dem Hausverkauf wollten wir noch eine schöne, letzte Reise miteinander machen. Damals ahnten wir noch nicht, dass diese Kreuzfahrt die erste von vielen sein würde. Jetzt bin ich 84 Jahre alt und gesund! Vor vier Jahren starb mein Mann, und nun mache ich nochmals dieselben Kreuzfahrten, die ich bereits mit ihm gemacht habe.« Wir merken gar nicht, wie die Zeit vergeht und verabschieden uns erst voneinander, als die Kellner damit beginnen, die Tische abzuräumen. Ich hoffe, dass ich Elisabeth wieder treffen werde.

Um Mitternacht legt das Schiff schon auf Ibiza an, was dann lauthals über die Lautsprecheranlage verkündet wird. Hätte ich schon geschlafen, wäre ich jetzt wieder wach gewesen. Erholsam ist die Nacht nicht. Ärgerlich, dass es so rücksichtslose Leute gibt, diesmal Italiener, die mich gegen 1.15 Uhr mit ihrem lauten Palaver im Gang vor unserer Kabine aus dem Schlaf reißen.

Eigentlich hätten wir früh aufstehen wollen, um frühstücken zu können und noch genügend Zeit auf Ibiza zu haben. Das Schiff legt bereits gegen 13.00 Uhr wieder ab, sodass wir spätestens um 12.30 Uhr an Bord sein müssen. Wir schaffen es, gegen 10.00 Uhr von Bord zu gehen. Auf dem Weg zum Ausgang kommt uns Elisabeth entgegen. Sie kommt bereits von einem Landgang zurück. Wir begrüßen uns freundlich, zum Reden ist aber keine Zeit, da wir mit dem Taxi zum Strand fahren wollen. So wie wir beim Aussteigen die Letzten waren, kommen wir am Mittag auch als Letzte wieder zum Schiff zurück. Pünktlich um 13.00 Uhr legen wir ab.

Nun ist Ruhe eingekehrt. Am nächsten Tag haben wir den kompletten Tag auf See vor uns, da der Stopp in Tunesien aufgrund politischer Unruhen gestrichen wurde. Wir steuern nun Sizilien an, wo wir übermorgen nach 732 Seemeilen in Catania anlegen werden. Wie unglaublich schön Gott die Erde gemacht hat! Wie dankbar sind wir, auf diesem Schiff zu sein. Das Meer schillert in einem unwahrscheinlich intensiven Blau, immer wieder bilden sich weiße Schaumkrönchen dort, wo kleine Wellen aufeinandertreffen. Meer so weit das Auge reicht. Vorhin waren ein paar Inseln vor der tunesischen Küste zu sehen; wie Bergspitzen ragen sie aus dem Meer heraus und lassen erahnen, dass unter der Wasseroberfläche noch viel mehr Land ist, für das bloße Auge jedoch nicht zu sehen. Eigentlich wie bei uns Menschen auch, so viel mehr liegt im Verborgenen … Doch auch auf dem Luxusschiff hat jeder einzelne Mensch sein Schicksal, ich denke wieder an Elisabeth. Genau aus diesem Grund komme ich gerne mit Menschen ins Gespräch.

Wie schnell die Zeit vergeht, obwohl man das Zeitgefühl auf dem Schiff irgendwie verliert. Zwei Tage später legen wir gegen 12.30 Uhr in Catania an. Weit hinten auf der Insel erhebt sich der Ätna, an dessen Spitze ein weißes Puffwölkchen schwebt. Der berühmte Vulkan Ätna! Mit Sizilien bringe ich eigentlich nur zwei Wörter in Verbindung: Ätna und Mafia. Der Busausflug zum Ätna belehrt mich schnell eines Besseren. Die Insel ist wunderschön. In Catania besteigen Melissa und ich einen Reisebus, wo uns Elfi, eine österreichische Reiseleiterin, begrüßt. In der ersten Reihe im Bus sitzt bereits Elisabeth! Je näher wir an den Ätna herankommen, desto karger wird das Gelände. Abgekühlte Lavaströme sind zu sehen. Kaum zu glauben, aber es blüht überall. Wir fahren weiter hinauf und finden uns inmitten eines gelben Blütenmeeres wieder – um uns herum blüht der Ginster, Büsche so hoch wie bei uns die Apfelbäume. Ihr Duft dringt sogar zu uns in den Bus hinein. Wir fahren bis auf 2 000

Meter hoch. Vom Parkplatz aus besteigen wir einen Nebenkrater und gehen an dessen Rand entlang um ihn herum. Von Weitem sehe ich Elisabeth, wie sie in flottem Schritt den Krater schon beinahe umrundet hat.

Auf der Rückfahrt setze ich mich auf den freien Platz neben Elisabeth. Wir plaudern, als ob wir uns schon lange kennen. Ich drücke meine Bewunderung dafür aus, wie sie soeben wie ein junger Mensch um den Nebenkrater herumspaziert ist und staune umso mehr, als sie mir erzählt: »Ich bin dankbar, wieder so laufen zu können. Damals sagten mir die Ärzte, dass ich nie wieder richtig laufen würde. Nach einer Virusinfektion war ich gelähmt und lag acht Monate im Krankenhaus.« Schmunzelnd fügt sie hinzu: »Gut, dass sich auch Ärzte manchmal täuschen!« Elisabeth ist für mich im wahrsten Sinne des Wortes ein wandelndes Wunder ...

Viel zu schnell geht unsere Schiffsreise dem Ende entgegen. Am letzten Abend gehe ich auf Deck zehn zu den Balkonkabinen, wo Elisabeth in Kabine 1126 wohnt. Sie freut sich, als ich um 21.30 Uhr noch bei ihr anklopfe, um mich bei ihr zu verabschieden. Sie ist gerade am Kofferpacken. Wir plaudern noch ein Weilchen, dann verabschieden wir uns. Diese Begegnung mit Elisabeth war sozusagen »Liebe auf den ersten Blick«. Ich bin immer wieder fasziniert, wenn aus Fremden Freunde werden. Das ist ein Schatz und wundervolles Geschenk Gottes für mich, wenn man solche Begegnungen erleben darf.

Am nächsten Morgen läuft das Schiff im Hafen von Livorno ein. Wir begeben uns zur Lounge, wo wir uns zur Ausschiffung einzufinden haben. Als wir gerade von Bord gehen wollen, entdecke ich Elisabeth – sie wartet noch, ebenfalls in der Lounge. Doch sie sieht mich nicht. Egal, mein Gebet wurde vielfältig erhört und ich nehme mir fest vor, ihr bald zu schreiben. Kurze Zeit später sind wir wieder auf festem Boden, haben unser Gepäck im Auto verstaut und machen uns auf die lange Heimreise zurück nach Deutschland.

Die Früchte,
die wir ernten

Ä pfel, Birnen, Erdbeeren, Kirschen, Himbeeren, Pflaumen, Trauben ...

Die Vielfalt der einheimischen Früchte ist groß, noch dazu sind die Regale der Supermärkte und Obstläden reichhaltig mit Obst aus vielen Ländern gefüllt: Feigen aus Israel, Kiwis aus Neuseeland, Heidelbeeren aus Portugal, Orangen aus Spanien, Ananas aus Paraguay, Bananen aus Chile, Pomelos aus Thailand, Nashi-Birnen und Litschis aus China, Grapefruits von Zypern, Granatäpfel aus Brasilien, Avocados aus Südafrika, Kakis aus Japan, Mangos von den Philippinen. Die Länderkennzeichnungen am Obstregal kommen einer Reise um den Globus gleich. Einmal kurz um die Erde gereist – der Früchteimport macht es möglich.

Während die Generationen vor uns angesichts dieser Fülle an exotischen Früchten nur so gestaunt hätten, wundert sich heute kaum noch jemand darüber, wo wir unser Obst eigentlich herbekommen. Es ist zur Selbstverständlichkeit geworden, dass wir uns zu jeder Zeit bedienen können. Die wenigsten Leute machen sich Gedanken darüber, welche Transportwege die Früchte aus fernen Ländern hinter sich haben, bis sie schlussendlich in unserem Supermarkt landen. So bequem wie wir hatte es noch keine Generation vor uns – wir können heute zu jeder Jahreszeit sogar solches Obst kaufen, das es zu den meisten Jahreszeiten natürlicherweise in unseren Gefilden nicht gibt. Wir finden selbst im Winter Heidelbeeren, Himbeeren und Erdbeeren, die dann eben einfach aus Ländern wie Argentinien, Brasilien oder Südafrika importiert werden. Nach Herzenslust können wir das ganze Jahr über unsere Lieblingsfrüchte auswählen, die Jahreszeit macht hierbei kaum noch einen Unterschied. Die Farbpalette der Früchte spannt sich ähnlich den Farben eines Regenbogens von gelb über orange, rot, grün, blau bis hin zu lila. Die fröhlichen Farben sind eine Wohltat für das Auge und machen Lust darauf, auch einmal etwas Neues auszuprobieren. So vielfältig wie die Farben sind, so unterschiedlich sind auch die Geschmacksrichtungen der Früchte und lassen eigentlich keinen Wunsch offen, was die verschiedenen Vorlieben der Verbraucher betrifft. In dieser Hinsicht haben wir es sehr bequem, wir »ernten« sozusagen die Früchte unzähliger anderer Menschen, die oftmals für einen Hungerlohn dafür arbeiten, damit wir auf nichts verzichten müssen.

So schön es auch ist, sich aus dem Supermarkt seine Obstschüssel bunt aufzufüllen – eigentlich macht es noch mehr Freude, wenn man die Früchte seiner eigenen Arbeit ernten kann. Die meisten Menschen tun dies bei uns heute nicht mehr aus der Notwendigkeit heraus, weil sie sonst weder Obst noch Gemüse auf den Teller bringen könnten. Sie tun es aus Freude an der eigenen Ernte und der Gewissheit, unbehandelte, naturbelassene Produkte zu verspeisen. Wer keinen eigenen Garten hat, kann sich sein eigenes Beet in Balkonkästen oder Terrassenkübeln anlegen. Welcher Hobbygärtner freut sich nicht, wenn nach dem Aussäen der Samen im Frühsommer die ersten zarten Triebe auf dem Gemüsebeet zu sehen sind und er dabei zusehen kann, wie im Lauf des Sommers die Pflanzen wachsen und im wahrsten Sinn des Wortes beginnen, Früchte zu tragen. Wenn die kleine Himbeerpflanze, die wir in unserem Garten eingegraben haben, tatsächlich die ersten Himbeeren trägt, ist das ein schönes Gefühl. Die reifen Früchte, die wir dann ernten können, schmecken außerdem viel besser als die gekauften.

Leider habe ich bisher nur mäßigen Erfolg mit der eigenen Obsternte gehabt. Unser Apfelbäumchen trägt etwa fünf Äpfel im Herbst, aber diese Äpfel essen wir mit einem ganz besonderen Hochgenuss und teilen sie auf, sodass jeder in unserer Familie seinen Anteil bekommt. Jede Handvoll Erdbeeren wird in dem Bewusstsein gegessen, dass es die Früchte unserer eigenen Arbeit sind. Waren wir im Frühjahr etwas zu bequem oder haben uns den Sommer über kaum um die Pflanzen gekümmert müssen wir uns nicht wundern, wenn die Ernte spärlich ausfällt. Haben wir uns jedoch darum gekümmert und die Pflanzen genügend gepflegt, dürfen wir uns in der Regel über eine gute Ernte freuen. Die Ernte ist somit so etwas wie ein Spiegelbild unserer selbst, unserer Einstellung und Haltung gegenüber der Arbeit auf dem Feld. Bevor wir etwas ernten können, geht immer voraus, dass wir etwas dafür tun. Wir müssen unsere Energie und Zeit aufwenden, um den Boden vorzubereiten, die Samen auszusäen oder die kleinen Pflänzchen in die Erde zu setzen. Wir müssen dafür sorgen, dass die Pflanzen weder zu trocken noch zu feucht sind oder von Schädlingen befallen werden. Und schließlich müssen wir den richtigen Zeitpunkt zur Ernte abpassen, damit die Früchte zwar reif genug sind, aber die Vögel sie nicht vor uns ernten. Wenn wir dann alles richtig gemacht haben, dürfen wir uns im Normalfall über eine gute Ernte freuen, es sei denn, dass uns die Wetterverhältnisse noch einen Strich durch die Rechnung machen; sei es durch frühen Frost oder Hagelschlag, die schon so manche Ernten vernichtet haben. Kommt es zu einer solchen Missernte, ist das zwar sehr enttäuschend für den privaten Obstanbauer, in den wenigsten Fällen ist es aber existenzbedrohend. Wir können ja jederzeit wieder in den Supermarkt gehen und unser Obst dort kaufen. Echte Hungersnot, wie dies früher der Fall war und auch heute noch in vielen Ländern vorkommt, verursacht uns hierzulande eine Missernte nicht mehr.

Im Lauf unseres Lebens gibt es aber auch noch viele andere »Früchte«, die wir ernten können. Voraussetzung hierbei ist ebenso, dass wir nicht nachlässig werden und uns sorgfältig darum kümmern. Ganz vorn stehen Ehe und Kindererziehung, gefolgt von den Früchten unserer eigenen Gaben, wenn wir sie fördern können; sei es beim Spielen eines Musikinstrumentes, beim Handarbeiten, im Sport oder in unserem Beruf. Bei allem, was wir tun, können wir »gute Früchte« ernten, vorausgesetzt, wir übernehmen die Verantwortung dafür. Wir können aber auch Lob und Dank »ernten«, was wiederum bedeutet, dass wir in den Augen anderer Menschen gute Leistungen erbracht haben.

Andererseits werden wir aber auch immer wieder »Missernten« erleben oder »schlechte Früchte« produzieren. Unlust oder Mutlosigkeit sind Gefühle in uns, die oft dann entstehen, wenn wir uns auf Negatives konzentrieren; derartige Gefühle sind also sozusagen Früchte unserer Gedanken. Auch Niederlagen, die wir erleben, tragen »Früchte«. Es liegt dann an uns, wie wir mit der Ernte solcher Früchte umgehen. Die Früchte in unserem persönlichen Leben zeugen direkt von unserer Herzenseinstellung. »Die Frucht aber des Geistes ist Liebe, Freude, Friede, Geduld, Freundlichkeit, Güte, Treue, Sanftmut, Keuschheit« (Galater, Kapitel 5, Verse 22-23).

Von einer Ernte der ganz anderen Art spricht Jesus im Matthäusevangelium:

»Und Jesus ging ringsum in alle Städte und Dörfer, lehrte in ihren Synagogen und predigte das Evangelium von dem Reich und heilte alle Krankheiten und alle Gebrechen. Und als er das Volk sah, jammerte es ihn; denn sie waren verschmachtet und zerstreut wie die Schafe, die keinen Hirten haben. Da sprach er zu seinen Jüngern: Die Ernte ist groß, aber wenige sind der Arbeiter. Darum bittet den Herrn der Ernte, dass er Arbeiter in seine Ernte sende« (Matthäus, Kapitel 9, Verse 35-38).

Hier ist die Ernte bereits vorbereitet und geht über die Früchte unseres Lebens auf dieser Erde hinaus, denn es geht um das Seelenheil der Menschen, sodass sie ewiges Leben haben. Bewirken kann dies allein der Herr der Ernte, wir dürfen aber um Hilfe bei der Ernte bitten. In diesem Sinne spricht auch Paulus im Galaterbrief: »Irret euch nicht! Gott lässt sich nicht spotten. Denn was der Mensch sät, das wird er ernten. Wer auf sein Fleisch sät, der wird von dem Fleisch das Verderben ernten; wer aber auf den Geist sät, der wird von dem Geist das ewige Leben ernten. Lasst uns aber Gutes tun und nicht müde werden; denn zu seiner Zeit werden wir auch ernten, wenn wir nicht nachlassen. Darum, solange wir noch Zeit haben, lasst uns Gutes tun an jedermann, allermeist aber an des Glaubens Genossen« (Galater, Kapitel 6, Verse 7-10).

Bis heute wird in den Kirchen das Erntedankfest gefeiert, um Gott zu danken, dass wir ausreichend Nahrung zur Verfügung haben. Und eines Tages dürfen diejenigen noch ein ganz anderes Erntedankfest mitfeiern, die nach getaner Arbeit das ewige Leben ernten, so wie Paulus es uns im Galaterbrief verspricht.

Alte Liebe
rostet nicht

Ich war damals 14 Jahre alt und saß gerade in meinem Zimmer am Schreibtisch. Meine Eltern hatten Besuch bekommen und unterhielten sich nebenan im Wohnzimmer. Plötzlich ging meine Tür auf und meine Mutter steckte ihren Kopf ins Zimmer: »Das musst du dir unbedingt mal ansehen, das ist richtig goldig.« Neugierig folgte ich ihr. Sie öffnete die Tür zum Wohnzimmer und sah mich dabei verschmitzt lächelnd an. Das Bild, das sich mir dort bot, war wirklich rührend. Auf dem Sofa saß ein altes Ehepaar dicht beieinander und hielt Händchen. Sie waren beide ziemlich klein und hatten schneeweiße Haare. Ihre Gesichter strahlten eine wohltuende Ruhe und Freundlichkeit aus. Überhaupt sahen sich Martha und Fritz ziemlich ähnlich. Sie waren um die 75 Jahre alt und seit 50 Jahren verheiratet.

Martha und Fritz stammten aus demselben Ort in Schlesien wie mein Vater und waren mit seinen Eltern gut befreundet gewesen. Nach dem Zweiten Weltkrieg waren sie aus Schlesien vertrieben worden und hatten in Stuttgart eine neue Heimat gefunden, wo sie seit über 30 Jahren in einer bescheidenen 2-Zimmer-Wohnung im neunten Stockwerk eines Hochhauses wohnten. Sie waren bis zum Tod meiner Großeltern in gutem Kontakt mit ihnen geblieben.

Nun verbrachten sie ein paar Tage im Schwarzwald, um uns zu besuchen.

Ich war fasziniert, diese beiden lieben alten Menschen dabei zu beobachten, wie sie sich gegenseitig ergänzten und zusammen eine perfekte Einheit bildeten. Es war, als ob sie alles voneinander wussten und sich ganz genau kannten. Martha konnte sogar einen Satz von Fritz für ihn beenden, während er noch nach den richtigen Worten suchte. Zwischen Martha und Fritz herrschte eine Harmonie, wie sie kaum zu beschreiben ist. Ohne Worte wusste der eine vom anderen, was gerade gebraucht wurde. Sie waren eifrig darum bemüht, sich gegenseitig zu helfen, wo es nur ging. Wenn sie miteinander redeten, sahen sie sich in die Augen und hörten einander aufmerksam zu. Zwischendurch lächelten sie sich immer wieder an oder hielten Händchen. Während ihres Besuchs bei uns erlebte ich kein einziges Mal, dass sie sich gegenseitig unterbrachen oder widersprachen.

Fritz hatte die Manieren eines alten Gentlemans. Er war zuvorkommend und höflich, half uns Damen in die Jacken, hielt uns die Tür auf und rückte seiner Frau den Stuhl zurecht, bevor sie sich hinsetzte. Doch einen großen Wermutstropfen gab es bei Martha und Fritz: Sie hatten keine eigenen Kinder, hatten nie Kinder bekommen können. Eine eigene Familie war ihr großer Wunsch gewesen. Die Erfüllung dieses Wunsches blieb ihnen aber leider verwehrt. Der Grund dafür war ein grausamer, gnadenloser Eingriff während des Zweiten Weltkriegs. Weil Fritz Halbjude war, wurde er vom Naziregime zwangssterilisiert. Er konnte von Glück sprechen, dass er damals den Eingriff ansonsten körperlich unbeschadet überstanden hatte. Viel schlimmer aber waren die seelischen Narben, die er und auch Martha davongetragen hatten. Doch ihr tiefer, unerschütterlicher Glaube an einen guten Gott half ihnen auf ihrem langen gemeinsamen Lebensweg ohne eigene Kinder. Sie hielten bedingungslos zusammen und gingen in harmonischer Zweisamkeit durch dick und dünn. Und Gott gab ihnen andere Kinder, indem sie Pflegekinder aufnahmen. Von ihrem unerfüllten Kinderwunsch durften im Lauf der Jahre mehrere fremde Kinder profitieren. Es waren Kinder, die aus verschiedenen Gründen vorübergehend bei einer Pflegefamilie untergebracht werden mussten. Martha und Fritz hatten stets offene Herzen und Türen für ein Kind in Not und nahmen es auf als sei es ihr eigenes. Der Kontakt zu ihren Pflegekindern blieb mit den meisten auch noch bestehen, als diese längst schon erwachsen waren.

Nach dem Besuch von Martha und Fritz bei uns fuhren wir ab und zu nach Stuttgart und besuchten sie in ihrer kleinen gemütlichen Wohnung im neunten Stock. Man fühlte sich bei ihnen sofort wohl. Immer hatten sie ein offenes Ohr für die Menschen um sie herum und nahmen mit regem Interesse Anteil an ihnen. Fast wie nebenbei war bei jedem Besuch ihr Tisch mit allen möglichen leckeren Speisen reich gedeckt. Bevor wir uns abends wieder auf die Heimreise in den Schwarzwald machten, wurden wir jedes Mal gut mit belegten Broten und heißem Tee versorgt.

Als Fritz ein paar Jahre später zuerst in die ewige Heimat abberufen wurde, hörte man Martha nicht klagen. In den Stunden besonders großer Einsamkeit begann sie, Kirchenlieder zu singen. Es waren die Lieder, die sie und ihr Mann jahrzehntelang als Chormitglieder ihres Kirchenchors gemeinsam gesungen hatten. Martha kannte sie alle auswendig. Ihr liebstes Lied gab ihr immer wieder Kraft und Trost: »Was von außen und von innen täglich meine Seele drückt und hält Herz, Gemüt und Sinnen unter seiner Last gebückt, in dem allem ist dein Wille, Gott, der aller Unruh wehrt und mein Herz hält in der Stille, bis es dein Hilf erfährt. Denn du bist mein Fels auf Erden, da ich still und sicher leb; deine Hilfe muss mir werden, so ich mich dir übergeb. Dein Schutz ist mein Trutz alleine gegen Sünde, Not und Tod; denn mein Leiden ist das deine, weil ich dein bin, o mein Gott. Auf dich harr ich, wenn das Leiden nicht so bald zum Ende eilt; dich und mich kann's nimmer scheiden, wenn's gleich noch so lang verweilt. Und auch dies mein gläubig Hoffen hab ich nur allein von dir; durch dich steht mein Herz dir offen, dass du solches schaffst in mir.«[2]

Als Martha mehr und mehr ihr Augenlicht verlor, sagte sie einmal zu mir: »Ich verstehe nicht, wozu unser Heiland mich noch auf dieser Erde lässt. Hoffentlich darf ich auch bald zu ihm gehen.« Dieser Wunsch wurde ihr erst ein paar Jahre später erfüllt. Ihre letzten Lebensjahre verbrachte Martha in einem Pflegeheim. Auch dort bekamen die Menschen, die ihr begegneten, eine Ahnung von Gottes unvorstellbarer Güte und Liebe für uns. Ohne ihr Leid zu klagen, verbreitete sie auch dann noch einen Lichtstrahl, als ihr Lebenslicht allmählich am Verlöschen war. Und die Liebe, die sie und Fritz ihr Leben lang an andere weitergaben, lebt auch heute noch in den Menschen weiter, die sie kennenlernen durften.

---

[2] August Hermann Francke. Was von außen und von innen. Gedichte zu Bibelversen. http://www.christliche-gedichte.de/?pg=11185, 06.03.2013.

Wenn die Wellen
hochschlagen

Das kleine Segelschiff hatte vor zwei Tagen im Hafen von Mallorca abgelegt und befand sich seitdem auf Kurs Nordost in Richtung Südfrankreich. Die Segel waren gesetzt und die beständige, mittelmäßige Brise ermöglichte ein gutes Vorankommen. Die Sonne strahlte aus einem wolkenlosen Himmel, das tiefblaue Meer erstreckte sich endlos weit nach allen Seiten, Land war nicht mehr in Sicht. Kapitän des kleinen Schiffs war Paul aus der Schweiz, tatkräftig unterstützt von seiner Frau Irene. Die beiden hatten beinahe ihr halbes Leben auf den Meeren dieser Erde verbracht und waren sehr erfahren im Umgang mit dem Schiff. Vielen Stürmen und so manchen damit verbundenen Gefahren hatten sie schon getrotzt und ihr kleines Schiff jedes Mal sicher in den Hafen gebracht.

Doch diese Reise würden sie so schnell nicht mehr vergessen. In der Nacht auf den zweiten Tag schlug das Wetter um. Es begann zu regnen und der Wind flaute auf. Die bisher so ruhige See wurde zunehmend rauer und ließ das kleine Schiff wie eine Nussschale hin- und herschaukeln. Nichts Beunruhigendes für die erfahrenen Seeleute, das hatten die beiden schon viele Male erlebt. Während Paul versuchte, den Kurs beizubehalten, legte sich Irene in ihre Koje, um ein paar Stunden zu schlafen. Sie waren ein eingespieltes Team und wussten auch ohne viele Worte, welche Handgriffe zu welcher Zeit nötig waren. Aufgewühlt peitschten die Wellen in dem zunehmenden Sturm immer höher; die Nacht war stockdunkel, der Himmel von grauen Wolken verhüllt, sodass weder Mond noch Sterne zu sehen waren.

Während der nächsten Stunden spitzte sich die Lage jedoch dramatisch zu: Der Sturm nahm an Gewalt noch zu und erreichte schließlich die orkanartige Windstärke 11. Das Schiff schaukelte nun bedrohlich hin und her. Paul hatte große Mühe, das Steuerrad festzuhalten. Irene war längst wieder aufgestanden und an Deck gekommen; ihr war so übel wie schon lange nicht mehr. Auch Paul kämpfte damit, nicht seekrank zu werden, wusste aber gleichzeitig, dass es nun an ihm lag, das Schiff sicher durch den Sturm zu navigieren. Das Wasser peitschte mit ungeheurer Wucht ins Schiff, mit jeder Welle flutete neues Wasser an Deck. Nach kurzer Zeit waren Paul und Irene vollkommen durchnässt und befanden sich in echter Seenot. Paul ließ per Funk einen Seenotruf los und war froh, dass ihn jemand hörte. Er gab seine etwaige Position sowie den Namen seines Schiffes durch und bat darum, möglichst schnell einen Seenotretter zu ihnen zu schicken. Ihm wurde Hilfe zugesagt. Zum Glück für die beiden befand sich ein größeres Schiff in der Nähe, das sich nun auf den Weg zu ihnen machte. Paul und Irene schossen mehrere Leuchtraketen nacheinander ab und hofften, damit der Besatzung des Schiffes ihre genaue Position zu zeigen. Paul hatte auf einmal das Gefühl, als ob sich alles um ihn herum drehte. Er wusste nicht, ob er seekrank war oder ob ihm sein Gleichgewicht aufgrund des heftigen Seegangs einen Streich spielte. Endlich kündete ein lautes Tuten das herannahende Rettungsschiff an, kurz darauf drangen die Scheinwerfer zu ihnen durch. Paul und Irene atmeten auf: Das war Rettung in höchster Not. Den Besatzungsmitgliedern und Paul gelang es, das kleine Schiff an das große anzutäuen, bevor er und Irene auf das Rettungsschiff kletterten. Völlig erschöpft und durchgefroren ließen sie sich in Decken einwickeln und nahmen dankbar den heißen Tee entgegen, der ihnen von ihren Rettern gereicht wurde. Dann nahm das Rettungsschiff Kurs auf den Hochseehafen Sête.

Als Paul und Irene endlich festen Boden unter den Füßen hatten, buchten sie in einem nahe gelegenen Hotel ein Zimmer, um sich die nächsten Tage von dem Schreck zu erholen und ihr kleines Schiff wieder seetauglich zu machen. Es hatte doch einigen Schaden genommen. Das Segel hatte sich in der Refftrommel verklemmt und der Motor konnte nicht mehr gestartet werden. Paul schwankte auch noch bedenklich, als er an Land war. Ihm war, als befände er sich immer noch auf seinem schaukelnden Schiff. Irene musste ihn beim Gehen unterstützen, damit er nicht ins Straucheln kam. Wer Paul sah, musste glauben, er sei betrunken, weil sein Gang so torkelnd war. Paul beruhigte sich selbst, indem er zu Irene sagte: »Dieser Schwindel hört sicher bald wieder auf, mein Gehirn muss sich erst daran gewöhnen, dass das Schaukeln nun vorbei ist.« Die Nacht war schlimm für ihn, ständig blitzten die Bilder der Seenot und großen Gefahr in ihm wieder auf. Ihm war bewusst, dass sie nur knapp dem Tod entkommen waren. Dabei hatte er ständig das Gefühl, in einer Schiffsschaukel zu stehen, die nicht mehr zu schaukeln aufhörte. Als dieser Schwindel auch in den nächsten Tagen nicht nachließ, wurde ihm doch mulmig zumute. Schließlich entschieden Paul und Irene, in die Schweiz zurückzufliegen, damit Paul sich in ärztliche Behandlung begeben konnte. Viele Wochen folgten, in denen er von einem Arzt zum anderen ging und sich intensiven Untersuchungen unterziehen musste. Doch eine körperliche Ursache für seinen Schwankschwindel konnte nicht festgestellt werden. Aus den Wochen wurden Monate und nach zwei Jahren hatte er immer noch das Gefühl, in der Schiffsschaukel zu sitzen. Ein Neurologe erklärte ihm, dass diese Gleichgewichtsstörung ein Phänomen sei, das bei Seeleuten ab und zu vorkäme; vor allem, wenn sie extremen Stresssituationen ausgesetzt waren. Der Neurologe machte Paul auch klar, dass dieser Schwindel nach so langer Zeit bestehen bleiben würde.

Paul hatte nur eine Möglichkeit: sich damit abzufinden und zu versuchen, irgendwie damit klarzukommen. Er begann ein intensives Übungsprogramm, indem er lernte, seine Augen darauf zu trainieren, sein schwankendes Umfeld so weit wie möglich auszugleichen. Wenn er heute geht, heftet er seinen Blick nach unten, um mögliche Hindernisse und Unebenheiten wahrzunehmen und seine Schritte dementsprechend anzupassen. Nur selten kommt er ins Torkeln, und er bemerkt den Schwindel kaum, obwohl dieser immer noch vorhanden ist. Paul konnte auch das mit dem Schwindel einhergehende Unwohlsein mit der Zeit aus seinem Bewusstsein verdrängen.

Für Paul und Irene waren die Wellen in jener Nacht besonders hochgeschlagen und hatten vor allem für Paul einschneidende Folgen. Doch sein starker Wille und sein Ziel, noch viel zu unternehmen, halfen ihm dabei, nicht aufzugeben. Heute geht er mit seiner Frau wieder Wandern und Skifahren, besucht Theater und Konzerte und bereist ferne Länder.

Ihr Schiff verkauften die beiden allerdings kurze Zeit, nachdem es wieder seetauglich gemacht worden war.

Das Supertalent

W as in den Siebziger- und Achtzigerjahren des zwanzigs-
ten Jahrhunderts noch eher seltene Sterne am Fernseh-
himmel waren, ist heute aus der Fernsehwelt nicht mehr wegzudenken: Seifenopern, Castingshows oder Talentwettbewerbe.
Besonders die Castingshows sprießen wie Pilze aus dem Boden
und erfreuen sich zunehmender Beliebtheit. Inzwischen gibt
es in Deutschland unter anderem »Deutschland sucht den Su-
perstar (DSDS)«, »Das Supertalent«, »Popstars«, »Star Search«,
»X-Factor« und »The Voice of Germany«. Österreich hält mit
einer eigenen Show – »Starmania« – mit, ebenso die Schweiz
mit »Music Star«. Die inzwischen weit verbreitete und bekannte
Abkürzung DSDS wurde mittlerweile mit dem Kürzel SSDSG-
PS übertrumpft: eine Sendung zur Ermittlung des Kandidaten
für die Vorentscheidung des »Eurovision Song Contests« und
gipfelte anschließend in dessen Nachfolger mit dem absurden
Buchstabensalat »SSDSDSSWEMUGARRTLAD«.

Wie in so vielen Bereichen haben auch hierbei viele englische
Begriffe Einzug in die deutsche Sprache gehalten, angefangen
von »Casting« über »Recall« bis hin zum »Televoting«. Beim
»Casting« (ursprüngliche Bedeutung: angeln, fischen) werden
Künstler ausgewählt. Über einen »Recall« freuen sich die Teilnehmer sehr, denn das bedeutet für sie, dass sie wiederkommen
dürfen, um ihr Können nochmals zum Besten zu geben. »Te-

levoting« bedeutet, dass die Zuschauer per Telefon ihren Lieblingskandidaten wählen können. Die Teilnehmer an solchen Talentshows sind vor allem junge Leute, die zeigen wollen, was sie können. Sie singen, tanzen, zaubern oder führen sonstiges Erstaunliches vor; den Ideen sind kaum Grenzen gesetzt. Die meisten von ihnen haben den ganz großen Traum, ein »Star« zu werden, ein neuer Stern am schon hell erleuchteten Himmel der Stars und Sternchen.

Die Konkurrenz ist groß, die Kampfbereitschaft oft noch größer. Kaum ein Mittel wird gescheut, um sich auf der Bühne ins rechte Licht zu rücken. Immerhin trägt der visuelle Eindruck auf die Zuschauer mit dazu bei, deren Gunst zu erwerben und die Erfolgsleiter emporzuklimmen. Da wird geschminkt, gestylt und kostümiert. Ankommen und cool bleiben ist ein Ziel der jungen Kandidaten, welche unter den Argusaugen der Jurymitglieder ihr Können zum Besten geben. Nach erfolgtem Auftritt sehen sie dann ihrem Urteil entgegen – welches nicht selten vernichtend und niederschmetternd ausfällt, oft gnadenlos und demütigend ist. Doch auf das Risiko, verhöhnt und verspottet von der Bühne auf Nimmerwiedersehen abzutreten, lassen sich die Teilnehmer bewusst ein. Mit ihrem Auftritt setzen sie sich der öffentlichen Kritik aus, unter Beobachtung von Millionen von Zuschauern, in der Hoffnung auf ein Weiterkommen in die nächste Runde. Um die Spannung noch zu erhöhen und die Nerven der Kandidaten zu strapazieren, machen die Jurymitglieder vor jedem Voting-Ergebnis gerne längere Pausen.

Wie man schnell erfährt, unterscheiden sich die meist jungen Teilnehmer in ihrer Herkunft und ihrem Charakter ebenso stark wie in ihrem jeweiligen Vortrag. Manche kommen aus zerbrochenen Familien, sind zuweilen bereits mit dem Gesetz in Konflikt geraten und sehen diese Talentshow als eine letzte Chance, den Sprung in ein normales Leben zurückzuschaffen. Oft ist dies ein verzweifelter Versuch, Anerkennung zu finden und sich Gehör zu verschaffen. Andere wiederum kommen aus Familien, die sie tatkräftig unterstützen und voll hinter jedem ihrer Auftritte stehen. In jeglicher Hinsicht kommen sie aus den unterschiedlichsten Richtungen zusammen und treffen hinter und auf der Bühne aufeinander – als Konkurrenten im Wettstreit, jeder für sich als Einzelkämpfer. Zugleich sind sie Teil einer Gemeinschaft, die miteinander klarkommen und sich arrangieren muss.

Ob es sich bei den einzelnen Teilnehmern um echte Talente handelt, unterliegt zuweilen einer subjektiven Bewertung der Juroren und letztendlich des Publikums, welches seine Stimme für seinen Lieblingskandidaten abgibt. Je weiter der Wettbewerb fortschreitet, desto weniger Wert scheint dabei mitunter auf die Qualität der Aufführung gelegt zu werden: Einzelne Teilnehmer profilieren sich schon bald als Lieblinge des Publikums, deren äußere Erscheinung und Persönlichkeit die Gunst der Zuschauer genauso beeinflussen wie deren künstlerische Fähigkeiten. Dass dabei auch richtig gute und beeindruckende Leistungen erbracht werden, steht außer Frage. Doch was bedeutet es eigentlich, Talent zu haben? Das Wort »Talent« kommt von dem griechischen Wort »tálanton« und bedeutet »Waage« oder »Gewicht«. Ursprünglich war das Talent eine babylonische Maßeinheit der Masse und entsprach etwa 27 Kilogramm. Später war das griechische Talent die größte Einheit der Währung im antiken Münzsystem.

Die heute verbreitete Verwendung des Wortes »Talent« im Sinne von Begabung jedoch stammt aus dem Gleichnis von den anvertrauten Talenten in Matthäus, Kapitel 25, Verse 14-30 (EU): »Das Himmelreich ist wie mit einem Mann, der auf Reisen ging: Er rief seine Diener und vertraute ihnen sein Vermögen an. Dem einen gab er fünf Talente Silbergeld, einem anderen zwei, wieder einem anderen eines, jedem nach seinen Fähigkeiten. Dann reiste er ab. Sofort begann der Diener, der fünf Talente erhalten hatte, mit ihnen zu wirtschaften, und er gewann noch fünf dazu. Ebenso gewann der, der zwei erhalten hatte, noch zwei dazu. Der aber, der das eine Talent erhalten hatte, ging und grub ein Loch in die Erde und versteckte das Geld seines Herrn. Nach langer Zeit kehrte der Herr zurück, um von den Dienern Rechenschaft zu verlangen. Da kam der, der die fünf Talente erhalten hatte, brachte fünf weitere und sagte: Herr, fünf Talente hast du mir gegeben; sieh her, ich habe noch fünf dazugewonnen. Sein Herr sagte zu ihm: Sehr gut, du bist ein tüchtiger und treuer Diener. Du bist im Kleinen ein treuer Verwalter gewesen, ich will dir eine große Aufgabe übertragen. Komm, nimm teil an der Freude deines Herrn! Dann kam der Diener, der zwei Talente erhalten hatte, und sagte: Herr, du hast mir zwei Talente gegeben; sieh her, ich habe noch zwei dazugewonnen. Sein Herr sagte zu ihm: Sehr gut, du bist ein tüchtiger und treuer Diener. Du bist im Kleinen ein treuer Verwalter gewesen, ich will dir eine große Aufgabe übertragen. Komm, nimm teil an der Freude deines Herrn! Zuletzt kam auch der Diener, der das eine Talent erhalten hatte, und sagte: Herr, ich wusste, dass du ein strenger Mann bist; du erntest, wo du nicht gesät hast, und sammelst, wo du nicht ausgestreut hast; weil ich

Angst hatte, habe ich dein Geld in der Erde versteckt. Hier hast du es wieder. Sein Herr antwortete ihm: Du bist ein schlechter und fauler Diener! Du hast doch gewusst, dass ich ernte, wo ich nicht gesät habe, und sammle, wo ich nicht ausgestreut habe. Hättest du mein Geld wenigstens auf die Bank gebracht, dann hätte ich es bei meiner Rückkehr mit Zinsen zurückerhalten. Darum nehmt ihm das Talent weg und gebt es dem, der die zehn Talente hat! Denn wer hat, dem wird gegeben, und er wird im Überfluss haben; wer aber nicht hat, dem wird auch noch weggenommen, was er hat. Werft den nichtsnutzigen Diener hinaus in die äußerste Finsternis! Dort wird er heulen und mit den Zähnen knirschen.«

Alles, was wir haben, ist uns von Gott gegeben. Von uns aus können wir nichts tun, selbst die an sich normalsten Funktionen im Leben wie Laufen, Sprechen, Atmen, Essen und Trinken, Denken und Fühlen sind in sich ein Wunder und bei genauerem Hinsehen komplexe Vorgänge. Oft denken wir erst darüber nach, wenn etwas nicht mehr funktioniert.

Es gibt nicht viel Schöneres, als wenn man seine Gaben und Talente kennt und diese dann auch einsetzen und fördern kann. Glücklich kann sich schätzen, wer seine Berufung zum Beruf machen kann. Dies kann sich überall abspielen, sowohl in der Öffentlichkeit als auch im Verborgenen. Die wenigsten Menschen sind dazu auserkoren, als Sänger, Schauspieler oder sonstige Künstler berühmt zu werden. Die allermeisten von uns gehen tagtäglich unerkannt ihrer Berufung nach, ohne dass unsere Entscheidungen und Handlungen wie bei den Promis auf Schritt und Tritt verfolgt und dokumentiert werden.

Für die meisten Teilnehmer einer Castingshow ist der Traum vom Popstar schon bald danach ausgeträumt. Die Rampenlichter verlöschen, die Interviews, Auftritte in Limousinen und auf roten Teppichen gehören schnell der Vergangenheit an, und die nüchterne Realität des Alltags holt sie wieder ein. Was aber bleibt, sind die Talente, die Gott jedem von uns gegeben hat. Der eine hat mehr anvertraut bekommen, der andere weniger. Auf die Quantität kommt es nicht an. Wohl aber, wie wir mit dem uns anvertrauten Gut umgehen.

Neulich im Wartezimmer

Wenn man zum Arzt muss, ist das an sich schon Stress genug. Meistens fühlt man sich ja nicht wohl und sucht deshalb medizinische Hilfe. Doch oft ist der Weg zwischen Anmeldung und Behandlungszimmer weit – denn nur selten führt er direkt dorthin, sondern erst einmal ins Wartezimmer. Ein Blick dort hinein erhöht dann noch den Stresspegel, denn der Anblick, der sich einem für gewöhnlich bietet, ist nicht besonders aufbauend. Da sitzt meistens bereits eine Vielzahl an hustenden, niesenden und sonstigen ansteckenden Menschen, und die Aussicht, sich für die nächsten Minuten oder gar Stunden dort einzureihen, fördert auch nicht gerade das eigene Wohlbefinden.

Interessant finde ich immer wieder, *wie* die Leute warten. Manche tun dies, indem sie in einer Zeitschrift blättern oder ein Buch lesen. Andere suchen ein Gespräch, vielleicht haben sie einen Bekannten getroffen oder wollen sich etwas ablenken. Wieder andere sitzen einfach nur da und starren Löcher in die Luft oder in ihre Schuhe.

Doch es gibt auch Menschen, die ihre Wartezeit noch ganz anders verbringen. Zwei davon sind mir gleich auf einmal begegnet, neulich im Wartezimmer.

Ich hatte einen Termin beim Hals-Nasen-Ohren-Arzt. Nachdem ich an der Anmeldung den Überweisungsschein meines

Hausarztes sowie mein Versichertenkärtchen abgegeben hatte, machte ich mich auf den üblichen Gang ins Wartezimmer. Wie erwartet war es voll, nur noch wenige Plätze waren vereinzelt frei. Nach kurzem Zögern setzte ich mich auf einen freien Stuhl in der Ecke, der mir den weitesten Abstand zu den anderen wartenden Patienten zu bieten schien. Als Erstes fiel mir ein kleiner Mann auf, der mir gegenübersaß. Er war offensichtlich geistig und körperlich behindert und wartete in Begleitung eines Betreuers auf seinen Termin. Mit aufmerksamem Blick beobachtete er die Menschen um ihn herum und sprach laut aus, was er sich dabei so dachte. Mir fiel auf, wie freundlich er dabei war. Gleichzeitig zog eine ältere Dame die Aufmerksamkeit auf sich, denn auch sie sprach laut genug, dass alle anderen Patienten sie hören konnten. Sie und ihr Mann saßen links neben mir. Auch ihr Äußeres fiel mir auf. Ihre Mundwinkel waren heruntergezogen, ihre Gesichtszüge verhärtet. Sie hielt zwar eine Zeitschrift in der Hand, in der sie aber offensichtlich nicht las, denn sie schimpfte nahezu ununterbrochen mit ihrem Mann.

»Dein Stock ist gerade umgefallen. Hast du das nicht gemerkt? Dann heb ihn doch gefälligst wieder auf!« Der Mann tat schweigend, wie ihm geheißen wurde. Inzwischen meldete sich der kleine Mann mir gegenüber zu Wort: »Die Frau da hat einen schicken Pullover an. Der ist schön bunt!« Die Frau, über die er redete, freute sich und lächelte ihm freundlich zu. Doch schon ging die Schimpferei meiner Nachbarin wieder los: »Sag mal, wieso hast du denn das Auto so weit weg geparkt? Hättest du nicht etwas näher einen Parkplatz finden können?« Leise hörte ich die Antwort ihres Mannes: »Nein, es war alles voll.« – »Dann hättest du halt ein paarmal herumfahren sollen, aber dazu bist du ja zu blöd!« Ihr Mann antwortete nichts. Dafür aber meldete sich nun der kleine Mann mir gegenüber wieder zu Wort: »Der Mann dort drüben muss bestimmt ins Krankenhaus, er hat so ein großes Pflaster auf der Nase. Das tut ihm sicher weh!« Sein Betreuer versicherte ihm, dass der Mann vom Doktor gleich versorgt werden würde, was den kleinen Mann beruhigte. Die Frau neben mir war noch nicht fertig und schimpfte weiter: »Ich frage mich, wozu die hier überhaupt einen Termin machen. Vor mir sind noch zehn Leute dran, und mein Termin war vor einer halben Stunde!«

Der kleine Mann von gegenüber sah inzwischen einer jungen Dame interessiert dabei zu, wie sie sich einen Kaffee aus dem Automat herausließ und mit ihrem Becher in der Hand wieder Platz nahm. »Die Frau hat bestimmt Durst und braucht etwas zu trinken. Ob ihr's wohl schmeckt?«

»Du könntest auch mal was lesen, anstatt immer nur so herumzusitzen und nichts zu tun!«, war nun wieder die Stimme meiner Nachbarin zu vernehmen. Ich betete insgeheim, dass ich bald drankommen würde. Das Verhalten dieser Frau ihrem Mann gegenüber war mir zutiefst unangenehm. Noch dazu schien es ihr völlig egal zu sein, dass alle anderen sie dabei hören konnten. Ihr Mann blieb die meiste Zeit schweigsam, sicher wusste er aus Erfahrung nur zu gut, dass es keinen Sinn hatte, ihr zu widersprechen.

Schade, dass wir Menschen es uns gegenseitig oft so unnötig schwer machen. Vielleicht merken wir manchmal schon gar nicht mehr, wie sehr wir uns mit unseren Worten verletzen. Zu sehr haben wir uns daran gewöhnt, zu selbstverständlich kommen sie uns oft aus dem Mund. Und fast immer spiegeln sich in unserer Unfreundlichkeit auch eigenes Unwohlsein oder Verletzungen, die wir teilweise selbst nicht greifen können. Nur kann unser Gegenüber das nicht immer wissen und reagiert seinerseits auch entsprechend unfreundlich. Doch wie es auch gehen kann, hat mir zur gleichen Zeit der kleine Mann gezeigt. Anstatt sich ständig mit sich selbst zu beschäftigen, nahm er Anteil an seinen Mitmenschen und teilte kleine Freundlichkeiten aus – Balsam für die Seele. In seiner einfältigen, kindlichen Art bildete er einen beindruckenden, wohltuenden Kontrast zu der schimpfenden und mit sich selbst unzufriedenen Frau. Dazu fielen mir die Worte von Paulus ein: »Seid aber untereinander freundlich und herzlich und vergebt einer dem andern, wie auch Gott euch vergeben hat in Christus« (Epheser, Kapitel 4, Vers 32) – etwas, wonach wir uns im Grunde unseres Herzens doch eigentlich alle sehnen.

»Frau Ottensmann bitte!« – Erleichtert legte ich die Zeitschrift auf den Tisch und folgte schnell der Sprechstundenhilfe, um endlich im Behandlungszimmer anzukommen.

Ein Auto
voller Blumen

Conny war mit ihrem neuen Auto auf der Autobahn unterwegs. Gut gelaunt drückte sie das Gaspedal noch etwas weiter durch. Vor ihr fuhren nur ein paar einzelne Autos, sonst war alles frei. Inzwischen zeigte der Tachometer 160 Stundenkilometer an. Mehr wollte sie ihrem Auto nicht zumuten, noch dazu war sie noch nie so schnell gefahren. Sie verlangsamte das Tempo wieder etwas und freute sich über diesen Nachmittag. Die Sonne schien und sie war auf dem Weg zu ihrer besten Freundin, die sie seit einem Jahr nicht mehr gesehen hatte. Ihr Navigationsgerät zeigte an, dass sie in zwei Stunden und zehn Minuten ihr Fahrtziel erreichen würde.

Während sie weiterfuhr, summte sie die Melodie mit, die im Radio gespielt wurde. Den Schlager kannte sie seit ihrer Kindheit, sie fühlte sich um Jahrzehnte zurückversetzt. Doch jetzt musste sie ihre Aufmerksamkeit wieder auf die Straße lenken, denn vor ihr tauchte ein Lastwagen auf, und sie setzte zum Überholen an. Im selben Augenblick kam auf der Überholspur von hinten eine schwarze Limousine angerast. Der Fahrer hatte offensichtlich nicht die Absicht, seine Geschwindigkeit zu drosseln und drohte Conny mit Lichthupe und Horn, sodass sie erschrocken ihr Lenkrad herumriss und nach kurzem Schleudern die Gewalt über ihr Fahrzeug wiedererlangte, um auf der rechten Spur weiterzufahren. Das Herz pochte ihr bis zum Hals, denn ihr war klar, dass sie nur knapp einem Unfall entgangen war. Allmählich beruhigte sie sich wieder, spürte aber gleichzeitig eine kochende Wut in sich aufsteigen. Der rücksichtslose Autofahrer war längst über alle Berge. »Wieso muss man denn so rasen? Der muss ja mindestens 200 Stundenkilometer schnell gefahren sein«, überlegte Conny. »Was für ein Mensch mag wohl hinter jenem Steuerrad sitzen?« Wie schon öfters dachte sie, dass der Fahrstil eines Menschen viel über seinen Charakter aussagte.

Nach diesem Schreck fuhr sie selbst noch langsamer weiter. Als sie um die lang gezogene Autobahnkurve kam, sah sie schon von Weitem einen langen Stau vor sich. Seufzend schaltete sie kurz ihre Warnblinkanlage ein und fragte sich, warum der Verkehrsfunk im Radio diesen Stau mit keiner Silbe erwähnt hatte. Mithilfe ihres Navis hätte sie dann vielleicht noch die Möglichkeit gehabt, eine Alternativroute zu fahren. Doch jetzt war es zu spät dafür, und sie reihte sich auf der mittleren Spur ein, um nicht zwischen den mittlerweile zahlreichen Lastwagen eingekeilt zu sein. Zunächst rollte der Verkehr noch ein paar Hundert Meter im Schritttempo, doch schon bald ging gar nichts mehr, und alle Autos kamen zu einem totalen Stillstand. Conny war froh, dass ihr neues Auto eine Klimaanlage hatte, denn die Sonne brannte heiß auf das Autodach. Inzwischen waren einige Leute aus ihren Autos ausgestiegen und spazierten auf der Autobahn umher. Die meisten nahmen diesen unfreiwilligen Stopp mit Gelassenheit, manche kamen ins Gespräch miteinander oder nutzten die Zeit, um etwas zu essen und zu trinken. Conny hatte keine Lust, auszusteigen und hoffte, dass sich der Stau bald auflösen würde. Doch was dann plötzlich geschah, würde sie so schnell nicht mehr vergessen. Auf der rechten Spur neben ihr standen Stoßstange an Stoßstange ein Lastwagen nach dem anderen aus den verschiedensten Ländern. Wie aus dem Nichts tauchte auf einmal ein junger Mann neben ihrem Auto auf, lief an ihr vorbei und rannte zielstrebig auf den Lastwagen rechts vor ihr zu. Der Lastwagenfahrer saß in seinem Fahrerhäuschen und las Zeitung. Ohne jegliche Vorwarnung sprang der junge Mann die Stufen hoch, riss die Fahrertür auf und packte den Lastwagenfahrer am Kragen. Wütend schrie er ihn in einer Sprache an, die Conny nicht verstand. Vielleicht polnisch oder ukrainisch, war ihre Vermutung. Der Lastwagenfahrer seinerseits war auch nicht zimperlich und wehrte sich, indem er den Eindringling von sich stieß. Die beiden schimpften sich lauthals an. Conny hoffte inbrünstig, dass sich die Männer nicht auf eine Schlägerei auf der Autobahn einlassen würden, und sie ihnen womöglich noch in die Quere kommen würde. Ein Ausweichen wäre unmöglich gewesen. Am meisten erschrocken war sie jedoch über die Aggression und Gewaltbereitschaft dieses jungen Mannes. Was musste in ihm vorgegangen sein, um so auszurasten? Vermutlich war er schon lange unterwegs und stand unter Zeitdruck. Vielleicht würde er Ärger bekommen, weil er durch den Stau zu spät ankommen würde. Doch gab es irgendetwas, das sein Verhalten von soeben rechtfertigte? Es war nicht das erste Mal, dass Conny sich mit dem Thema Aggressionen und Wut beschäftigte. Erst kürzlich hatten sie in einem Bibelkurs, den sie seit einigen Wochen in ihrer Gemeinde besuchte, darüber gesprochen. Sie musste beinahe lächeln, als sie sich an zwei eindrückliche Verse aus den Sprüchen Salomos erinnerte, denn beide passten wie die Faust aufs Auge auf die soeben erlebte Situation: »Wer Streit anfängt, gleicht dem, der dem Wasser den Damm aufreißt. Lass ab vom Streit, ehe er losbricht!« (Sprüche Salomos, Kapitel 17, Vers 14), und: »Ein Mann, der seinen Zorn nicht zurückhalten kann, ist wie eine offene Stadt ohne Mauern« (Sprüche Salomos, Kapitel 25, Vers 28).

Conny war sehr erleichtert, als sie sah, dass der junge Mann zu seinem eigenen Lastwagen zurückkehrte und schimpfend in sein Fahrerhäuschen kletterte. Noch mehr Erleichterung machte sich in ihr breit, als kurz darauf Bewegung in die vor ihr liegende Blechlawine kam und der Stau sich wie von selbst allmählich wieder auflöste. Die berechnete Ankunftszeit auf ihrem Navi hatte sich um 45 Minuten nach hinten verschoben. Als Conny gerade wieder an Fahrgeschwindigkeit zugenommen hatte, wurde ihr Augenmerk auf einmal auf eine außergewöhnliche Erscheinung gelenkt. Links neben ihr fuhr auf der Überholspur ein kleiner knallroter Lieferwagen vorbei. Der Fahrer winkte ihr fröhlich zu. Das war aber noch nicht das Merkwürdigste daran, sondern das Auto war über und über voll mit bunten Blumen. Auf dem Beifahrersitz lag ein riesiger Strauß roter Nelken, und über der gesamten Ladefläche verteilt lagen unzählige Blumen: Rosen, Gladiolen, Primeln, Veilchen und vieles mehr. Nichts deutete auf den Grund dieses Blumenmeeres hin, nirgends war ein Aufdruck oder ein Schild zu sehen. Conny konnte nicht anders: sie winkte dem freundlichen Blumenlieferanten zurück und lachte aus vollem Herzen. Die fröhlichen Farben der Blumen, noch dazu der ebenso fröhliche Fahrer brachten Farbe in ihr eigenes Herz nach all den Schrecken dieser Fahrt auf der Autobahn. »Wie unterschiedlich die Menschen doch sind«, dachte Conny schmunzelnd, dankbar für das Auto voller Blumen.

Das gefällt mir nicht, das will ich nicht!

Alles war bestens vorbereitet. Die Partyteller und Becher mit buntem Legomotiv bedruckt standen auf dem Esstisch, passend dazu mit demselben Motiv lagen rechts neben den Tellern die Papierservietten. Die Limonade war gut gekühlt, und der selbst gebackene Kuchen in Form eines großen Legosteins wartete nur darauf, dass die fünf in ihm steckenden Kerzen angezündet wurden. Auf einer Tortenplatte hatte ich eine Mohrenkopfpyramide aufgebaut. Um den Kindern nicht nur Süßes vorzusetzen, hatte ich außerdem einen Teller mit kleinen Partybrezeln dazugestellt. Die Luftballons waren aufgeblasen und verzierten Wände und Stühle, die Partyspiele waren geplant und kleine Preise lagen bereit.

Pünktlich um 15.00 Uhr klingelte es an der Haustür und die ersten Gäste kamen herein. Sie wurden von ihren Müttern daran erinnert, Samuel zum Geburtstag zu gratulieren, bevor sie sich von ihnen verabschiedeten. Schließlich waren alle da: sieben kleine Freundinnen und Freunde aus dem Kindergarten, um gemeinsam mit Samuel seinen fünften Geburtstag zu feiern. Mein Mann hatte sich zur Feier des Tages extra freigenommen, um uns bei der Geburtstagsfeier zu helfen. Zuerst spielten die Kinder »Flaschendrehen«. Dasjenige Kind, auf das der Flaschenhals zeigte, durfte Samuel sein Geschenk überreichen. So kam

70

nacheinander jedes Kind dran, und alle schauten gespannt dabei zu, wie Samuel die Geschenke auspackte. Die Kommentare zu den Geschenken reichten von »Cool!« über »Ach, das habe ich schon lange!« bis hin zu »Das ist langweilig!«; auf die Gefühle des jeweils schenkenden oder beschenkten Kindes wurde dabei keine Rücksicht genommen.

Als ich die Kinder zum Kuchenessen an den Tisch bat, ließ die Gästeschar sich dies nicht zweimal sagen. Alle stürzten auf ihre Plätze. Mit etwas Anstrengung brachte ich die Kinder dazu, erst einmal »Happy Birthday« zu singen, während die Kerzen auf dem Legokuchen brannten. Nachdem Samuel diese ausgepustet hatte, war kein Halten mehr: Einige Kinder nahmen sich gleich zwei oder drei Stücke Kuchen, die Mohrenkopfpyramide war in Windeseile abgebaut. Um sicherzugehen, dass sie auch eine Partybrezel abbekamen, »reservierten« sich einige Kinder rasch eine Brezel, indem sie sie auch noch auf ihren ohnehin schon überfüllten Teller häuften.

Bilder von meinen Kindergeburtstagen kamen mir vor Augen: Hübsch artig saß ich mit meinen Gästen um den Tisch herum, jeder hatte ein Stück Kuchen auf dem Teller; wir blieben so lange sitzen, bis wir den Teller leer gegessen hatten. Während ich die kleinen fünfjährigen Gäste mit Limonade bediente, waren die ersten schon satt, bevor das erste Stück Kuchen überhaupt aufgegessen war, und wollten gleich aufstehen. Als ich sie freundlich darauf hinwies, dass sie teilweise noch einen angebissenen Mohrenkopf und eine Brezel auf ihren Tellern hatten, und ob sie nicht erst einmal fertig essen wollten, erhielt ich zur Antwort: »Nö, hab keinen Hunger mehr« und: »Mir hat der Kuchen nicht so gut geschmeckt«. Einer nach dem anderen stand nun auf und lief ins Wohnzimmer, um zu spielen. Nur ein kleiner Gast kaute in aller Ruhe weiter auf seiner Brezel und blieb tatsächlich solange sitzen, bis er alles aufgegessen hatte.

Als Nächstes stand das Spiel »Topfschlagen« auf dem Programm. Wir hatten verschiedene kleine Stofftiere gekauft, sodass jedes Kind ein anderes Tier unter dem Topf finden würde. Beim ersten Kind, das mit verbundenen Augen durch das Wohnzimmer kroch, um den Topf zu finden, und mit dem Holzlöffel daraufzuschlagen, halfen die anderen Kinder noch mit, indem sie entweder »kalt«, »warm« oder »heiß« riefen. Doch beim zweiten Kind ließ die Teambereitschaft bereits nach, und die letzten drei Kinder fanden den Topf, indem mein Mann und ich ihnen die entsprechenden Hinweise gaben. Die anderen waren derweil in Samuels Zimmer verschwunden, wo sie mit Lego spielten. Als das letzte Kind den Topf gefunden hatte und darunter einen kleinen Stoffhund hervorgeholt hatte, rief es aus: »Das gefällt mir aber nicht. Ich will etwas anderes haben!« Ich musste erst einmal schlucken, denn das hatte ich bisher noch nicht erlebt. Ich selbst hätte mich das sicher nicht getraut, schon gar nicht mit fünf Jahren. Leicht verärgert schlug ich dem Kind vor, es könne ja vielleicht mit jemandem sein Stofftier tauschen. Doch dazu war niemand bereit. Trotzig meinte der kleine Junge dann: »Dann nehme ich eben gar nichts, bevor ich diesen hässlichen Hund behalte!« Am liebsten hätte ich ihm zugerufen, er sollte doch froh sein, dass er überhaupt etwas geschenkt bekam. Und dass er nicht so respektlos und undankbar sein sollte. Aber ich ließ es bleiben und sagte nichts.

Anschließend rief ich die Kinder zusammen, und wir gingen in den Garten, um dort die »Reise nach Jerusalem« zu spielen. Mein Mann hatte bereits sieben Stühle für die acht Kinder aufgestellt. Ein kleines Mädchen protestierte: »Ich habe keine Lust und spiele nicht mit!« und setzte sich demonstrativ auf die Schaukel. Ihre Freundin stimmte daraufhin ein: »Ich auch nicht!« und setzte sich auf die Schaukel daneben. Also nahmen wir wieder zwei Stühle aus der Stuhlreihe heraus und ließen die Musik laufen. Die ersten Runden machten den Kindern viel Spaß. Doch je weniger Stühle es wurden, desto verbissener kämpften die Kleinen darum, noch einen Stuhl zu erhaschen, sobald die Musik verstummte. Schließlich stand nur noch ein Stuhl da, und die letzten beiden Kinder lieferten sich einen erbitterten Zweikampf. Als plötzlich die Musik aufhörte, ließen sich beide gleichzeitig auf den Stuhl fallen. Keiner wollte nachgeben, bis wir schließlich beide zum Sieger erklärten.

Langsam kamen Zweifel in mir hoch, ob wir das nächste Spiel überhaupt noch spielen sollten. Wieder dachte ich zurück an unsere eigenen Kindergeburtstage. Ich kann mich nicht erinnern, dass jemals ein Kind zu der Mutter gesagt hätte, dass ihm sein Preis nicht gefallen würde oder dass ein Kind sich einfach entschied, ein Spiel zu boykottieren. Wo war denn nur der Respekt vor den Eltern geblieben?

Wir entschieden uns für ein letztes Spiel, das wir bereits vorbereitet hatten: Etwa 50 kleine, mit Wasser befüllte Luftballons warteten darauf, mit einer Art Steinschleuder als Wasserbomben weggeschleudert zu werden. Diese Schleuder erforderte Teamarbeit: Zwei Kinder spannten die Gummibänder, während ein drittes Kind den Luftballon in die dafür vorgesehene Halterung legte. Nun ging es darum, welches Team die Ballons am weitesten wegschleudern konnte. Für dieses Spiel gingen wir auf eine große, nahe gelegene Wiese. Die Gaudi war groß, und es machte allen Kindern viel Spaß. Sie konnten gar nicht genug Wasserbomben verschleudern, die dann mit lautem Geklatsche auf der Erde zerplatzten, sodass das Wasser nach allen Seiten spritzte. Einige vorwitzige Jungen stellten sich bewusst so hin, dass sie nass wurden. Schon bald waren alle 50 Luftballons geplatzt. Bevor wir nach Hause gingen, baten mein Mann und ich die Kinder, beim Aufsammeln der Luftballonfetzen zu helfen. Wieder einmal an diesem Nachmittag traute ich meinen Ohren kaum, denn ohne zu zögern meinte ein kleiner Junge: »Zum Aufräumen bin ich aber nicht auf die Geburtstagsfeier gekommen. Ich bin immerhin der Gast!« Schnell fand er zwei oder drei Kinder, die ihm eifrig zustimmten. Nun reichte es meinem Mann und er sagte in Furcht einflößendem Ton: »Ihr räumt jetzt alle mit auf und es gibt keine Ausnahme!« Das wirkte dann doch, und die Kleinen rannten los, um die Überbleibsel der Luftballons aufzusammeln. In weniger als fünf Minuten war alles erledigt, und wir konnten nach Hause gehen.

Zum Abschluss gab es noch Pizza mit Salami und Käse. Eigentlich wunderte ich mich nicht mehr, als eines der Mädchen ihr Stück Pizza kritisch beäugte und mir ins Gesicht sagte: »Meine Mama belegt die Pizza mit Schinken, weil ich Salami nicht mag. Deine Pizza will ich nicht essen!«

Nach dem Abendessen wurden die Kinder von ihren Eltern abgeholt und bekamen zum Abschied von Samuel jeder ein kleines Geschenktütchen in die Hand gedrückt. Als das letzte Kind gerade zur Haustür hinausging, hörten mein Mann und ich noch, wie es sagte: »Da ist aber wenig drin: nur ein Bleistift, ein Radiergummi und Aufkleber!«

Eigentlich schade, dass wir unsere Kinder heutzutage mit Dingen überhäufen und ihnen damit oft das Gegenteil von dem vermitteln, was sie lernen sollten: auch mit weniger zufrieden sein, dankbar für das, was sie bekommen. Wenn wir uns auf endlose Diskussionen mit ihnen einlassen, anstatt ihnen Grenzen zu setzen und sie auch mal in die Schranken zu weisen, müssen wir uns nicht wundern, wenn sie den Spieß umdrehen und uns sagen wollen, wo es langgehen soll.

Paulus gibt uns im Epheserbrief eine Unterweisung in der Kindererziehung, die auch noch heute nichts von ihrer Weisheit und Gültigkeit verloren hat: »Ihr Kinder, seid gehorsam euren Eltern in dem Herrn; denn das ist recht. ›Ehre Vater und Mutter‹, das ist das erste Gebot, das eine Verheißung hat: ›auf dass dir's wohlgehe und du lange lebest auf Erden‹ (5. Mose 5,16). Und ihr Väter, reizt eure Kinder nicht zum Zorn, sondern erzieht sie in der Zucht und Ermahnung des Herrn« (Epheser, Kapitel 6, Verse 1-4).

Es gibt auch noch Menschen

In der Klinik herrscht geschäftiges Treiben. Ärzte und Krankenschwestern eilen den Gang entlang, Patienten warten auf langen Stuhlreihen, bis sie zu ihrem Termin aufgerufen werden. Manche sitzen schon seit Stunden da. Ein Mann mittleren Alters meint in aller Seelenruhe: »Das ist normal, man muss einfach viel Zeit mitbringen.« Eine junge Frau neben ihm stimmt ihm zu: »Wenn ich hierherkomme, nehme ich mir für den Rest des Tages nichts anderes vor, weil ich nie weiß, wann ich hier wieder herauskomme. Aber das ist für mich in Ordnung. Wenn ich drankomme, nimmt sich mein Arzt genug Zeit für mich, und das ist auch nicht überall selbstverständlich.«

Andere Patienten sehen das nicht so gelassen und machen ihrem Ärger über die langen Wartezeiten Luft: »Eine Zumutung ist das, einen hier so sitzen zu lassen!«, schimpft ein alter Herr mit Schnurrbart lauthals. Der junge Mann, der ihm gegenübersitzt, schließt sich seiner Meinung an: »Die langen Wartezeiten sind doch eigentlich von gestern. Aber die hier kriegen die Terminplanung einfach nicht auf die Reihe. Nirgendwo muss man so lange warten wie hier. Echt ätzend, diese Zeit, in der man nur herumhängt und wartet.«

Die Leute vertreiben sich mit allen möglichen Mitteln die Zeit: lesen, schreiben, Nintendo spielen, telefonieren oder ein

Nickerchen machen. Einige wenige beobachten interessiert das Treiben um sie herum, während andere einfach nichts tun und ihren Gedanken nachhängen. Über eine Lautsprecheranlage werden die nächsten Patienten mit Namen aufgerufen und gebeten, sich in eines der zahlreichen Behandlungszimmer zu begeben, die mit Nummern versehen sind. Bevor man dort eintreten darf, wird man ein weiteres Mal zum Warten aufgefordert, dieses Mal direkt vor dem Behandlungszimmer. Bei manchen Patienten liegen bis dahin die Nerven ziemlich blank. Vor allem, wenn sie darauf warten, von ihrem Arzt die Ergebnisse der letzten Untersuchung zu erfahren. Auf den Wartestühlen vor den Behandlungsräumen herrscht meistens Schweigen, doch auch in diesem Bereich eilen zahlreiche Ärzte hin und her, beratschlagen sich miteinander oder verschwinden im OP-Saal, um einen kleineren ambulanten Eingriff vorzunehmen.

Mitten in diesem geschäftigen Kliniktreiben geschieht dann plötzlich und unerwartet etwas, das die Zeit für einen Moment anzuhalten scheint. Sowohl die wartenden Patienten als auch die unter Zeitdruck stehenden Ärzte halten einen Moment inne und lassen sich von einer Szene mitnehmen, die wie aus einem anderen Film zu sein scheint. Es ist nur ein kurzer Augenblick, der jedoch einen Zauber innehat und die Herzen derer höher schlagen lässt, die das Glück haben, dieses Geschehnis mitzuerleben. Mitten in der Alltagshektik geht auf einmal eine Tür auf, und ein junger Mann kommt den Gang entlang. In seinem Arm hält er einen wunderschönen, riesengroßen Blumenstrauß. Die Blumen sind eine bunte Mischung aus prächtigen Tulpen, Gerbera und Schleierkraut. Ohne zu zögern spricht der Mann den Arzt an, der ihm gerade entgegenkommt: »Verzeihen Sie, wo finde ich Schwester Manuela?« Der Arzt schaut lächelnd auf den Blumenstrauß und meint: »Sie haben Glück, Schwester Manuela ist gerade mit ihrem Dienst fertig und wird gleich aus dem Schwesternzimmer kommen.« Er zeigt dabei auf ein Zimmer mit Glasfenstern ein wenig weiter den Gang entlang. In diesem Augenblick öffnet sich auch schon die Tür und eine junge Krankenschwester tritt auf den Gang hinaus. Der junge Mann will sie offensichtlich auf keinen Fall verpassen und ruft ihr zu: »Schwester Manuela, haben Sie kurz Zeit?« Die junge Krankenschwester dreht sich erstaunt um. Sie erkennt den Mann und läuft ihm entgegen. Lachend ruft sie ihm zu: »Was machen Sie denn hier? Sie wurden doch vorgestern bereits aus der Klinik entlassen!« Inzwischen sind alle Anwesenden ganz Ohr und verfolgen gespannt die Begegnung zwischen dem jungen Mann und der Krankenschwester. »Ich bin gekommen, um mich bei Ihnen zu bedanken. Als ich eingeliefert wurde, waren Sie sofort für mich da und haben sich um mich gekümmert.« – »Aber das ist doch selbstverständlich«, erwidert die Schwester peinlich berührt. »Für mich war es nicht selbstverständlich. Denn wo ich herkomme, kann es passieren, dass man auch in einem Krankenhaus stundenlang liegen gelassen wird, bevor sich eine Schwester oder ein Arzt um einen kümmert. Aber Sie waren einfach da und haben alle Hebel in Bewegung gesetzt, damit meine Wunden schnell versorgt wurden. Als kleines Zeichen meines Dankes möchte ich Ihnen diesen Blumenstrauß schenken. Vielleicht haben Sie etwas Freude daran.« Die Krankenschwester errötet vor Freude und nimmt strahlend die Blumen entgegen. »Na, dann danke ich Ihnen auch und freue mich, dass es Ihnen wieder besser geht.« Die beiden sehen sich lächelnd an, bevor sie sich voneinander verabschieden. Dann gehen beide ihrer Wege, der junge Mann verlässt die Klinik durch dieselbe Tür, zu der er hereinkam, und die Krankenschwester geht mit ihrem Blumenstrauß zurück ins Schwesternzimmer, um eine Vase für die Blumen zu finden. Ein wartender Patient meint gerührt: »Es gibt auch noch Menschen!« und erhält rundherum zustimmendes Kopfnicken.

Die Zeit scheint für einen Augenblick stillgestanden zu haben, doch nun geht der Alltagsbetrieb in der Klinik weiter. Die Ärzte eilen wieder durch die Gänge, und die nächsten Patienten werden ins Behandlungszimmer hineingebeten. Für diejenigen jedoch, die Zeuge dieser Szene werden durften, ist die Welt für den Augenblick ein kleines bisschen besser geworden.

Winterduft

Behutsam öffnet Daniela die Balkontür einen Spaltbreit. Draußen ist es bereits dunkel, es ist bitterkalt. Der Schnee, der schon vor drei Tagen gefallen ist, glitzert wie tausend Sterne im Mondschein. Zum Schneien ist es heute Abend viel zu kalt. Die Luft riecht nach Winter und Kälte. Daniela wollte eigentlich nur schnell die Tischdecke draußen ausschütteln, um dann den Tisch zu decken und das Abendbrot zu richten, bevor es Zeit würde, ihre beiden kleinen Kinder ins Bett zu bringen. Doch als ihr dieser Winterduft in die Nase steigt, hält sie plötzlich inne. Ganz unverhofft und unerwartet kommen auf einmal Erinnerungen in ihr hoch. Sie verweilt einen Augenblick an der geöffneten Balkontür, um ganz bewusst diesen herrlichen Duft der Winterluft einzuatmen und diesen nachzuspüren. Dabei denkt sie: »Wie verrückt ist das eigentlich? Da hetze ich den ganzen Tag herum, ohne die Natur um mich herum eigentlich wahrzunehmen. Ich höre nicht einmal mehr, wenn die Vögel zwitschern und die Tannenbäume rauschen. Dabei habe ich alles direkt vor meiner Haustür. Wie anders habe ich das früher noch erlebt, als ich Kind war und noch unendlich viel Zeit hatte ...«

Bilder steigen in ihr hoch, wie sie als Kind im Winter mit ihren Geschwistern Schneehütten baute, stundenlang Schlitten fuhr oder lange Waldspaziergänge im Schnee machte. Mit leichter

Wehmut denkt sie daran, wie sie damals unbeschwert und mit viel Zeit den Augenblick einfach nur genießen konnte, ohne sich Gedanken darüber zu machen, was der nächste Tag wohl bringen würde. »Was mache ich eigentlich?«, steigt es nun in ihr hoch. »Vor lauter Arbeit und den ganzen Terminen komme ich gar nicht mehr zur Besinnung. Fast hätte ich jetzt diesen Winterduft überhaupt nicht mehr bemerkt.« Und sie erinnert sich weiter an die wunderbaren Düfte, die die Weihnachtszeit mit sich brachte: Das Haus war erfüllt von dem herrlichen Geruch frisch gebackener Kekse, Bratäpfeln aus dem Backofen, Glühwein für die Erwachsenen und heißem Punsch für die Kinder. Stets lagen Orangen und Mandarinen in der Obstschüssel, die beim Schälen schon so herrlich dufteten. Auch Nüsse wurden reichlich geknackt. Der Höhepunkt war alle Jahre wieder das weihnachtliche Festessen, auf das man sich das ganze Jahr freuen konnte. Die Mutter machte Karpfen blau und servierte diesen mit Schwarzwurzeln und Kartoffeln. Diese Mahlzeit gab es nur einmal im Jahr, doch an den Duft dieses köstlichen Essens kann sich Daniela immer noch erinnern und das Wasser läuft ihr im Mund zusammen, wenn sie daran denkt.

Winterduft – Daniela denkt auch an Weihnachtsmärkte, auf denen es nach gebrannten Mandeln riecht, nach Lebkuchen und allerlei anderem Weihnachtsgebäck, süßen Waffeln mit Puderzucker bestreut. Und aus den Lautsprechern klingt Weihnachtsmusik. Die Kinderaugen glänzen und eine besondere Atmosphäre macht sich breit – die Vorfreude der Kinder auf Weihnachten überträgt sich auch auf die Erwachsenen.

Als Daniela noch ein kleines Mädchen war, wurde jeder Tag im Advent mit Spannung erwartet, denn dann durfte sie ein neues Türchen am Adventskalender öffnen. Wie gut, dass die lange Wartezeit durch den Nikolaus verkürzt wurde, der in der Nacht die Stiefel mit manchen Leckereien füllte. Und dann lag da noch dieses ganz besondere Knistern in der Luft, bis an Heiligabend endlich zur Bescherung gerufen wurde und der Weihnachtsbaum in hellem Lichterglanz erstrahlte. Die Kerzen in Danielas Kindertagen waren aus echtem Bienenwachs und verbreiteten einen wunderbaren Duft, der zusammen mit dem würzigen Geruch der Tannennadeln das Haus noch tagelang danach mit einem einmaligen, unvergesslichen Aroma erfüllte.

Winterduft – die ganz besonders frische Luft vor allem bei Schneefall oder kurz danach, wenn die Sonne herauskommt und eine klirrende Kälte die Landschaft verzaubert, als wäre sie in Watte gepackt. Der ganze Schmutz bleibt dem Auge für eine Weile verborgen, die Schneedecke hat ihn zugedeckt und lässt die Welt in neuem Glanz erstrahlen, sauber und in reinem Weiß. Auf einmal sieht man überall Spuren, die davon zeugen, dass Menschen und Tiere dort vorübergegangen sind. Tiere und Menschen, die ansonsten völlig unbemerkt vorbeikommen. Aber dort, wo die Menschen ihre Spuren hinterlassen, wird der Schnee oft schnell unansehnlich braun oder sogar schwarz, vor allem am Straßenrand.

Daniela denkt beim Anblick des Schnees unweigerlich: »Es ist, als ob alle Sünde zugedeckt ist. Das ist in Wahrheit nur bei Jesus möglich – er kann unsere Schuld zudecken und uns wieder rein machen. Wie wundervoll das Bild des Schnees doch dafür ist. Wie leise es wird, wenn der Schnee fällt, welch wohltuende Stille dann auf einmal in dieser lauten Welt herrscht.«

Winterduft – dann ist auch die Zeit, wenn das alte Jahr zu Ende geht und das neue Jahr vor der Tür steht. Daniela denkt zurück an viele lange Silvesternächte, in denen sich ihre Familie bei Fondue oder Raclette versammelte, um an Mitternacht gemeinsam anzustoßen und sich ein frohes neues Jahr zu wünschen. Der Geruch der abgeschossenen Raketen und Silvesterknaller gehört für sie auch dazu; alle Jahre wieder, genauso wie die Fragen, was das neue Jahr wohl bringen wird.

Dankbar für diesen Schatz an Erinnerungen schließt Daniela lächelnd die Balkontür. Der Winterduft hat sie für einen kurzen Augenblick umfangen und in eine andere Welt versetzt. Ihre Lunge ist aufgefüllt und erfrischt von der kühlen, klaren Luft und sie legt die Tischdecke auf den Tisch zurück. Mit neuer Energie macht sie sich daran, das Abendessen vorzubereiten.

Schatten und Licht

Dass es auch in den dunkelsten Stunden des Lebens ab und zu einen Lichtblick geben kann, hat meine Oma in den Kriegsjahren erlebt. Sie erzählt aus ihren Erinnerungen:

»Am 4. Februar 1945 stand ich mit meinen drei Kindern – sechs, drei und zwei Jahre alt – auf der Straße unseres Heimatortes Liegnitz in Schlesien, um in eine ungewisse Zukunft zu gehen. Die letzten zwei Wochen im Januar waren für mich die schwersten in meinem Leben gewesen. Man wusste nicht, wie man es richtig machen sollte. Die Entscheidung lag ganz allein bei mir. Unsere Männer waren in den Krieg gezogen. Das Dorf rüstete sich zum Treck. Ein Bauer fuhr mich mit den Kindern und meinen Habseligkeiten nach Prinkendorf, wo die Straße nach Jauer abzweigte. Dort standen wir dann in Kälte und Regen und warteten, dass uns ein Militärauto mitnahm. Wir hatten Glück, denn eine Stunde später nahm uns ein offener Lastwagen mit. Unser Gepäck wurde hinten aufgeladen und wir kletterten dazu. Ich packte dann meine schönen Steppdecken aus, und wir kuschelten uns darunter, um uns vor Kälte und Regen zu schützen. Unser Ziel war Herischdorf bei Hirschberg. Dort war die Bekannte meiner Schwester Luise Verwalterin einer mittelgroßen Landwirtschaft. Luise hatte mir geschrieben, dass ich mit den Kindern zu ihrer Bekannten gehen solle, sie würde mich aufnehmen. Aber als wir in Herischdorf ankamen, gab es einen großen Schrecken und Tränen. Frau Strauß, die Verwalterin, schlug die Hände über dem Kopf zusammen und sagte: ›Jetzt kommt ihr erst; mein Haus ist voller Flüchtlinge, ich kann euch nicht aufnehmen.‹ Doch Frau Strauß fand eine Lösung und brachte uns kurzerhand in der Nachbarvilla unter. Nun hatten wir wieder ein Dach über dem Kopf und wohnten in einer schönen, fremden Wohnung. Aber nicht lange, denn dann wurde das Haus mit anderen Flüchtlingen aus Breslau belegt, und wir wurden von der Partei aufgefordert, unsere Sachen zu packen. Zweimal habe ich mich geweigert wegzugehen, aber als sie das dritte Mal kamen, drohten sie mir damit, mir keine Lebensmittelmarken mehr zu geben.

Da standen wir nun wieder mit unserem Gepäck und fuhren mit der Bahn in die Tschechei. Immer wieder blieb der Zug auf der Strecke stundenlang stehen, bis wir um Mitternacht auf einem kleinen Bahnhof aussteigen mussten. Der Ort hieß Jistebnitz und lag 100 Kilometer südlich von Prag. Wir hatten Glück und kamen zu einer Bauernfamilie in einem kleinen Dorf.

Am 20. April, an Hitlers Geburtstag, waren wir noch immer in der Tschechei, aber mir wurde immer mulmiger. Ich entschloss mich, mit meinen Kindern nach Herischdorf zurückzufahren. Es war ein Wunder, dass wir in den letzten Apriltagen so ungeschoren durch Prag kamen. Frau Strauß war hocherfreut, als wir wieder da waren und nahm uns gerne auf. Die anderen Flüchtlinge waren alle weg, und sie war ziemlich allein. Dort warteten wir auf das Ende des Krieges. Als es endlich so weit war, wollten wir so schnell wie möglich nach Hause und hofften auf einen neuen Anfang. Aber ich musste ja erst wissen, ob unser Haus noch stand. Meine Kinder ließ ich in der Obhut von Frau

Strauß und ging mit einer Gruppe von 10–12 Leuten los. Als wir Liegnitz erreichten und ich zu unserem Haus kam, gab es einen großen Schrecken für mich. Die Zimmer und die Küche waren vollkommen leer, meine Möbel standen im Freien draußen und waren durch die Witterung vollkommen kaputt, mein schönes Porzellan und die Kristallsachen lagen zerschlagen im Garten. Mir wurde von den Nachbarn erzählt, dass die Russen in der Schule ein Lazarett eingerichtet hatten. Nun wusste ich, dass wir nichts mehr besaßen als das bisschen Zeug zum Anziehen, das ich in Herischdorf hatte. Die Dorfleute rieten mir, bis nach der Ernte zu warten, ehe ich mit den Kindern heimkam. Es gab nichts zu essen im Dorf, aber das Getreide auf den Feldern stand gut. In Herischdorf bekam man noch Lebensmittelmarken und konnte alles kaufen.

Ich ging wieder los, ungefähr 25 Kilometer weiter nach Siegendorf, um zu sehen, ob meine Mutter den Krieg überlebt hatte. Auf dem Marktplatz lagen Berge von Papiergeld auf der Straße. Ich hätte mir Tausende von Mark mitnehmen können, aber ich habe mich nicht getraut. Von Weitem sah ich schon, dass Mutters Haus noch stand. Ich ging zögernd hinein. Zu meiner großen Freude konnte ich meine Mutter begrüßen. Sie war ganz gesund, auch meine Schwester Hilde war dort. Die Wiedersehensfreude war groß, doch am nächsten Morgen machte ich mich wieder auf den Weg zu meinen Kindern zurück.

Die nächsten Monate half ich bei der Feldarbeit, und als es Winter wurde, durfte ich im Haus bleiben und für die Bauernfamilie Kleider nähen. Ich wusste inzwischen, dass es für uns in Schlesien keine Zukunft mehr geben würde und war neugierig, wie es weitergehen sollte. Von meinem Mann hatte ich seit 1945 nichts mehr gehört und wusste nicht, ob er den Krieg überlebt hatte.

Ende Februar erhielt ich einen Brief von meinem Mann. Was für eine Freude! Endlich eine gute Nachricht! Er hatte den Krieg überlebt und schrieb, dass er in Uitzdorf in Bayern lebte, wo auch sein Vater und seine beiden Schwestern waren. Er war im Herbst bis nach Görlitz gekommen, um uns abzuholen, aber die Grenze war gut bewacht, und er war nicht über die Neiße gekommen. Mein Mann wollte, dass wir zu ihm kommen sollten. Aber wie sollte ich mit drei kleinen Kindern nach Uitzdorf kommen!

Im Mai 1946 evakuierten die Engländer alle Deutschen. Es waren wohl 500–600 Leute am Bahnhof, die in Güterwagen verladen wurden. Noch einmal kamen wir durch Siegendorf, und ich konnte meinen Kindern sagen: ›Dort wohnt die Oma.‹ Die Fahrt ging weiter nach Kohlfurt, dort war die Grenze nach Deutschland und umfangreiche Kontrollen standen an. Es war verboten, Geld aus Polen mitzunehmen. Ich hatte aber die Sparbücher und mein letztes Bargeld den Kindern in die Leibchen genäht, und es ging alles gut. Von Kohlfurt fuhren wir weiter über Magdeburg Richtung Westen, bis wir in Springe bei Hannover ausgeladen wurden. In Springe wurden die Leute auf verschiedene Orte verteilt. Ich kam mit den Kindern in das kleine Bauernstädtchen Eldagsen, wo wir Unterkunft bei einem Tierarzt fanden. Wir bekamen auch gleich Lebensmittelkarten, sodass ich Butter und Brot einkaufen konnte. Seit über einem Jahr wieder einmal Brot und Butter – es war direkt ein Festessen. Ich hatte meine drei Kinder um mich herum, und jeder durfte sich satt essen.

Als Nächstes schickte ich ein Telegramm mit unserer neuen Adresse an meinen Mann. Zwei oder drei Tage später war er dann bei uns. Die Kinder waren ziemlich verstört und erkannten ihren Vater nicht mehr. Mein Mann bekam eine Anstellung als Lehrer in Nienstedt, einem kleinen Dorf 30 Kilometer südlich von Bremen. Kurz vor Weihnachten war es dann so weit: Wir konnten alle nach Nienstedt ziehen. Endlich hatten wir als Familie wieder ein richtiges Zuhause.

Ich war beinahe zwei Jahre mit den Kindern unterwegs gewesen, ohne ein eigenes Heim und mit nur wenig anzuziehen. Und ein Jahr ohne Geld. Man wundert sich, was der Mensch so aushält, aber ich bin heute noch stolz darauf, dass ich meine Kinder gesund aus dem ganzen Schlamassel herausgebracht habe.«

In jedem Namen steckt ein Amen

Sind Sie jemals einem Menschen begegnet, der keinen Namen hatte? Vermutlich nicht, es sei denn, einem neugeborenen Baby, dessen Eltern sich noch nicht auf einen Namen einigen konnten oder sich mit der Entscheidung schwertaten. Ansonsten trägt jeder einen Namen, ob er ihm gefällt oder nicht. Schon immer wurden die Menschen mit Namen benannt. Sogar die allerersten beiden Menschen erhielten von Gott selbst Namen: Adam und Eva. Diese waren Namen voller Bedeutung: Adam ist das hebräische Wort für »rote Erde«, aber auch die Bezeichnung für »Mensch«. Eva bedeutet »Leben« oder »die Leben Spendende«.

Für viele Eltern spielt die Bedeutung des Vornamens eine wichtige Rolle bei der Namensfindung für ihr Kind, und sie überlegen sich schon lange vor der Geburt, wie ihr Kleines heißen soll. Oft legen sie auch Wert auf den Klang des Namens und darauf, dass er gut zum Nachnamen passt. Für manche ist es wichtig, dass ein bestimmter Name in der Familie bleibt, oder sie benennen ihr Kind in Erinnerung an einen lieben Menschen. In einen Vornamen werden manchmal auch Wünsche oder Eigenschaften hineingelegt, die man seinem Kind auf den Lebensweg mitgeben möchte. Andere Eltern wiederum meinen es mehr oder weniger ernst, wenn sie jedem ihrer Kinder einen Vornamen geben, der mit demselben Buchstaben beginnt. Das beste Beispiel dafür ist die Familie Duggar in den Vereinigten Staaten. Sie haben 19 Kinder, deren Namen alle mit dem Buchstaben »J« beginnen: Joshua, Jana, John, Jill, Jessa, Jinger, Joseph, Josiah, Joy, Jedidiah, Jeremiah, Jason, James, Justin, Jackson, Johannah, Jennifer, Jordyn, Josie. In unserer Kirchengemeinde gibt es eine Familie mit acht Kindern. Da sowohl die Namen der Mutter als auch des Vaters mit dem Buchstaben »A« beginnen, war für sie klar, dass ihre Kinder auch alle einen Namen mit »A« haben sollten. Ihre Vornamen lauten: André, Ania, Akir, Aaron, Amirah, Aiyah, Abigail, Adonia, Aiden und Amelya.

Wird bei uns ein Baby geboren, muss der Name des Neugeborenen bei der örtlichen Behörde gemeldet werden, damit eine Geburtsurkunde ausgestellt werden kann, die im Lauf des Lebens immer wieder als Beweismittel dafür dient, dass man überhaupt existiert. Unser Name prägt uns und wir prägen unseren Namen. Es gibt zeitlose Vornamen, die seit Tausenden von Jahren nichts von ihrer Beliebtheit verloren haben. Häufig sind dies im wahrsten Sinne des Wortes biblische Namen, die es in jeder Generation gibt, wie zum Beispiel David, Daniel, Rebekka, Maria, Thomas, Eva oder Benjamin. Andere Vornamen können in Mode kommen, aber auch wieder unpopulär werden. Heutzutage sind bei uns viele Vornamen beliebt, die zur Zeit unserer Großeltern aktuell, in der Generation dazwischen jedoch nahezu verpönt waren. »Wie kann man sein Kind nur Hannah oder Emma nennen? Das sind ja scheußliche Namen«, hörte ich öfter, als ich ein Kind war. Heute sind diese Vornamen wieder beliebt und rangieren ganz oben in den Namens-Hitlisten, gemeinsam mit den Vornamen Mia, Lea, Sofia, Louisa, Emilia, Anna, Lena, Ben, Paul, Lukas, Max, Julian und Noah.

Andererseits sind viele Vornamen aus meiner Generation inzwischen »out«. Ich kenne kein kleines Kind in unserer Gegend, das Elke, Manuela, Dagmar, Uta, Sabrina, Anja, Frank, Stephan, Markus, Peter oder Michael heißt.

Unser Vorname begleitet uns ein Leben lang, es sei denn, wir lassen eine Namensänderung vornehmen oder legen uns einen Künstlernamen zu. Etwas anders verhält es sich mit unserem Nachnamen. Was früher noch relativ einfach war, kann heute ganz schön kompliziert sein. Heute ist bei der Heirat in Bezug auf Namen so gut wie alles möglich. Während früher die Frau einfach den Nachnamen ihres Mannes bekam, kann heute jeder seinen eigenen Namen behalten oder auch verschiedene Variationen an Doppelnamen wählen. Oder der Mann nimmt den Namen seiner Frau an. Noch verwirrender kann es werden, wenn die Eltern ihrer Kinder nicht verheiratet sind, denn dann müssen sie sich entscheiden, welchen Nachnamen ihre Kinder als Familiennamen tragen sollen.

In jedem Namen steckt ein Amen – wir benennen unsere Tiere, unsere Straßen; manche Leute geben sogar ihren Autos Namen. Unvorstellbar wäre es, wenn es Ortschaften oder ganze Länder geben würde, die keinen Namen hätten. Ein Name gibt uns Orientierung und Halt; es ist wichtig, dass wir etwas beim Namen nennen können. Eine der ersten Fragen, die man stellt, wenn man jemanden kennenlernt, ist die nach dem Namen. Oder wir stellen uns vor, indem wir sagen, wie wir heißen. Wenn wir jemanden ansprechen wollen, brauchen wir einen Namen. Selbst kleine Kinder fragen häufig erst einmal: »Wie heißt du?«, wenn sie einem anderen Kind begegnen. Oft bedienen wir uns auch anderer Namen, indem wir »im Namen des Herrn« oder

»im Namen des Volkes« etwas ausdrücken, also sozusagen für andere sprechen.

In der Bibel sind die Menschen oft so, wie ihr Name sie bezeichnet. Manche Menschen erhielten von Gott sogar einen neuen Namen, nachdem sich eine Veränderung bei ihnen vollzogen hatte. Aus Abram (= erhabener Vater) wurde Abraham. Abraham bedeutet »Vater der Völker« oder »Vater der Menge«. Auch Jakob bekam einen neuen Namen, weil er unter dem alten litt. Jakob bedeutet »Betrüger«, und Gott gab ihm später den Namen »Israel«, was »Gotteskämpfer« heißt.

Im Neuen Testament erschien der Engel des Herrn sowohl Josef als auch Maria und teilte ihnen mit, welchen Namen Marias Sohn haben sollte. Zuerst kam er zu Maria: »Siehe, du wirst schwanger werden und einen Sohn gebären, und du sollst ihm den Namen Jesus geben« (Lukas, Kapitel 1, Vers 31). Danach erschien der Engel Josef im Traum: »Sie wird einen Sohn gebären, dem sollst du den Namen Jesus geben, denn er wird sein Volk retten von ihren Sünden« (Matthäus, Kapitel 1, Vers 21). Kurze Zeit zuvor war der Engel bereits Zacharias erschienen, als dieser im Tempel war: »Fürchte dich nicht, Zacharias, denn dein Gebet ist erhört, und deine Frau Elisabeth wird dir einen Sohn gebären, und du sollst ihm den Namen Johannes geben« (Lukas, Kapitel 1, Vers 13). Johannes bedeutet »Gott ist gnädig«.

Aus Saulus wurde Paulus, nachdem er sich von Gott hatte rufen lassen und sich zu ihm bekehrt hatte. Saulus bedeutet so viel wie »der Erhabene«, während Paulus »der Kleine« oder »der Geringe« heißt. Noch heute spricht man davon, dass sich jemand vom Saulus zum Paulus wandelt, was ausdrücken soll, dass sich jemand vollkommen verändert hat.

Gott selbst hat verschiedene Namen in der Bibel, zum Beispiel »Jahwe«. Zusätzlich zu Jahwe trägt Gott auch Namen, die seinen Charakter widerspiegeln: »Jahwe-Nissi« – Der Herr ist mein Banner (2. Buch Mose, Kapitel 17, Vers 15); »Jahwe-Jireh« – Der Herr ist mein Versorger (1. Buch Mose, Kapitel 22, Vers 14); »Jahwe-Rapha« – Der Herr ist mein Arzt (2. Buch Mose, Kapitel 15, Vers 26); »Jahwe-Schalom« – Der Herr ist mein Friede (Richter, Kapitel 6, Vers 24); »Jahwe-Roi« – Der Herr ist mein Hirte (Psalm 23, Vers 1) – um nur einige Beispiele zu nennen.

In jedem Namen steckt ein Amen. Das Amen nach dem Gebet ist eine Bekräftigung dessen, was Gott vorgetragen wurde: »So sei es.« Unser Name ist die Bekräftigung unserer selbst, der uns ein Gesicht gibt und uns bestätigt, dass es uns gibt, dass wir da sind. Wir sind von Gott gewollt und nicht nur eine Laune der Natur. Das spricht er uns in Jesaja, Kapitel 43, Vers 1 zu: »Fürchte dich nicht, denn ich habe dich erlöst; ich habe dich bei deinem Namen gerufen; du bist mein!«

Einmal Prinzessin sein

M eine vierjährige Tochter Stephanie hüpft aufgeregt um
mich herum. Heute ist im Kindergarten Faschingsfeier
und alle Kinder dürfen sich verkleiden. Steffi weiß genau, als
was sie sich verkleiden will: als Prinzessin. Während sie sich
das rosa Prinzessinnenkleid mit den Glitzerärmeln anzieht und
ich ihr die Krone ins Haar stecke, sagt sie zu mir: »Wenn ich
groß bin, will ich eine echte Prinzessin sein.« Ich muss lächeln,
denn insgeheim habe auch ich früher diesen Wunsch einmal
gehegt und davon geträumt, einen echten Prinzen zu heiraten,
um Prinzessin zu werden. Mein Prinz kam dann in etwas anderer Gestalt daher, auf jeden Fall nicht in der Kutsche und ohne
Schloss.

Es gibt wohl kaum ein Mädchen, das nicht einmal davon
träumt, Prinzessin zu sein. In einem Schloss zu leben, schöne
Kleider anzuziehen, dazu Edelsteine und Perlen zu tragen, von
den Dienern jeden Wunsch von den Augen abgelesen zu bekommen – das sind schon schöne Vorstellungen. Ein Traum, der
nur selten wahr wird, denn dazu gibt es einfach zu wenige echte
Prinzen. Doch ab und zu kommt es schon vor: ein Mädchen wie
du und ich heiratet in die Welt der Royals ein, findet einen Prinzen und wird Prinzessin. Spätestens dann zerplatzt der Traum
vermutlich wie eine Seifenblase, denn das Leben einer echten
Prinzessin ist alles andere als märchenhaft.

Doch die Prinzessinnenwelt mit Kinderaugen sehen – das ist ein Schatz, der wertvoller als alle Edelsteine dieser Erde sein kann. Unsere Kinder machen es uns tagtäglich vor – sie leben in einer Welt, die uns Erwachsenen oft genauso unzugänglich erscheint wie die Welt der königlichen Hoheiten. Gemeinsam mit Märchenprinzessinnen wie Rapunzel, Schneewittchen, Dornröschen oder der Prinzessin auf der Erbse sind auch wir einmal groß geworden. Wir haben mit ihnen gelitten und gebangt, gehofft und uns gefreut, als schließlich der schöne Prinz zu deren Errettung kam. Heutzutage kann die Welt der Prinzessinnen auf vielfältige Art und Weise nach Hause geholt werden – als Badezusätze, Shampoos und Seifen, als Haarschleifen, Kämme und Bürsten. Auch bunt gesprenkelte Schokolade eingehüllt in Prinzessinnenpapier lässt die Herzen der kleinen Mädchen höher schlagen. Das Angebot an Kleidungsstücken sowie Taschen in jeder Form und Größe mit Glitzerkronen oder Prinzessinnenemblem ist riesengroß. Besonders beliebt zur Geburtstagsparty sind bei den kleinen Mädchen Pappteller und -becher mit Prinzessinnenmotiven, ebenso Kostüme zum Verkleiden und dazu der passende Glitzerschmuck aus Plastik. Manche Erwachsenen träumen ihren Kindertraum weiter und freuen sich darüber, für eine Saison auch Karnevalsprinz oder -prinzessin oder Weinkönigin zu sein.

Die Magazine mit den letzten Neuigkeiten aus der Welt der Royals finden reißenden Absatz, was auch eine neu herausgegebene Zeitschrift beweist, die sich ausschließlich damit beschäftigt, über die diversen Königshäuser und deren Mitglieder zu berichten. Je mehr es glitzert und glänzt, schillert, schimmert und funkelt, desto mehr lassen wir uns von dem für uns unerreichbaren Leben in Glamour und Luxus verblenden und verzaubern.

Doch unsere Tochter Melissa schaffte es einmal, dass mein Mann beinahe als Prinzessin in sein Büro ging ...

Wir lebten damals in Portland, Oregon. Melissa war fünf Jahre alt und wachte morgens meistens vor uns auf. Dann war sie sofort putzmunter. So auch an jenem Donnerstag, als mein Mann sich fertig machte, um ins Büro zu fahren. Während er noch frühstückte, kam Melissa mit einer Handvoll Haarspangen und Ketten zu ihm. »Ich mache dich jetzt ganz schick wie eine Prinzessin, damit alle Leute im Büro über dich staunen«, kündigte sie ihm an und machte sich an die Arbeit. Sie hängte ihm drei ihrer Perlenketten um den Hals und verzierte seine Haare mit etwa zehn Haarspangen. Michael spielte das Spiel mit und nahm sich vor, im Auto alles abzulegen, wenn er losgefahren war. Das tat er dann zwar auch, nachdem er sich von uns verabschiedet hatte. Aber: Er hatte eine rosarote Haarspange ganz oben an seinem Kopf übersehen. Nichts ahnend fuhr er also in die City von Portland, wo er im neunten Stockwerk eines Hochhauses seinen Arbeitsplatz hatte. Bereits im Aufzug nach oben fiel ihm auf, dass die Leute ihn etwas sonderbar musterten, einige dabei kicherten und sich gegenseitig ansahen. Unauffällig fuhr er sich über sein Gesicht, denn er nahm an, dass er vielleicht noch etwas Rasierschaum oder Zahnpasta an seiner Backe kleben hatte. Dann dachte er nicht weiter darüber nach und ging in sein Büro. Es war ein typisches Großraumbüro, abgetrennt mit Stellwänden, die nur etwa schulterhoch waren. Im Lauf des Vormittags musste er sich einige Kommentare von vorübergehenden Kollegen anhören: »Guten Morgen, du hast dich heute ja besonders fein gemacht!« oder »Hast du heute noch etwas vor?« Bevor er seine Kollegen nach der Bedeutung ihrer Anspielungen fragen konnte, waren diese bereits wieder verschwunden. Nach der dritten Bemerkung stand er auf und ging auf die Toilette, um sich im Spiegel anzuschauen. Plötzlich sah er oben auf seinem Kopf etwas glitzern. Er griff danach und hatte Melissas rosarote Haarspange mit den Glitzersteinchen in der Hand. »Jetzt ist mir alles klar«, dachte er bei sich und grinste. Er ging zurück an seinen Platz und sagte unterwegs dorthin zu seinen Kollegen: »Ihr hättet mich wohl noch den ganzen Tag so herumlaufen lassen, oder?« Sie lachten alle miteinander. Seine Mitarbeiter fanden die Geschichte, dass seine Tochter ihn am Morgen so geschmückt hatte, äußerst amüsant.

Als mein Mann an diesem Abend nach Hause kam, wurde er schon ungeduldig von Melissa erwartet. Als er zur Haustür hereinkam, hatte er zehn Haarspangen in seinen Haaren und drei Perlenketten um seinen Hals hängen. Dass die Spangen nicht an den gleichen Stellen seine Haare verzierten und die Halsketten nicht in derselben Reihenfolge seinen Hals schmückten, bemerkte Melissa nicht. Sie stürmte auf ihn zu und rief aufgeregt: »Und Papa, was haben die Leute gesagt, dass du heute so fein wie eine Prinzessin warst?« Michael nahm unser kleines Mädchen auf den Arm und konnte ihr ohne zu lügen zur Antwort geben: »Mein Schatz, die Leute haben vor Freude gelacht!«

Erst als Melissa am Abend eingeschlafen war, erzählte Michael mir, dass er an jenem Tag mit einer vergessenen Haarspange im Haar ins Büro gegangen war. Nicht nur seine Kollegen, auch wir freuten uns noch lange königlich über diesen Vorfall.

Die Wellness-Welle

Was früher die Marktschreier waren, sind heute die Medien: Fernseher, Internet, SMS, Kataloge und Werbeprospekte rufen uns Angebote zu, Ware jeder Art wird feilgeboten. Kaum einer kann sich der Fülle an Angeboten entziehen. Einen ganz besonderen Boom erlebt seit einiger Zeit die »Wellness-Branche«, sie erfreut sich eines beständig steigenden Umsatzes. Die modernen Marktschreier rufen es uns an jeder Ecke zu: »Nutzen Sie unser Wellness-Special!«; »Wohlfühlen mit allen Sinnen!«; »Kurzurlaub im Wellness-Hotel!«; »Relaxen unter Palmen!«; »Körper und Seele in Harmonie!«; »Kommen Sie in den Badetempel!«; »Yoga am Strand!«; »Auszeit vom Alltag!«; »Wandern zum Stressausgleich!«; »Entspannung pur im Spa!« – um nur einige der Lockrufe zu zitieren.

Inzwischen gibt es eine breite Palette an Produkten unter dem Begriff »Wellness«: Tee, Joghurt, Müsli, Konfitüre, Mineralwasser, Socken, aber auch Nahrungsergänzungsmittel und sogar Magnetmatratzen oder Erdstrahlenentstörgeräte.

Wellness ist eine Lebensphilosophie, das Wort »Lebensqualität« ist zu einem Schlagwort geworden. Dabei geht es um ganzheitliches Wohlbefinden, sowohl körperlich als auch geistig und seelisch. Die Wellness-Welle ist ein Phänomen unserer Gegenwart. Noch vor ein paar Jahren konnte man hierzulande mit diesem englischen Begriff kaum etwas anfangen, er hat sich in die deutsche Sprache eingeschlichen wie so viele Wörter der jüngeren Generation.

Die modernen Marktschreier rufen, und wir kommen. Schließlich haben wir doch alle ein Recht darauf, zu entspannen, zu relaxen und vom Alltag abzuschalten; uns neu auf uns selbst zu besinnen und uns ab und zu verwöhnen zu lassen. Wir dürfen uns kleine, kostbare Fluchten als Ausgleich zum sonst anstrengenden Alltag leisten. Kurse für Yoga, Tiefenentspannung und Stressmanagement sind gut besucht. Wellness-Hotels, Spas und Thermalbäder erfreuen sich wachsender Beliebtheit und sind gut ausgelastet.

Auffallend ist, dass es parallel zu dieser Wellness-Welle noch einen anderen Trend gibt: Je höher die Welle schwappt, desto lauter werden die Rufe nach mehr Psychotherapeuten. Diese Rufe kommen aber nur selten von den Marktschreiern. Sie kommen von den Menschen aus der Bevölkerung selbst. In diesem Zusammenhang reihen sich englische wie deutsche Begriffe nebeneinander: Mobbing, Burn-out-Syndrom, ausgepowert, Ängste, Panikattacken, Schlafstörungen; die Liste der psychosomatischen Symptome und Störungen ist beinahe endlos. Genauso wie die Wartezeiten für einen Termin beim Psychotherapeuten. Telefonisch erreichbar sind die wenigsten, dafür deren Anrufbeantworter. Wenn man Glück hat, wird man vom Therapeuten oder seiner Sekretärin zurückgerufen: entweder mit der Auskunft, dass keine neuen Patienten mehr angenommen werden oder dass man sich auf eine Warteliste setzen kann. Wenn man noch mehr Glück hat, bekommt man einen Termin zu einem Erstgespräch, allerdings frühestens zwei bis sechs Monate später. Wenn das Erstgespräch dann tatsächlich stattfindet, kann es passieren, dass Patient und Therapeut sich auf zwei vollkommen unterschiedlichen Wellenlängen befinden. Das bedeutet häufig für den Patienten, dass die Suche nach einem geeigneten Therapeuten von vorn losgeht. Oder er lässt sich doch lieber in eine entsprechende Klinik einweisen, wo er dann für die nächsten sechs bis acht Wochen verschwindet. Ein echter Notstand und eine Katastrophe für diejenigen, die dringend eine Therapie benötigen.

Die Tatsache, dass die Wellness-Branche boomt und gleichzeitig immer mehr Menschen einen Psychotherapeuten brauchen, ist sicherlich kein Zufall. Im Gegenteil, denn beides geht Hand in Hand. Beides basiert darauf, dass wir uns überfordert fühlen und mit dem Dauerstress nicht mehr zurechtkommen. Wir sehnen uns nach Auszeiten, kleinen Wohlfühloasen, um uns etwas Gutes zu tun, gleichwohl an Körper und Seele.

Es gibt Menschen, die unbedingt psychotherapeutische Hilfe brauchen, denen dann auch der schönste Wellness-Tempel nicht mehr hilft. Und es gibt diejenigen, die es sich schlicht und einfach nicht leisten können, teure Wohlfühlangebote in Anspruch zu nehmen. Übrig bleibt aber immer noch eine breite Masse der Bevölkerung, die sich von der immer größer werdenden Wellness-Welle mitreißen lassen kann. Auch ich mache mit, immer mal wieder. Ich frage mich aber dabei, ob wir heute wirklich mehr Stress haben als die Generationen vor uns. Oder sind wir weniger belastbar geworden? So schön es ist, es sich gut gehen zu lassen – einen Haken sehe ich dennoch: nämlich das eigene Ich. Wie schnell man beim Wellenreiten auf der Wellness-Welle in einen egoistischen Strudel geraten kann, habe ich selbst schon gemerkt. Schließlich geht es beim Wellness ja um *mein* Wohlbefinden, um *mein* seelisches Gleichgewicht, um *meine* Zeit für *mich*, einfach rundum um *mich* selbst. Und je mehr wir uns mit uns selbst beschäftigen, desto größer ist die Gefahr, dass wir unzufrieden werden, oder dass wir uns zu sehr eingeschränkt fühlen, wenn uns unsere Familie oder Freunde brauchen und fordern.

Was bedeutet denn eigentlich wahre Wellness? Die Kinder leben es uns wieder einmal vor. Täglich neue Freude über das Leben empfinden, über das eigene Schaffen und Wirken. Anteilnahme an den Menschen um uns herum, Achtsamkeit auf die kleinen Dinge. Einfach eine Begeisterung fürs Leben. Das ist etwas, was die Kinder noch können, aber wir Erwachsenen oft verlernt haben.

Gerade fährt mit lautem Bimmeln ein kleiner Lastwagen an unserem Haus vorbei. Dabei schreit ein Mann aus vollem Hals: »Alteisen, wir nehmen Ihren Schrott mit!«

Mehrmals wöchentlich fährt er durch den Ort, und immer ist sein Wagen mit dem Metallschrott der Leute gut gefüllt. Schrott abladen. Das ist es doch eigentlich, was wir ab und zu brauchen. Äußerlich genauso wie innerlich. Doch wohin mit unserem inneren Schrott? Wer nimmt unseren Seelenschrott so an, wie er ist, und entsorgt ihn für uns?

Jesus bietet uns an: »Kommt her zu mir, alle, die ihr mühselig und beladen seid; ich will euch erquicken« (Matthäus, Kapitel 11, Vers 28). Gebet kann viel bewirken, sowohl das eigene als auch die Fürbitte anderer Mitchristen.

Aber es gibt auch Situationen, in denen wir die Hilfe anderer Menschen brauchen, wo keine noch so gut gemeinten Worte mehr helfen. Dann dürfen und sollen wir uns darum kümmern, dass uns die Hilfe zuteilwird, die wir brauchen.

Keiner kennt uns so gut wie unser Schöpfer selbst. Gott hat uns so gemacht, wie wir sind, mit all den physischen und psychischen Möglichkeiten zu erkranken, aber auch zu gesunden. Oft kommt es nur darauf an, den richtigen Arzt oder Therapeuten zu finden.

Und hin und wieder genügt es schon, den Marktschreiern zu folgen und für ein paar Stunden oder Tage in das Meer der Wellness einzutauchen, um anschließend neu gestärkt wieder aufzutauchen. Alles zu seiner Zeit und alles in Maßen.

Kein Tag
wie jeder andere

Dieser Montagnachmittag könnte nicht schöner sein – obwohl noch März ist, strahlt die Sonne aus einem nahezu wolkenlosen, tiefblauen Himmel. Sie hat bereits an Kraft zugenommen und erfüllt die Luft mit einer wohltuenden Wärme. Zaghaft wagen sich die ersten Krokusse hervor und beginnen, ihre Blüten zu entfalten. Immer mehr von ihnen blühen in fröhlichen, kräftigen Farben – von weiß über orange bis lila – und setzen wohltuende Farbtupfer nach dem langen, kalten Winter.

Ich stehe auf unserer Terrasse und wende mein Gesicht der Sonne zu – kann kaum genug bekommen von ihrer Wärme und ihrem Licht. Ja, dieser Nachmittag könnte nicht schöner sein – eigentlich. Denn als ich in den Garten schaue, erblicke ich etwas, das so gar nicht in dieses idyllische Frühlingsbild hineinpasst: Neben den zahlreichen Frühlingsblumen steht dort nämlich mein 14-jähriger Sohn Samuel und hackt gerade mit einer Axt unseren alten, ausgedienten Laptop in tausend Stücke. Normalerweise hätte ich das nicht gewollt, doch heute tut er es mit meinem Einverständnis. Ich spüre, dass er diese Art von Aktivität jetzt braucht. Denn für uns ist dieser Nachmittag alles andere als normal, auch wenn es nach außen hin den Anschein haben mag.

Wir sind gerade von einer Beerdigung heimgekommen, mein Sohn und ich. Eine Beerdigung, die es eigentlich gar nicht hätte geben dürfen. Gleich zwei Menschen wurden zu Grabe getragen – der Vater von Samuels Freund und dessen Onkel. Ihr Tod hatte keine natürliche Ursache – die beiden wurden kaltblütig von einem alten Mann erschossen, in ihrer eigenen Arztpraxis, wo sie tagein, tagaus ihre Dienste als Ärzte versahen. Für unzählige Menschen waren sie jahrzehntelang nicht nur deren Hausärzte gewesen, sondern noch viel mehr: Sie waren Vertraute und Freunde geworden, waren aus unserem kleinen Ort nicht mehr wegzudenken. Das Wort »Amoklauf«, das wohl jeder aus den Medien kennt, wurde an jenem Montagnachmittag Anfang März plötzlich zur grauenhaften Realität für die Menschen in unserem Dorf.

Und nun stehen Samuel und ich nicht nur in unserem Garten vor einem Scherbenhaufen. Unser ganzer Ort steht vor einem riesigen Scherbenberg – fassungslos und voller Trauer.

Unzählige kleine Alltagsdinge erscheinen plötzlich in einer anderen Perspektive – was mir vor Kurzem noch wichtig erschien, verblasst im Schatten dieser gewaltigen Bluttat und ist nun eigentlich ziemlich egal. Die Tatsache, dass Samuel beim Zertrümmern des Laptops gleich noch ein paar Pflastersteine mit zerhackt hat, hätte mich bis vor einer Woche noch richtig geärgert – aber nicht heute. Es sind ja nur ein paar Steine, was soll's. Ich drehe mich um und gehe ins Haus zurück. Dabei fällt mein Blick auf die leere Wand im Esszimmer – ich bin am Umdekorieren und suche noch das richtige Bild. Doch zurzeit habe ich kein Auge dafür, zu viele andere Bilder kommen mir in den Sinn.

Als ich am Abend an Samuels Bett trete, um ihm eine gute Nacht zu wünschen, liegt eng an ihn geschmiegt seine kleine Katze Hanna. Sie schnurrt dabei wie ein Propeller – gleichmäßig und rhythmisch, voller Behagen und total entspannt. Das wohlige Gefühl, das sie verbreitet, tut einfach nur gut, und ich bin dankbar für dieses Kätzchen. Auch Samuel wirkt entspannter. Er braucht jetzt nicht viele Worte; ich glaube, seine Hanna gibt ihm mehr Trost als jedes Wort von mir es tun könnte.

Das Wort »relativ« kommt mir in diesen Tagen oft in den Sinn. So vieles in unserem Leben ist relativ. Was uns heute wahnsinnig wichtig scheint, kann schon morgen bis zur Nichtigkeit verblassen. Was in unserem Leben wirklich von Bedeutung ist, lässt sich aus der Fülle an Angeboten recht schnell auf erstaunlich weniges zusammenkürzen. Noch ein anderes Wort gewinnt in diesen Tagen an Tiefe: Hoffnung. Die Hoffnung stirbt zuletzt, wird oft gesagt. Doch um was für eine Hoffnung geht es da eigentlich? Hoffnung auf Genesung, eine neue Arbeitsstelle, schönes Wetter? Die Liste ließe sich beinahe endlos verlängern und sieht für jeden Menschen anders aus. Diese Art Hoffnung entspricht einem Wunschdenken und kann je nach Situation schwanken.

Doch da gibt es noch eine andere Hoffnung. Die Hoffnung, von der die Bibel spricht. Diese Art Hoffnung ist untrennbar mit dem Glauben an Gott verbunden. Sie ist kein Wunschdenken, sondern Gewissheit und absolutes Vertrauen in Gottes Verheißungen. Diese Hoffnung endet nicht mit unserem Tod auf dieser Erde, ganz im Gegenteil: Wer an Gottes Wort glaubt, darf sich sogar darauf freuen, was noch auf ihn zukommt – nach seinem Tod. »Denn ich weiß wohl, was ich für Gedanken über euch habe, spricht der Herr: Gedanken des Friedens und nicht des Leides, dass ich euch gebe Zukunft und Hoffnung« (Jeremia, Kapitel 29, Vers 11).

Friede, Zukunft und Hoffnung – danach sehnen sich alle leidgeplagten Herzen. Vielleicht gerade dann, wenn wir nichts von alledem spüren, dürfen und müssen wir daran festhalten, dass Gott eine Zukunft für uns vorgesehen hat, auf die wir wirklich hoffen dürfen.

»Warum?« – Diese Frage hängt in diesen Tagen wie eine dunkle Wolke über unserem Ort. Viele sprechen sie aus, andere schreien sie stumm in sich hinein, etliche Todesanzeigen in der Zeitung fragen danach. Doch mit der Frage nach dem Warum gerät man schnell in eine Sackgasse. Den meisten wird nämlich klar, dass es darauf keine befriedigende Antwort gibt. Wer sich nun an Gottes Wort klammern kann, darf vielleicht eine bisher nie geahnte Tiefe darin spüren: »Denn meine Gedanken sind nicht eure Gedanken, und eure Wege sind nicht meine Wege, spricht der Herr, sondern so viel der Himmel höher ist als die Erde, so sind auch meine Wege höher als eure Wege und meine Gedanken als eure Gedanken« (Jesaja, Kapitel 55, Verse 8-9).

Wir müssen nicht alles verstehen. Nein, wir können es mit unserem menschlichen Denken gar nicht. Doch wir können vertrauen: auf unseren guten Hirten, der uns nicht in die Irre führen wird, gerade in den Zeiten, in denen wir vor lauter Bäumen den Wald nicht mehr sehen, wenn um uns herum der Sturm tobt und die Wellen hochschlagen. Solange jeden Tag die Sonne wieder aufgeht und die Erde sich weiterdreht, geht auch das Leben weiter, ob wir wollen oder nicht. Ganz besonders viel Leben steckt in kleinen Kindern. Sie leben uns oft vor, sich an den kleinen Dingen im Leben zu erfreuen. Sich auch mal zu bücken, um einen Käfer zu beobachten, einen Kieselstein aufzuheben oder eine Wiesenblume zu pflücken. Sich Zeit nehmen, auf einer Mauer zu balancieren, einem Vogel zuzuschauen, wie er sein Futter in Form eines Regenwurms aus der Erde zieht, oder sich auf einen kleinen Plausch mit unseren Mitmenschen einlassen, ohne sofort gehetzt weiterzueilen. Vertrauensvoll die entgegengestreckte Hand ergreifen. Wieder aufstehen, wenn man hingefallen ist; wenn nötig, dabei auch trotzig sein. Hauptsache, wir stehen wieder auf und gehen weiter, denn nur so kommen wir ans Ziel.

Und wer echte Hoffnung in seinem Herzen trägt, vertraut auch auf Gottes Zusage, dass er eines Tages alle Tränen abwischen wird. Dort, wo es weder Leid noch Schmerzen gibt: »Und Gott wird abwischen alle Tränen von ihren Augen und der Tod wird nicht mehr sein, noch Leid noch Geschrei noch Schmerz wird mehr sein; denn das Erste ist vergangen« (Offenbarung, Kapitel 21, Vers 4).

Darauf freue ich mich schon heute.

Einmal die Zeit anhalten

Gudrun saß seit einer halben Stunde in dem Straßencafé an der Ecke und schaute beinahe jede Minute auf die Uhr. Vor lauter Aufregung hatte sie sich viel zu früh zum vereinbarten Treffpunkt aufgemacht und konnte nun kaum abwarten, bis es endlich so weit war. Die Zeiger auf ihrer Armbanduhr schienen sich nur noch halb so schnell zu bewegen wie sonst, die Sekunden schienen sich in Minuten verwandelt zu haben. Doch dann war es endlich so weit. Pünktlich zur vereinbarten Zeit ging die Tür auf und Manuela kam herein; Gudrun erkannte sie sofort. Manuela blieb kurz am Eingang des Cafés stehen und sah sich suchend um. Als sie die winkende und lachende Gudrun entdeckte, steuerte sie unverzüglich auf deren Tisch zu. Dann lagen sich die beiden in den Armen, lachten und weinten gleichzeitig.

Siebzehn Jahre lang hatten sie sich nicht mehr gesehen. Ohne es zu wollen, hatten sich die beiden Freundinnen aus den Augen verloren, nachdem sie von der Grundschule bis zum Abitur gemeinsam die Schulbank gedrückt hatten. Sowohl Gudrun als auch Manuela hatten anschließend ihre Heimat verlassen und eine Ausbildung gemacht. Während Gudrun geheiratet und sich die nächsten Jahre der Erziehung ihrer drei Kinder gewidmet hatte, war Manuela nicht so sesshaft geworden. Sie hatte ihre

Zeit und Energie in ihre Karriere als Rechtsanwältin gesteckt und mehrere Male den Wohnort gewechselt. Den Mann für ihr Leben hatte sie nie gefunden, und inzwischen konnte und wollte sie sich eigentlich auch nicht mehr vorstellen, ihr Singledasein aufzugeben. Mit zunehmendem Alter war sie jedoch etwas melancholischer geworden und hatte immer öfter an die vergangenen Zeiten gedacht; daran, wie unbeschwert sie in ihren Jugendjahren gewesen war. Und auch daran, wie sie damals mit ihrer besten Freundin Gudrun durch dick und dünn gegangen war. So hatte sie sich auf die Suche nach ihr gemacht. Dem Internet konnte sie es verdanken, dass sie schon bald fündig geworden war, obwohl sie nur Gudruns Mädchennamen gekannt hatte. Dann hatte sie nicht lange gezögert und zum Telefonhörer gegriffen, um sich bei ihr zu melden. Die Freude beiderseits war groß gewesen, und sie hatten sich zu einem Wiedersehen in dem kleinen Straßencafé in ihrem alten Heimatort verabredet, wo sie sich schon damals zu Schulzeiten ihre engsten Geheimnisse anvertraut hatten. Weder für Gudrun noch für Manuela war die Anreise sehr weit, sodass sie sich schnell auf diesen Treffpunkt geeinigt hatten.

Nun lagen sie sich nach siebzehn Jahren endlich wieder in den Armen. Die nächsten drei Stunden vergingen wie im Fluge. Bei mehreren Tassen Kaffee und genauso vielen Stücken Kuchen erzählten sie sich, wie ihr Leben weitergegangen war, nachdem sie sich damals aus den Augen verloren hatten. Bei Gudrun war das Hauptgesprächsthema ihr Mann und ihre Kinder und was sie als Hausfrau und Mutter nebenbei noch so alles machte. Manuela dahingegen berichtete von ihrem beruflichen Werdegang und so manchen interessanten Erlebnissen als Rechtsanwältin.

Gudrun sagte zwischendurch zu Manuela: »Irgendwie beneide ich dich fast ein bisschen. Du kannst tun und machen, was du willst, kannst kommen und gehen, wann es dir passt, und musst auf niemanden Rücksicht nehmen. Da ist keiner, der an dir rumnörgelt oder seinen Frust an dir auslässt. Du musst dir nicht anhören, dass das Essen nicht schmeckt oder die Wäsche noch nicht gewaschen ist. Du kannst in aller Ruhe telefonieren, im Internet surfen oder dein Lieblingsprogramm im Fernsehen anschauen, ohne dass dir ständig jemand dazwischenredet und etwas von dir will.« Manuela lächelte: »Und ich fange an, mir zu wünschen, ich hätte auch so eine wunderbare Familie wie du. Da ist immer etwas los. Du bist nie allein. Manchmal ist es schon ganz schön einsam, so als Single zu leben und nur für sich selbst zu kochen. Das macht eigentlich überhaupt keinen Spaß. Da ist niemand, mit dem man sich am Abend austauschen könnte, niemand, der danach fragt, wie dein Tag war oder der getröstet werden will, oder an den ich mich anlehnen kann, wenn ich das Bedürfnis dazu habe.«

Die beiden Freundinnen merkten gar nicht, wie die Zeit verging. Als die alte Großvateruhr in der hinteren Ecke des Cafés fünf Mal schlug, konnten sie es nicht glauben, dass sie drei Stunden lang nur geredet hatten. Gudrun erinnerte sich daran, wie sie kurz vor ihrem Wiedersehen gewartet und darauf gehofft hatte, dass die Zeit schneller vergehen würde. Sie sagte zu Manuela: »Das ist doch schon eigenartig mit der Zeit. Bevor du gekommen bist, kam es mir vor, als zögen sich die Minuten ewig hin; selbst die Sekunden schienen langsam zu vergehen. Und jetzt würde ich am liebsten die Zeit anhalten!« Manuela nickte ihr verständnisvoll zu. »Mir geht es genauso. Hast du gewusst, dass das tatsächlich einmal geschehen ist?« Gudrun fragte erstaunt zurück: »Was meinst du damit?« – »Ja, Gott hat einmal die Zeit angehalten, und die Sonne nicht untergehen lassen. Damals, als Josua mehr Zeit brauchte, um mit seinem Volk Israel gegen die Amoriter zu kämpfen, wie uns das Buch Josua erzählt: ›So blieb die Sonne stehen mitten am Himmel und beeilte sich nicht unterzugehen fast einen ganzen Tag. Und es war kein Tag diesem gleich, weder vorher noch danach, dass der Herr so auf die Stimme eines Menschen hörte; denn der Herr stritt für Israel‹ (Josua, Kapitel 10, Verse 13b-14).«

Davon hatte Gudrun noch nie gehört und meinte zu Manuela: »Stell dir mal vor, Gott würde das heute auch noch machen. Das wäre doch eigentlich ab und zu ganz praktisch!« Manuela schmunzelte: »Na, das gäbe vermutlich ein Riesenchaos. Wahrscheinlich ist es besser so, wie es ist. Wir müssen eben gut mit der Zeit, die wir haben, wirtschaften. Manchen Menschen gelingt das besser als anderen. Und für manche Leute hat jeder Tag zu wenig Stunden, während andere die Stunden zählen, bis der Tag endlich vorbei ist. Es ist nur wichtig, dass wir versuchen, die Zeit zu nutzen und so gut es geht sinnvoll zu gestalten. Schließlich gibt es jeden Tag im Leben nur einmal und wir können keine Zeit der Welt zurückholen.« Gudrun war gerührt von den Worten ihrer Freundin. »Ich würde so gerne länger mit dir reden, aber jetzt muss ich los, damit ich nicht so spät zu meiner Familie zurückkomme.«

Erfüllt und glücklich über die wieder aufgelebte Freundschaft verabschiedeten sich die beiden Freundinnen voneinander. Sie wussten, dass sie von nun an in Verbindung bleiben und sich bald wieder einmal treffen würden.

Kommst du mit?

M ein Mann streckt seinen Kopf zur Haustür herein und ruft: »Kommst du mit?« Er hat soeben unsere kleine Tochter Steffi in ihrem Autositz angeschnallt und will losfahren. Das will ich eigentlich auch, doch ständig sehe ich noch etwas, um das ich mich noch kurz kümmern sollte. Das Geschirr vom Mittagessen muss noch schnell in die Spülmaschine eingeräumt werden.

Beim Vorbeigehen sehe ich auf dem Esstisch noch das Senfglas und die Ketchupflasche stehen. Also schnell noch in den Kühlschrank damit. In der Küche fällt mir ein, dass ich noch eine Flasche Sprudel mitnehmen möchte und ich nehme bei der Gelegenheit zwei Bananen aus der Obstschale. Unschlüssig stehe ich vor dem Vorratsschrank. Sollte ich vielleicht auch noch ein paar Kekse mitnehmen? Nach kurzem Zögern entschließe ich mich, die Kekse im Schrank zu lassen und schnappe die inzwischen fertig gepackte Tasche. Im Flur steht aber noch der Wäschekorb, den will ich wenigstens noch kurz die Treppe hinuntertragen und in den Waschraum bringen. Im Waschraum hängt noch die getrocknete Wäsche, die nehme ich doch am besten gleich mit rauf. Ich pflücke die Kleidungsstücke vom Wäscheständer und nehme alles kurzerhand in den Arm, da gerade kein Wäschekorb frei ist. Oben im Wohnzimmer entledige ich mich meines Wäschebündels, indem ich es kurzerhand auf dem

Sofa ablade. Vielleicht komme ich heute Abend noch dazu, die Wäsche zu bügeln und zu falten ...

Gerade bei diesem Gedanken fällt mein Blick auf den Couchtisch. Da steht doch tatsächlich eine leere Glasschüssel, an deren Rand noch ein Rest Schokoladenpudding klebt. Die sollte ich zumindest noch schnell in die Küche bringen, bevor der Hund sie womöglich findet und sauber leckt. Gerade als ich wieder in den Flur gehe, um mir die Schuhe anzuziehen, streckt mein Mann den Kopf durch die Haustür und fragt: »Kommst du mit?«

»Ja«, erwidere ich. »Ich musste nur noch schnell ein paar Dinge erledigen ...«

Als ich mir die Jacke anziehe, gähnt mir der leere Futternapf unserer Hündin Isabella auf dem Fußboden entgegen. Aus dem Sack Hundefutter fülle ich noch rasch genug Futter in den Napf, sodass Isabella für die nächsten Stunden nicht Hunger leiden muss. Ohne einen weiteren Blick zurück eile ich nun aber schnurstracks zur Haustür und schaffe es tatsächlich, aus dem Haus zu gehen!

Ich glaube, so ganz verstanden hat mein Mann mich nicht. Schließlich hatten wir beide vor, zur selben Zeit zum Auto zu gehen. Er und Steffi taten dies auch direkt, nachdem die beiden sich Jacke und Schuhe angezogen hatten. Bei mir ist so ein Vorhaben meistens mit Umwegen verbunden, weil ich ständig das Unerledigte sehe. Da mein Mann meistens sehr geduldig ist, hat er inzwischen eine CD mit Kinderliedern angeschaltet, um Steffi die Wartezeit zu verkürzen. Als ich endlich zum Auto komme, sitzt er selbst in aller Seelenruhe auf dem Fahrersitz und liest in seinem E-Book. Ich hingegen lasse mich leicht erschöpft auf den Beifahrersitz plumpsen. In Gedanken bin ich noch bei den unerledigten Aufgaben im Haus, die mich erwarten, wenn wir von unserem Ausflug zurückkommen. Unbeschwert und ganz im Jetzt und Hier plappert Steffi fröhlich los. Sie freut sich einfach nur darauf, was uns erwartet. Wir sind auf dem Weg in ein Thermalbad, wo wir uns ein paar Stunden Auszeit gönnen wollen. *Doch wenn ich es mir recht überlege, habe ich eigentlich gar keine Zeit dafür*, durchfährt mich während der Fahrt dorthin plötzlich der Gedanke. Ich sollte ja auch noch einen Geburtstagsbrief schreiben, die Fenster putzen und endlich mal meinen Kleiderschrank durchforsten. In Gedanken mache ich bereits eine »To-do-Liste« mit allem, was mir dazu einfällt.

Während mein Mann das Steuerrad lenkt, sieht er mich von der Seite leicht kritisch an. »Bist du wirklich mitgekommen oder eigentlich ganz woanders geblieben?« – Wie kommt er nur darauf? Aber er hat ja recht, und ich lenke meine Gedanken zurück in die Gegenwart mit der festen Absicht, auch dort zu bleiben. Wie heißt das Schlagwort dafür? »Achtsamkeit« – die Medien schenken diesem Wort viel Aufmerksamkeit, selbst unsere Fernsehzeitschrift druckte erst kürzlich darüber einen langen Artikel. Dabei geht es um eine bestimmte Form der Aufmerksamkeit, die sich auf den gegenwärtigen Moment konzentriert. Man kann es regelrecht üben und trainieren, den Augenblick wahrzunehmen und damit Gedanken und Gefühle ins Bewusstsein bringen, die sonst eher unbewusst ablaufen. Schade eigentlich, dass wir Erwachsenen uns etwas antrainieren müssen, das wir als Kinder fast alle von allein konnten. Niemand musste uns darin anleiten, den Augenblick wahrzunehmen; wir waren ganz selbstverständlich auf den gegenwärtigen Moment konzentriert. Im Lauf der Jahre lässt diese Achtsamkeit bei vielen

Menschen aber leider nach. Bis wir erwachsen sind, wissen wir oft gar nicht mehr richtig, wie man das macht: den Augenblick wahrnehmen und genießen. Je mehr technische Hilfsmittel wir für Haushalt und Büro haben, umso weniger Zeit scheint uns zu bleiben. Je weiter wir uns entwickeln und je höher unser Wissensstand ist, desto mehr verlieren wir die Fähigkeit, uns noch mit ganz banalen, einfachen Dingen zu beschäftigen. Wer nutzt denn noch den Augenblick, um sich einen schillernden Käfer in Ruhe zu betrachten? Wer streckt im Winter die Zunge raus, um Schneeflocken darauf schmelzen zu lassen? Wer lauscht auf die Vogelstimmen um uns herum? Wer betrachtet sein Spiegelbild in einer Pfütze? Letztendlich beachten wir oft kaum noch unsere eigenen Körpersymptome. In Gedanken sind wir meistens schon wieder ganz woanders, während wir oft mehrere Dinge gleichzeitig tun. Als »Multitasking« wird dieser Lebensstil seit einiger Zeit bezeichnet. Frauen könnten das wohl besser als Männer, wie Forscher herausgefunden haben. Fragwürdig ist nur, ob frau auf diese Fähigkeit stolz sein sollte. Je mehr wir gleichzeitig tun, desto weniger achten wir auf den Augenblick, desto weniger leben wir bewusst in der Gegenwart. Die Folgen von diesem Lebensstil sind bekannt – Stresssymptome stellen sich früher oder später ein. Im Grunde genommen tut uns diese Schnelllebigkeit jedoch nicht gut, und deshalb boomt die Achtsamkeitstheorie, die uns dazu verhelfen soll, dass wir nicht am Leben vorbeileben. Wenn wir trotzdem nicht so recht wissen, wie wir es machen sollen, dürfen wir Gott darum bitten, dass er uns Gelassenheit schenkt. Wir benötigen eine gewisse Portion Gelassenheit, um die kleinen und großen Wunder im täglichen Leben zu sehen und zu erkennen.

Den Augenblick wahrnehmen – das ist eine gute Übung, denn im nächsten Moment ist er bereits wieder vorbei. Wir tun gut daran, uns im Jetzt und Hier zu bewegen. Ich merke, wie ich mich regelrecht selbst daran erinnern muss, doch ich will versuchen, achtsamer mit der Zeit umzugehen, die mir geschenkt wird.

Gefrorenes Lächeln

Als wir vor gut zehn Jahren im Winter aus den USA nach Deutschland zurückzogen, fiel meinem Mann und mir vor allem eines besonders negativ auf: Die Gesichter der Leute schienen wie erstarrt zu sein – und das nicht nur wegen der frostigen Minusgrade. Die meisten Menschen blickten griesgrämig vor sich hin, ein wärmendes Lächeln trugen die wenigsten von ihnen auf ihrem Gesicht.

Während der fünf Jahre, die wir in den USA gelebt hatten, hatten wir uns daran gewöhnt, selbst von Fremden mit einem freundlichen Lächeln bedacht zu werden: sei es beim Einkaufen, auf der Straße, im Park oder wo auch immer man sich begegnete. Ohne vorher lange nachzudenken und abzuwägen, war es für uns ganz selbstverständlich geworden, freundlich lächelnd ein »Excuse me« oder entschuldigend »I am sorry« zu sagen, wenn wir im Supermarkt mit unserem Einkaufswagen an jemandem vorbeiwollten. Eben genauso, wie auch wir von den Einheimischen behandelt wurden: höflich und freundlich.

Nun waren wir in mein altes Heimatland zurückgekehrt, das mein Mann und ich fünf Jahre zuvor aus beruflichen Gründen verlassen hatten. Wir wollten mit unseren Kindern einen Neubeginn wagen und freuten uns auf neue Bekanntschaften in der uns völlig fremden Gegend in Rheinland-Pfalz. Es war kurz vor Weihnachten, die Menschen um uns herum waren im allgemeinen Vorweihnachtstrubel mit sich selbst und den Vorbereitungen für das Fest beschäftigt. Die Schlangen an den Kassen in den Läden waren lang, ebenso die Gesichter vieler Kunden. Während wir uns in die Schlange der Wartenden einreihten, war weder von Weihnachtsstimmung noch von Vorfreude auf das Fest etwas zu spüren. Stattdessen machten manche Kunden ihrem Ärger und Stress Luft, indem sie die Wartezeit damit verbrachten, zu nörgeln und zu schimpfen: »Unglaublich, wie langsam das hier vorangeht. Der Laden bräuchte mindestens noch zwei Kassen mehr!« – »Manche Leute meinen wohl, es gibt die nächsten zwei Wochen nichts mehr zu kaufen, anstatt nur die nächsten zwei Tage nicht. Die halten den ganzen Verkehr mit ihren überfüllten Einkaufswagen auf!« – »Ich habe nicht den ganzen Tag Zeit, hier herumzustehen, schließlich muss ich auch noch die Geschenke einpacken!« ...

Fünf Jahre lang hatten wir das nicht mehr erlebt, ganz im Gegenteil. Als in einem großen Baumarkt in Portland einmal der Strom ausfiel und keine Kasse mehr funktionierte, warteten die Kunden geduldig in den immer länger werdenden Schlangen. Als die Verkäufer dann anfingen, jeden Artikel wie in alten Zeiten von Hand zu berechnen, fanden das die meisten Kunden sogar lustig und halfen eifrig dabei, die Preise zusammenzurechnen. Andere stellten lieber ihre Ware wieder zurück ins Regal, um ein anderes Mal wiederzukommen. Beklagt hat sich aber niemand. Es war eben so und man nahm es geduldig hin. Doch nun wurden wir unsanft daran erinnert, dass wir wieder zu Hause waren. Auch die Kassiererinnen waren gestresst und machten keinen Hehl daraus. Wir trösteten uns damit, dass es im neuen Jahr bestimmt freundlicher zugehen würde, wenn nach dem Weihnachtsgeschäft und dem damit einhergehenden Trubel wieder Ruhe einkehren würde.

Nach den Weihnachtsferien brachte ich unsere beiden Kinder in den Kindergarten und hoffte, dass sie dort schnell neue Freunde finden würden, und ich die eine oder andere Mutter kennenlernen könnte. Doch auch das sollte sich als schwierig erweisen. Aus irgendwelchen pädagogischen Gründen wurden Melissa und Samuel in zwei verschiedene Kindergartengruppen eingeteilt. Während Samuel schnell Anschluss fand und bald einen neuen besten Freund hatte, wurde Melissa nur widerwillig von den anderen Kindern in ihrer Gruppe integriert. Die Mädchen in ihrem Alter waren nicht bereit, mit ihr zu spielen. Die Erzieherinnen waren voll und ganz mit den Kleinkindern beschäftigt, sodass die wenigen Vorschulkinder der Gruppe viel sich selbst überlassen waren. Die erste Mutter, mit der ich ins Gespräch kam, war zwar freundlich, doch als ich sie einlud, uns mit ihrem Kind zu besuchen, gab sie mir zur Antwort: »Ich kenne schon genug Leute hier und brauche keine neuen Bekanntschaften.« Daran, dass ich als Neuzugezogene neue Bekanntschaften brauchte, schien sie nicht zu denken.

Eines Tages hatte mein Mann die Kinder am Morgen in den Kindergarten gebracht. Als er am Abend nach Hause kam, war er immer noch über seine Beobachtung erstaunt: »Keine der Mütter und keiner der Väter, denen ich begegnet bin, hat gelächelt. Es ist, als ob keiner etwas hat, worüber er sich freuen kann. Um das zu ändern, habe ich jeden ganz freundlich gegrüßt und angelächelt.« Wir entschlossen uns an jenem Abend, uns nicht mehr von dem gefrorenen Lächeln der anderen kalt werden zu lassen, sondern im Gegenteil ganz bewusst etwas Wärme auszustrahlen. Wir wollten bei jedem, dem wir begegnen würden, ein echtes Lächeln aufsetzen. Dies war sozusagen ein Selbstversuch, denn wir wollten sehen, was passieren würde. Die Reaktionen der Menschen waren ganz unterschiedlich. Manche schauten uns nur verwundert an, so als ob wir nicht mehr alle Tassen im Schrank hätten, wenn wir am frühen Morgen laut und deutlich »Guten Morgen« riefen und auch noch dabei lächelten. Viele grüßten aber zurück, und ab und zu kam es sogar vor, dass das eine oder andere gefrorene Lächeln auftaute und wir auch in ein freundliches Gesicht blicken konnten.

Lächeln ist fast immer ansteckend. Kaum ein anderes menschliches Verhalten hat einen vergleichbaren Effekt. In unzähligen Liedern wird es besungen und in Gedichten poetisch beschrieben. Kaum jemanden lässt das Lächeln eines Babys kalt – Herzen schmelzen dahin, wenn man im Supermarkt von einem Baby einfach nur so angelächelt wird, obwohl man für das Kind ein Fremder ist. Und das funktioniert weltweit, ganz gleich welche Hautfarbe die Menschen haben, welche Sprache sie sprechen oder in welcher Kultur sie sich bewegen. Wer tatsächlich aufgrund einer Gesichtslähmung nicht lächeln kann, erfährt große Einschränkungen in seinem Leben. Seine erstarrte Miene wird schnell mit Unfreundlichkeit, Depression oder Wut gleichgesetzt. Manche Menschen wenden sich von ihm ab und wollen nichts mit ihm zu tun haben, oder sie tuscheln hinter seinem Rücken. Normalerweise haben wir jedoch die Fähigkeit zu lächeln. Es liegt an uns, ob wir dies tun oder nicht. Jedem von uns tut ein Lächeln gut. Diejenigen, die es sehen, blicken in ein freundliches Gesicht, und derjenige, der lächelt, tut sich selbst auch etwas Gutes. Gleich mehrere Gesichtsmuskeln werden trainiert und gleichzeitig werden dabei Glückshormone ausgeschüttet. Das Eis um einen herum beginnt zu schmelzen, denn mit jedem Lächeln wird es etwas wärmer ums Herz.

Lächeln kann man fast immer, selbst wenn einem nicht danach zumute ist. Ja, man kann es sogar lernen. Und das nicht nur so, dass man ein falsches Lächeln als Ausdruck der Höflichkeit aufsetzt, welches eher einer Grimasse ähnelt. Vielmehr können wir es uns antrainieren, öfters einmal *echt* zu lächeln. Solange wir es ehrlich damit meinen, ist es einen Versuch wert, denn eine positive Reaktion bleibt nur selten aus. Und wer weiß, was wir einem Menschen mit unserem Lächeln schenken – vielleicht viel mehr als wir erahnen können. Denn ein Lächeln trifft oft mitten ins Herz. Probieren wir es doch bei der nächsten Gelegenheit einfach einmal aus!

Melodie des Lebens

Es war an einem Samstagabend im April. Marion und Holger waren seit Langem wieder einmal ausgegangen. Wann sie das letzte Mal etwas zu zweit unternommen hatten, wussten sie eigentlich nicht mehr so genau. Viel zu lange war es bereits her. Seit ihrer Hochzeit vor sechs Jahren hatten sich vier Kinder zu ihnen gesellt, von denen das älteste mittlerweile fünf Jahre alt war. Ihr zweites Kind war drei, das geplante dritte Kind kam zwei Jahre später gleich im »Doppelpack«. Die Zwillinge waren jetzt knapp ein Jahr alt. Marion und Holger hatten sich in den letzten fünf Jahren oft beinahe selbst vergessen, denn fast alles drehte sich bei ihnen automatisch um die Kinder. Wunschkinder waren alle ihre Kinder gewesen – abgesehen vielleicht von dem unerwarteten Zwillingssegen. Aber der chronische Schlafmangel sowie der Dauerstress, den vier kleine Kinder beinahe rund um die Uhr mit sich bringen, gingen nicht spurlos an ihnen vorüber, auch wenn Marion und Holger das zunächst nicht wahrhaben wollten. Jedes Kind war ein Gottesgeschenk für sie und ihre Liebe vermehrte sich mit jedem einzelnen ihrer Kinder. Allmählich jedoch schlich sich zunächst unbemerkt eine Entfremdung zwischen Marion und Holger ein, gemeinsame Zeit zu zweit blieb immer öfter auf der Strecke. Aufgrund des chronischen Schlafmangels fielen die beiden abends meistens todmüde ins Bett, ohne noch viel miteinander zu reden. In den wenigen Minuten, in denen sie kurz ein paar Worte miteinander wechseln konnten, drehte sich beinahe alles um die Kinder. Am Abend, wenn Holger vom Büro nach Hause kam, beschlagnahmten ihn sofort die Kinder. Marion war dann froh, ein paar Augenblicke für sich zu haben, was ihr tagsüber nur selten möglich war. Holger hatte schließlich die Notbremse gezogen und entschieden, dass es so nicht weitergehen konnte. Für den Anfang hatte er die 17-jährige Nachbarstochter zum Babysitten engagiert und einen Tisch für zwei in dem griechischen Restaurant reserviert, das erst vor Kurzem in ihrem Ort neu eröffnet hatte. Ihre Hochzeitsreise hatten sie damals nach Griechenland gemacht, so war es nahe liegend, dass er mit Marion zumindest kulinarisch einmal wieder dorthin reiste. An diesem Abend redeten sie in aller Ruhe über alles Mögliche. Sie genossen ihr Essen und den gleichen griechischen Wein, den sie damals in Griechenland auch getrunken hatten. Im Hintergrund des Restaurants spielte leise Musik. Auf einmal horchte Marion auf: »Du, Holger, die spielen ja unser Lied!« Holger wusste sofort, was sie damit meinte. »Ja! Mensch, wie lange ist es her, seit wir uns bei diesem Lied kennengelernt haben? Weißt du noch? Das war auf der Geburtstagsfeier meiner Schwester!« Marion lachte: »Natürlich weiß ich das noch. Du warst so schüchtern, dass du kaum den Mund aufgemacht hast, als deine Schwester dich mir vorstellte!« Die beiden schwelgten in Erinnerungen und vergaßen dabei alles um sich herum. Die Melodie führte sie auf eine Reise zurück zu den Anfängen ihrer Freundschaft, zu ihrem ersten Verliebtsein bis hin zu ihrer Hochzeit und den unvergesslichen Ferientagen am Strand in Griechenland, wo sie einfach nur dagesessen und stundenlang dem Meer zugeschaut hatten, bis schließlich die Sonne darin zu versinken schien.

Nur ungern kehrten die beiden nach ihrer gedanklichen Reise zurück in die Gegenwart. Doch sie waren durch die Melodie ihres Lebens reich beschenkt worden. Sie versprachen sich an diesem Abend, von nun an regelmäßig Zeit für sich zu reservieren, um miteinander in Ruhe zu reden und ihre Zweisamkeit zu genießen. Sie würden von nun an einmal im Monat zusammen etwas unternehmen, ganz allein zu zweit, nur sie beide. Ideen hatten sie schon viele. Sie würden ins Kino gehen, das Theater besuchen, Schlittschuhlaufen gehen und natürlich in ihrem neu entdeckten Lieblingsrestaurant essen. Schließlich hatten sie dort dank der Melodie ihre beinahe vergessene und sehr vernachlässigte Liebe füreinander wiederentdeckt. Und sie waren entschlossen, diese nie wieder wie ein Stiefkind zu behandeln. Bevor sie an diesem Abend nach Hause gingen, falteten sie ihre Hände zum Gebet und dankten Gott für ihre Partnerschaft, ihre Kinder und ihr Lied.

Melodie des Lebens – von Anfang an wird unser Leben von Musik begleitet, und im Lauf des Lebens gibt es für uns so manche Lieder, die in uns ganz besondere Erinnerungen wecken. In Liedern werden unsere Gefühle beschrieben und ausgedrückt: Liebe und Hass, Freude und Leid – für jede Lebenssituation findet sich ein passendes Lied. Manchmal wird in uns schon beim ersten Ton ein bestimmtes Gefühl ausgelöst und längst vergangene Bilder kommen wieder hoch. Oft sehnen wir uns nach den Gefühlen zurück, die wir nur noch aus der Erinnerung kennen – Urlaubsstimmung, das erste Verliebtsein, das Gefühl bei den ersten unbeholfenen Schritten im Tanzkurs oder die Freude bei einem besonderen Fest. Jeder wird seine eigenen Gefühle mit den unterschiedlichsten Melodien verbinden.

Eine ganz besondere Tiefe erfahren wir in den vielen geistlichen Liedern, die auch Jahrhunderte später nichts von ihrer Bedeutung und Aktualität verloren haben. Für beinahe jeden Lebensbereich finden wir im Gesangbuch passende Lieder, die nicht nur uns selbst, sondern auch unsere Mitmenschen trösten und helfen können. Sie spannen einen Bogen von Geburt über Taufe und Hochzeit bis zum Tod und lassen auch keine der kirchlichen Feiertage und Feste außer Acht.

Paulus weiß um die Bedeutung der Lieder in unserem Leben und gibt uns darum im Epheserbrief bereits den Ratschlag: »Ermuntert einander mit Psalmen und Lobgesängen und geistlichen Liedern, singt und spielt dem Herrn in eurem Herzen« (Epheser, Kapitel 5, Vers 19).

Die Türen
in unserem Leben

Durch wie viele Türen gehen wir wohl im Lauf unseres Lebens? Ich kenne niemanden, der auch nur versucht hätte, jede einzelne Tür zu zählen, durch die er gegangen ist. Sicher ist, dass es zwar bei jedem Menschen eine andere Anzahl wäre, auf jeden Fall aber eine ganze Menge.

In unserem Zuhause betreten wir tagtäglich verschiedene Räume durch Türen. Selbst bei offener Bauweise gibt es zumindest noch Türen zu den Schlafzimmern und Bädern. Gehen wir aus dem Haus, verlassen wir es für gewöhnlich durch die Haustür. Täglich begegnen uns auch außerhalb unserer eigenen vier Wände Türen: sei es am Auto, Bus oder Zug, beim Einkaufen, im Aufzug, am Arbeitsplatz oder an der Kirche. Während sich die meisten Türen mit Scharnieren öffnen lassen, kann man aber auch mitunter auf Schiebe-, Fall-, Dreh- oder Klapptüren treffen. Dabei gibt es unzählige Modelle aus verschiedenen Materialien wie Glas, Stein, Holz oder Metall – je nach Zweck und Geschmack. Sie bieten uns Schutz vor Kälte und Hitze, Regen und Schnee, vor unerwünschten Blicken oder Besuchern und vor allem möglichen Kleinvieh.

Durch viele Türen gehen wir hindurch, an noch mehr gehen wir vorbei. Durch die meisten Türen gehen wir aus freien Stücken, durch andere müssen wir hindurch, obwohl wir es eigentlich lieber nicht tun würden. Da sind die Türen zum Arzt und ins Krankenhaus, und so manche Türen, hinter denen sich für uns Ungewissheit befindet. Wie begegne ich einem Menschen, dem ich einen längst überfälligen Besuch abstatte, und der schon lange krank ist? Wie wird mich jemand empfangen, mit dem ich im Streit auseinandergegangen bin? Werde ich bei diesem Vorstellungsgespräch einen guten Eindruck machen? Und werde ich zukünftig noch oft durch diese Tür gehen können?

Viele von uns können sich vermutlich noch daran erinnern, wie sie das erste Mal mit gemischten Gefühlen durch die Schultür gingen, in dem Wissen, dass ein ganz neuer Lebensabschnitt begann. Aufgeregt und gespannt auf das, was kommen würde, gleichzeitig mit einem etwas mulmigen Gefühl vor dem Fremden, Neuen.

Mit vielen Türen wird Freude verbunden. Mit vor Spannung erwartungsvollen Gesichtern stehen wir vor einer Tür, wenn wir wissen, dass diese sich gleich öffnen wird und wir unsere Lieben wieder einmal besuchen können. Wie schön es ist, erwartet zu werden und wenn die Tür vielleicht schon geöffnet wird, ehe wir überhaupt geklingelt haben. Wenn wir uns auf den Weg gemacht haben, weil wir eingeladen wurden. Oder wenn wir auf offene Türen stoßen, wo man sich in geselliger Runde trifft und man dazugehört: sei es beim Sport, in der Musikprobe oder bei anderen Aktivitäten in einer Gruppe. Wir gehen durch so manche Tür, um dem Alltag zu entfliehen und betreten ab und zu gerne ein Restaurant, Theater, Kino oder Schwimmbad. Im Urlaub tauschen wir auch schon einmal etwas längerfristig unsere eigene Haustür gegen die eines Hotels oder einer Ferienwohnung.

Auch mit dem Öffnen unserer eigenen Haustür ist oftmals Freude verbunden. Besonders, wenn wir jemanden erwarten, auf den wir uns freuen, können wir die Tür manchmal nicht schnell genug aufmachen. Vielleicht stehen wir sogar schon in der offenen Tür, bevor der Besuch überhaupt angekommen ist. Sehnsüchtig warten wir auch manchmal auf den Postboten, dass er uns einen lang erwarteten Brief oder ein Paket bringt. Den Kindern macht es besondere Freude, in der Adventszeit die Türchen der Adventskalender zu öffnen, hinter denen sich vorzugsweise Süßigkeiten oder kleine Spielsachen befinden. Jeder neue Tag wird mit Spannung erwartet, weil dann ein neues Türchen aufgemacht werden kann. Andererseits stehen manche Leute vor unserer Tür, denen wir lieber nicht aufmachen würden: Hausierer und Bettler klingeln immer wieder; auch die Zeugen Jehovas drehen unermüdlich ihre Runden und klingeln oder klopfen an der Haustür; die redselige Nachbarin, die unsere Zeit mit ihrem Getratsche in Anspruch nimmt, kommt schon wieder.

Wir sind darauf bedacht, abends unsere Haustüren abzuschließen, wenn es dunkel wird und auch, wenn wir das Haus verlassen. Denn leider gibt es auch solche Menschen, die sich unerlaubt Zugang verschaffen wollen, und dies notfalls mit Gewalt tun, ohne davor zurückzuscheuen, in die Privatsphäre anderer einzudringen.

Viele Türen öffnen sich uns, manche bleiben uns aber auch verschlossen. Jeder von uns kennt das Gefühl, vor einer Tür zu stehen, die sich nicht für uns öffnet oder sogar bewusst vor uns verschlossen wird. Oftmals macht sich dann grenzenlose Enttäuschung breit, Trauer oder Wut. Auch im übertragenen Sinne öffnen oder schließen sich viele Türen im Lauf unseres Lebens und bestimmen somit darüber, welche Wege wir einschlagen. Wenn wir bei einer Bewerbung keinen Erfolg haben, dann ist diese Tür für uns nicht aufgegangen und wir müssen uns anderweitig orientieren. Oft erschließt sich für uns eine vollkommen neue Welt, wenn sich dahingegen eine Tür für uns öffnet: wenn wir den Partner fürs Leben treffen; wenn wir die Möglichkeit erhalten, für eine Weile im Ausland zu leben; wenn unser Kinderwunsch erfüllt wird; wenn wir einfach auch offen füreinander sind und uns aufeinander einlassen. Manchmal wird uns erst im Nachhinein klar, warum sich eine Tür nicht geöffnet oder sich vor uns verschlossen hat, und vielleicht können wir dann sogar dafür dankbar sein.

Genauso wichtig wie die Türen, die einen Durchgang ermöglichen oder eine Öffnung in einer Wand schließen, sind in unserem Leben jedoch unsere »Herzenstüren«. Mit unserer Einstellung und der Art, wie wir anderen Menschen begegnen, signalisieren wir ihnen, ob unsere Herzenstür geöffnet oder verschlossen ist. Unsere Herzenseinstellung spiegelt wider, ob wir die Liebe Gottes darin tragen oder nicht.

Auf viele Türen stößt man auch in der Bibel, angefangen bei Mose bis hin zur Offenbarung.

Die Worte Jesu in Johannes, Kapitel 10, Vers 9 weisen uns auf den richtigen Weg:

»Ich bin die Tür; wenn jemand durch mich hineingeht, wird er selig werden und wird ein- und ausgehen und Weide finden.« Ein besonders eindrückliches Bild erhalten wir von Jesus im Buch der Offenbarung, Kapitel 3, Vers 20: »Siehe, ich stehe vor der Tür und klopfe an. Wenn jemand meine Stimme hören wird und die Tür auftun, zu dem werde ich hineingehen und das Abendmahl mit ihm halten und er mit mir.«

Die Tür zu Jesus steht auf – es liegt an uns, ob wir hineingehen oder diese Tür links liegen lassen. Wir sind auch dazu eingeladen, unsere Herzenstür für ihn zu öffnen. Da ist ein freundliches Anklopfen seinerseits; ein Angebot, auf das wir uns einlassen können – aber nicht müssen. Wir sollten es uns aber gut überlegen, bevor es vielleicht zu spät ist, und diese Tür sich für immer schließt.

In unserem
kleinen Café

I n meinem Heimatort im Schwarzwald gibt es auch heute
noch das kleine Café, das es schon in meiner Kindheit dort
gab. Inzwischen ist es längst von dem alten Konditormeister an
seinen Sohn übergegangen, der ebenfalls das Konditorenhand-
werk erlernt hat, und der inzwischen selbst dem Rentenalter ge-
fährlich nahekommt.

Wenn ich heute dort hineingehe, kommt es mir vor, als würde
ich eine andere Welt betreten. Es ist zwar etwas eng und auch
nicht besonders hell, aber sehr gemütlich. Die Zeit scheint dort
irgendwie stillgestanden zu sein, fast nichts hat sich seit meiner Kindheit verändert. Dieselbe Theke von damals tut sich vor
mir auf, an den Wänden hängen wie eh und je Glasvitrinen, in
denen sich alle möglichen Kostbarkeiten befinden: kleine Pra-
linenschachteln, hübsche Döschen aus Porzellan und auch das
eine oder andere Souvenir aus dem Schwarzwald. Besonders beliebt bei uns Kindern war damals ein großes Drehregal, welches
mit vielen kleinen Süßigkeiten prall gefüllt war. Da gab es Gum-
mischlangen, Lakritze, Lutscher und Schokoladenriegel. Bereits
für fünf oder zehn Pfennig konnte man sich etwas kaufen.

An der Wand hinter der Kuchentheke steht nach wie vor ein
ganzes Sammelsurium an Porzellankaffeekannen, die im Lauf
der letzten 50 Jahre ihren Dienst getan haben. Ein wohliger Duft

liegt in der Luft: eine Mischung aus frisch gebrühtem Kaffee und frisch gebackenen Kuchen und Torten. Die Kuchentheke ist mit einer reichhaltigen Auswahl an Kuchen, Torten und Gebäckteilchen immer gut bestückt. Das vertraute Gesicht der Bedienung empfängt mich freundlich, sie ist dort gar nicht mehr wegzudenken. Wenn ich komme, weiß sie schon, was ich bestellen werde: Schwarzwälder Kirschtorte. Nirgendwo anders schmeckt sie so gut wie hier. Schade nur, dass die Stücke im Lauf der Jahre etwas kleiner geworden sind und nicht mehr mit den fingerdicken Nougatröllchen von einst gefüllt sind.

Wenn das kleine Café reden könnte, hätte es viel zu erzählen. Viele Menschen sieht es kommen und gehen: entspannte Menschen, die es sich in ihrem Urlaub dort gut gehen lassen; Einheimische, die sich zum Kaffeeplausch treffen; Menschen, die fröhlich zusammenkommen, um ein Fest zu feiern; aber auch Trauernde, die sich beim Kaffeetrinken versammeln, nachdem sie einen ihrer Lieben beerdigen mussten.

Der alte Konditormeister stand täglich in seinem Café, auch als er schon weit über 80 Jahre alt war. Er setzte sich gerne zu seinen Gästen mit an den Tisch und plauderte mit ihnen. Beinahe hatte man dann das Gefühl, man sei in seine Wohnstube eingetreten und saß bei ihm zu Hause am Kaffeetisch, so familiär und heimelig war die Atmosphäre. Stets zu einem Späßchen aufgelegt, brachte er seine Gäste oft zum Lachen. Man hörte ihm gerne zu, wenn er seine Anekdoten erzählte; von kuriosen und komischen Begebenheiten in seinem Café. Aber er konnte auch zuhören; hatte stets ein offenes Ohr für die Anliegen seiner Gäste, die kleinen wie die großen. Vielleicht war das überhaupt sein Erfolgsrezept. Die Gäste wurden nicht nur am Leib, sondern auch an der Seele verwöhnt. Während sie sich ein Stückchen Kuchen und eine Tasse Kaffee gönnten, erhielten sie dazu noch eine »Seelenmassage«, eine Auszeit von der Hektik des Alltags und eine willkommene Abwechslung. Denn kein noch so gutes Stück Sahnetorte sättigt wirklich den Hunger nach Liebe und Gemeinschaft. Kein noch so frisch gebrühter Kaffee gibt einem die Wärme, nach der wir uns im Leben sehnen. Wo man eintreten kann, ohne sich vorher anmelden zu müssen oder seitenlange Fragebögen auszufüllen, wo man einfach man selbst sein und ein paar Augenblicke unbeschwert die Seele baumeln lassen kann, dort fühlt man sich wohl und verweilt gerne. Wer unser kleines Café besucht, spürt auch heute noch eine besondere Atmosphäre dort; es scheint beinahe ansteckend zu sein, wenn der bereits ergraute Sohn des alten Konditormeisters von einem Tisch zum anderen geht, um sich nach dem Wohlbefinden der Gäste zu erkundigen. Schon oft habe ich dann erlebt, dass sich beinahe alle Gäste des Cafés auf einmal miteinander unterhielten und sich fast so etwas wie eine kleine Gemeinschaft bildete.

Den alten Konditormeister gibt es nun schon lange nicht mehr. Die Kuchen sind zwar nach wie vor lecker, doch wie lange unser kleines Café noch bestehen kann, ist ungewiss. Der Zahn der Zeit hat daran genagt. Der jetzige Konditormeister hat keinen Nachfolger. So ist es nur noch eine Frage der Zeit, bis auch dieses Überbleibsel aus meiner Kindheit verschwindet. Wie gut, dass es etwas gibt, das immer bleibt: die Liebe Gottes. Sie ist dort zu finden, wo Menschen seinen Willen tun. Wie in unserem kleinen Café kommen Menschen miteinander ins Gespräch, die mit diesem Band der Liebe verbunden sind – egal ob sie sich kennen oder nicht. Und wie der alte Konditormeister es verstand, die Herzen seiner Gäste zu wärmen, werden auch diejenigen Herzen gewärmt, die sich von Gott ansprechen lassen.

Hochmut kommt vor dem Fall

L ässig zückt Udo seinen Geldbeutel aus der Hosentasche und holt einen Geldschein nach dem anderen heraus. »Sagen Sie mir nur, wie viel Sie dafür wollen. Ich zahle bar auf die Hand!« Der fliegende Händler auf dem Jahrmarkt schüttelt verwundert den Kopf, denn die meisten Kunden versuchen, die Preise herunterzuhandeln. Nicht so Udo. Er ist in Begleitung einer jungen Kollegin und will Eindruck bei ihr schinden. Nachdem der Händler einen stolzen Preis genannt hat, wechseln die Geldscheine sowie die Blumenvase aus Italien ihre Besitzer.

Udo ist ein Mensch der besonderen Klasse. Er liebt das Leben und nimmt es meistens nicht so ernst. Er versteht es, die guten Seiten des Lebens in vollen Zügen zu genießen, ohne anderen Menschen dabei Schaden zuzufügen. Er ist gutmütig und hilfsbereit, stets offen für neue Ideen und Begegnungen. Langeweile ist ihm ein Gräuel, deshalb ist er oft auf Achse anstatt zu Hause herumzusitzen. Wenn er daheim ist, lässt er ab und zu etwas liegen und kann über nicht gespültes Geschirr oder nicht gefaltete Wäsche hinwegsehen. Stattdessen schiebt er lieber eine Klassik-CD in den CD-Player und genießt ein gutes Glas Rotwein.

Udo ist unabhängig und alleinstehend, hat einen sicheren Arbeitsplatz und verdient gut. Doch einen Haken hat Udo: Er neigt zur Angeberei und Extravaganz, besonders wenn er in Begleitung einer Frau ist. Dann plustert er sich auf wie ein Pfau und kommt so richtig in Fahrt. Nur das Feinste vom Feinsten ist dann gut genug. Er prahlt mit allem, was ihm gerade einfällt: seinem schicken Auto mit allem Komfort, seinem Haus, das er von einer professionellen Einrichtungsberaterin ausstaffieren ließ, oder seiner vierzehnjährigen Tochter, der er die allerbeste Ausbildung ermöglicht – zumindest seiner Meinung nach. Dass seine Tochter bei ihrer Mutter lebt, von der er schon lange geschieden ist, erwähnt er meistens nur nebenbei. Und dass er seine Tochter nur selten sieht, aber sehr vermisst, erfahren die wenigsten von ihm.

Wir haben Udo vor einigen Jahren kennengelernt. Er hatte gerade eine Beziehung beendet und kam in unsere Kirche, um seine Gefühle neu zu ordnen und neue Menschen zu treffen. Er war auch auf der Suche nach dem Sinn des Lebens und hatte viele Fragen über Gott und die Welt. Wir luden ihn zu uns nach Hause ein, um mit uns zu essen. Seitdem sind wir in Kontakt mit ihm. Mein Mann und Udo haben manche gemeinsame Interessen und gehen ab und zu ins Kino oder zum Tennisspielen. Da Udo sehr gerne redet, mangelt es den beiden nie an Gesprächsstoff; stets hat er neue Ideen, wie er sein Leben noch interessanter und abwechslungsreicher gestalten könnte. Wenn er seine neuen Pläne dargelegt hat, fragt er zwar nach Michaels Meinung – was ihn aber in keinster Weise davon abhält, genau das zu tun, was er sowieso vorhatte. Immer wieder können wir nur den Kopf über ihn schütteln. Er ist liebenswürdig, doch sein Hang zur Extravaganz bis hin zum Größenwahn hat ihn neulich beinahe Kopf und Kragen gekostet. Sozusagen in letzter Minute wurden ihm die Augen dafür geöffnet, dass er einem Hochstapler und Betrüger auf den Leim gegangen war. Dabei fing alles ganz harmlos an ... »Stellt euch vor, ich werde bald nach Italien umziehen.« – Udo saß an unserem Küchentisch und verrührte den Milchschaum in seinem Cappuccino. Michael und ich sahen ihn erstaunt an. »Ja, ich habe vor zwei Wochen abends in einer Bar einen jungen Mann kennengelernt. Er heißt Jakob. Wir haben uns sofort verstanden. Er ist auch alleinstehend und will sich in Italien selbstständig machen, weil er sich in Deutschland zu eingeengt fühlt. Außerdem ist das Wetter hier meistens nun wirklich zum Davonlaufen. Jakob ist stinkreich, er hat mir sogar seine Kontoauszüge gezeigt. Ich glaube, er vertraut mir und ist richtig froh, dass er mich getroffen hat. Ich wollte ja sowieso mal was Neues machen. Italien ist genau das Richtige! Wir wollen uns ein Haus am Meer kaufen, am besten eine Villa mit Meerblick. Außerdem lässt Jakob sich in Amerika gerade eine Jacht bauen, die er dann direkt nach Italien bringen lässt. Ich wollte schon immer mal den Segelschein machen, das ist jetzt die Gelegenheit. Jakob kennt eine Segelschule in England, da werde ich mich für einen Segelkurs anmelden. Und am Wochenende fahre ich gleich mal nach Italien, um Häuser anzuschauen. Das wird ein Leben: Sonne und Meer, und jede Menge vino tinto!« Udo konnte sich kaum noch bremsen, so aufgeregt war er. Er sah sich bereits auf der Jacht im sonnigen Süden. Ich wandte ein: »Geht das nicht ein bisschen schnell? Was willst du in Italien dann arbeiten?« Udo machte eine lässige Handbewegung. »Das ist schon alles geklärt. Ich werde meinen Job hier kündigen. Jakob stellt mich bei sich an. Das wird ein lockeres Leben, ich muss ihm nur gelegentlich dabei helfen, ein paar Flugzeuge zu verkaufen. Jakob ist nämlich in der Flugzeugbranche tätig und so erfolgreich, dass er einen Partner braucht. Potenzielle Kunden hat er schon jede Menge. Er hat mir seine Kundenliste gezeigt.«

Wir sprachen noch eine Weile über Udos Pläne, dann verabschiedete er sich. Bereits am darauffolgenden Wochenende fuhr er tatsächlich nach Italien, um sich Häuser anzusehen. Jedes Mal, wenn wir ihn sahen, schwärmte er von der Jacht in Amerika, die groß genug für zehn Leute war. Er sah sich schon in seiner italienischen Villa sitzen, die er aber noch finden musste. Jakob würde alles finanzieren, kein Problem. Udo wurde zunehmend arroganter. Wenn man ihm zuhörte, konnte man meinen, er selbst wäre Multimillionär.

Einmal brachte er Jakob mit zu uns, um ihm unsere Espressomaschine zu zeigen. Er führte Jakob wie selbstverständlich in unsere Küche und brüstete sich damit, als sei es seine eigene Maschine. Jakob sagte nicht viel und hatte es ziemlich eilig, sich wieder zu verabschieden. Dann sahen und hörten wir wochenlang nichts mehr von Udo. Wir vermuteten, dass er öfters in Italien war, um seine Traumvilla zu finden. Doch eines Tages klingelte es plötzlich abends bei uns: Udo stand mit hängendem Kopf vor der Haustür. Während der nächsten zwei Stunden erzählte er uns, dass Jakob ein Betrüger und er auf ihn hereingefallen war. Udo war fassungslos und tief enttäuscht. Gutgläubig wie er war, war er gar nicht auf die Idee gekommen, Jakobs fantastische Schilderungen anzuzweifeln. Dazu kam, dass Udo sich selbst in einen Größenwahn und Hochmut gesteigert hatte. Udo kann von Glück reden, dass er vor größerem Schaden bewahrt wurde, denn bis jetzt hatte er weder seine sichere Arbeitsstelle gekündigt noch seinem neuen »Freund« irgendwelche Gelder überwiesen. Tief gefallen war er allerdings in seiner Gefühlswelt. Wie ein Kartenhaus war sein Traum von einem Leben in Saus und Braus zusammengestürzt, und er war ziemlich unsanft auf den harten Boden der Tatsachen zurückgekehrt. Wir sprachen an diesem Abend lange davon, dass er Gott dafür dankbar sein konnte, dass ihm in letzter Minute die Augen geöffnet worden waren. Nur durch »Zufall« war Udo im Internet auf eine Seite gestoßen, die ihn auf ein Link geführt hatte, wo Jakob wegen Hochstapelei und Betrugs polizeilich gesucht wurde. Dabei erfuhr er auch Jakobs richtigen Namen, und dass Jakob eigentlich ganz anders aussah. Die Schmach war groß für Udo, dass ausgerechnet er Opfer einer solchen Betrugsmasche geworden war. Udo brauchte lange, um diese Beinahekatastrophe zu verarbeiten, aber auch die menschliche Enttäuschung darüber, dass ihn jemand so übers Ohr hauen wollte.

Udo ist gefallen, doch Gott hat ihn aufgefangen und vor größerem Schaden bewahrt. Ganz bestimmt war diese Erfahrung für ihn auch heilsam, denn seitdem ist er vorsichtiger geworden; man hört ihn nur noch selten prahlen. Wie wahr jedoch wieder einmal ein uralter Spruch aus der Bibel auch heute noch für unser Leben ist, hat uns Udo lebhaft vor Augen geführt: »Wer zugrunde gehen soll, der wird zuvor stolz; und Hochmut kommt vor dem Fall« (Sprüche Salomos, Kapitel 16, Vers 18).

Geschmolzene Herzen

Andreas kenne ich, seitdem Steffi in den Kindergarten geht, denn seine Tochter Paula und unsere Steffi sind beste Freundinnen.

Als ich neulich beim Einkaufen Andreas begegnete, strahlte er mich an. Das fiel mir gleich auf, denn man sieht ihn nicht so oft lächeln. In der Regel ist seine Stirn von einer tiefen Sorgenfalte durchfurcht und in Gedanken scheint er manchmal ganz woanders zu sein, wenn man mit ihm spricht. Doch an jenem Donnerstag hatte er so richtig gute Laune. Als ich den Grund für seine Freude erfuhr, wurde auch mir ganz warm ums Herz. Andreas erzählte mir: »Heute war ich den ganzen Morgen richtig schlecht drauf und einfach nur frustriert. Als ich Paula am Mittag vom Kindergarten abholte und ihr gerade die Schuhe zubinden wollte, merkte ich plötzlich, wie mir jemand über meinen Kopf streichelte und hörte ein Kinderstimmchen sagen: ›Du hast aber wenig Haare!‹ Als ich mich umdrehte, stand Steffi vor mir und strahlte mich an. Das hat mich so richtig fröhlich gemacht und war genau das, was ich brauchte! Das hat mich sofort zum Lachen gebracht.«

Natürlich freute ich mich auch darüber und wurde wieder einmal dankbar dafür, dass Gott uns so ein richtiges Sonnenscheinkind anvertraut hat. Mit ihrem Strahlen bringt Steffi Herzen zum Schmelzen. Wenn sie irgendwo auftaucht, kommt es einem vor, als ob die Sonne aufgeht. Ohne lange zu überlegen und ohne Vorbehalte gegenüber einem Menschen ist sie einfach freundlich. Sie übergeht niemanden und schaut nicht darauf, ob jemand weiß oder schwarz, dick oder dünn ist oder irgendeine Behinderung hat. Noch nicht. Noch begrüßt sie gerne die Leute, die ihr im Supermarkt oder auf der Straße begegnen und zaubert mit ihrer liebenswerten, unbekümmerten Art ein Lächeln auf viele der ansonsten oft ausdruckslosen Gesichter. Sie spricht es aus, wenn sie jemanden gerne mag und schenkt den Menschen, die sich ihr zuwenden, ihre ganze Aufmerksamkeit. Als sie vor Kurzem bei unserem Nachbarn Hans war, wo sie beim Kekse backen helfen durfte, drückte sie ihre Dankbarkeit aus, indem sie ihre Ärmchen um seine Beine schlang und sagte: »Hans, ich hab dich lieb.« Und wieder war in diesem Augenblick ein Herz geschmolzen.

Während einer längeren Flugreise beschäftigte sich Steffi mit Malen. Sie war damals gerade drei Jahre alt. Mir fiel auf, wie sie immer wieder von ihrem Malblatt aufblickte und den Passagier anschaute, der neben mir saß. Er hatte während des bisher fünfstündigen Fluges noch kein Wort mit uns gewechselt und starrte äußerst griesgrämig abwechselnd in die Luft oder in seine Zeitung. Da Steffi ihn immer wieder ansah, wartete ich darauf, dass sie einen Kommentar zu seiner unfreundlichen Miene abgeben würde. Wie überrascht war ich, als sie dann einfach sagte: »Mama, der Mann neben dir sieht aber traurig aus. Ich male ihm jetzt ein schönes Bild, damit er wieder fröhlich wird.« Und genau das tat sie auch. Sie malte ihm ein Bild mit einer Sonne und Blumen darauf und streckte es ihm mit den Worten hin: »Das habe ich für dich gemalt.« Völlig überrascht schaute der Mann neben mir abwechselnd auf Steffi und das Bild. Noch bevor er das Bild nahm, verwandelte sich seine Miene auf beinahe wundersame Weise. Seine heruntergefallenen Mundwinkel zogen sich nach oben; er begann, vor Freude zu strahlen und sagte nur: »Für mich? Das ist aber schön. Vielen Dank!« Von diesem Moment an war das Eis gebrochen, auch sein Herz war dahingeschmolzen. Die restlichen vier Stunden bis zur Landung vergingen wie im Flug, denn wir unterhielten uns prächtig mit meinem Platznachbarn.

Der direkte Weg, einen Menschen zu erreichen, ist der Weg in sein Herz. Unzählige Dichter haben darüber getextet, viele Maler haben es bildhaft dargestellt, kaum ein Song, der geschrieben wird, der nicht davon erzählt. Das Herz wird oftmals gleichgestellt mit Gefühl und Liebe. Ein lieber Mensch hat ein gutes Herz. Menschen, die sich lieben, sind ein Herz und eine Seele. Jemand, der Gutes tut und hilfsbereit ist, hat sein Herz auf dem rechten Fleck. Was einem wichtig und lieb ist, daran hängt man sein Herz. Liebe Worte kommen von Herzen. Eine liebende Mutter hat ein gutes Mutterherz. Was uns anrührt und Emotionen in uns auslöst, das geht zu Herzen. Gute Wünsche kommen von ganzem Herzen und am Ende eines Briefes grüßen wir einen uns lieben Menschen herzlich. Worte, die uns tief berühren, gehen uns direkt ins Herz. Ein Kind kann herzzerreißend weinen. Und wenn wir eine Herzensänderung erfahren, kann unser Herz aus Stein weich wie Butter werden.

»Man sieht nur mit dem Herzen gut. Das Wesentliche ist für die Augen unsichtbar« – dieser wohlbekannte Ausspruch des Fuchses in »Der kleine Prinz« von Antoine de St. Exupéry beinhaltet viel Weisheit. Mit dem Herzen zu sehen, ist genau das, was uns die Kinder vormachen. Wir täten oft gut daran, es ihnen nachzumachen. Stattdessen mustern wir unser Gegenüber gerne erst einmal und bilden uns recht schnell ein Urteil darüber, was für einen Menschen wir wohl vor uns haben. Mit dem äußeren Eindruck stempeln wir einen Menschen oftmals als sympathisch oder unsympathisch ab, noch bevor wir uns näher mit ihm befassen. Dass wir in beide Richtungen vorsichtig sein sollen und wir uns mit unserem ersten Eindruck täuschen können, erfahren wir oft erst später. Jemand, der uns auf den ersten Blick eher unsympathisch vorkommt, kann ein seelenguter, aufrichtiger Mensch sein. Man kann sich aber ebenso in einem Menschen irren, der zunächst einen sehr guten Eindruck macht, aber in Wirklichkeit ganz andere Absichten hegt. Und wenn wir einmal überhaupt nicht wissen, wen wir vor uns haben, dürfen wir darauf vertrauen, was uns im Buch Samuel (Kapitel 16, Vers 7b) gesagt wird: »Ein Mensch sieht, was vor Augen ist; der Herr aber sieht das Herz an.« Auch Samuel schaute zunächst auf den gut aussehenden Eliab, als er den Auftrag von Gott erhielt, einen neuen König zu salben. Aber Gott hatte David, den jüngsten der Brüder, ausgewählt. Mit diesem Schafhirten hätte niemand wirklich gerechnet. Er war jung, unerfahren und unbedeutend – für die Menschen nicht würdig, König zu sein. Doch Gott sah sein Herz an.

Es ist tröstlich zu wissen, dass Gott nicht nur unsere Herzen genau kennt, sondern er bewirkt auch heute noch wahre Herzensänderungen. Ein Herz aus Stein kann nur dann wirklich weich werden, wenn der Heilige Geist darin wirkt. Wo dies der Fall ist, können Wunder geschehen.

Bis dann im Himmel

Julie hatte sich gerade im Wohnzimmer auf die Couch gesetzt, um eine Tasse Kaffee zu trinken und in aller Ruhe die Zeitung zu lesen. Ihre drei Kinder waren mit den Hausaufgaben beschäftigt, nachdem Julie sie den ganzen Vormittag lang unterrichtet hatte. Ihr ältester Sohn Daniel war mit seinen 15 Jahren bereits in der 11. Klasse, ihre zwölfjährige Tochter Sophia in der siebten Klasse und ihr jüngster Sohn Alexander war mit neun Jahren in der vierten Klasse. Ihre drei Kinder gingen jedoch nicht in die reguläre Schule, sondern Julie hatte es sich zur Aufgabe gemacht, ihre Kinder zu Hause selbst zu unterrichten. Sie hatte damit angefangen, als ihr ältester Sohn Daniel fünf Jahre alt wurde. Für Julie war es keine Frage gewesen, auch Sophia und Alexander selbst Schulunterricht zu erteilen, sobald diese alt genug dafür waren. Zu dieser Zeit hatten sie noch in den USA gelebt, wo »Homeschooling« nichts Außergewöhnliches ist und allgemein anerkannt wird. Ihr Mann Shawn war Berufssoldat bei der amerikanischen Luftwaffe. Als er vor drei Jahren nach Deutschland versetzt wurde, blieb den Kindern ein Schulwechsel erspart, da sie ihr Klassenzimmer einfach in ihrem neuen Zuhause einrichteten. Die amerikanische Familie hatte schnell Anschluss gefunden, indem sie sich in der großen Militärgemeinde rund um den amerikanischen Stützpunkt einbrachten. Sie traten der »Homeschooling«-Organisation vor Ort bei und besuchten eine der zahlreichen amerikanischen Kirchen, wo sie sich von Anfang an engagierten. Julie arbeitete bei der Kinderkirche mit, ihr Sohn Daniel spielte bei jeder Gelegenheit Klavier im Gottesdienst und Sophia half bei der Kinderbetreuung während des Gottesdienstes. In der Kirchengemeinde fanden sie viele neue Freunde, die wie sie selbst auch fern von der Heimat lebten und ebenfalls den Schulunterricht zu Hause bevorzugten.

Für heute war Julie fertig mit dem Schulunterricht und froh über eine kleine Verschnaufpause, bevor sie sich um den Haushalt kümmern und später Sophia ins Ballett fahren würde. Sie hatte gerade die Zeitung aufgeschlagen, als sie hörte, wie die Haustür von außen aufgeschlossen wurde. Bevor sie aufstehen konnte, um nachzusehen, kam ihr Mann bereits ins Wohnzimmer. Erstaunt fragte Julie ihn: »Was machst du denn schon hier? Du hast doch erst in drei Stunden Feierabend.« Worauf Shawn antwortete: »Ich fühle mich nicht wohl und lege mich ein bisschen hin.« Julie stand auf und legte ihre Hand auf seine Stirn. »Du bist ja ganz heiß, du hast Fieber. Soll ich den Arzt anrufen?« Besorgt sah sie ihren Mann an. Vor zwei Wochen hatte der Arzt bei ihm eine Lungenentzündung festgestellt und ihm ein Antibiotikum verschrieben. Nachdem Shawn eine Woche lang zu Hause geblieben war, hatte er sich wieder wohl genug gefühlt, um ins Büro zu gehen. Der Husten war zwar immer noch nicht verschwunden, doch Shawn war ansonsten eigentlich immer gesund gewesen und hatte einen durchtrainierten Körper, sodass er den Husten nicht weiter beachtet hatte. Er ging davon aus, dass es bestimmt bald besser werden würde.

Julie konnte sich nicht daran erinnern, dass ihr Mann jemals früher von der Arbeit nach Hause gekommen war, weil er sich nicht wohlgefühlt hatte. Darum wusste sie, dass es ihm wirklich schlecht gehen musste. »Ich lege mich jetzt ins Bett und morgen früh geht's mir bestimmt besser«, meinte Shawn und verzog sich ins Schlafzimmer, ohne etwas gegessen zu haben. Doch im Lauf der Nacht verschlechterte sich sein Zustand. Das Fieber stieg und der Husten ließ nicht nach. Am nächsten Morgen brachte Julie ihn zum Arzt, der sich nicht erklären konnte, woher das Fieber und der Husten kamen, denn die Lunge war beim Abhören frei. Erleichtert meinte Shawn: »Das wird schon nicht so schlimm sein, vermutlich nur noch ein paar Ausläufer der Lungenentzündung, die bald auskuriert sind.« Sein Arzt schien nicht ganz seiner Meinung zu sein, denn er riet ihm, sich bei der nahe gelegenen Uniklinik vorzustellen. Shawn sah das zwar nicht ein, doch da auch Julie darauf drängte, willigte er schließlich ein. Sein Arzt schrieb ihn krank und vermittelte ihm einen Termin in der Klinik zwei Tage später. Das Rätseln ging auch dort weiter. Nach tagelangen Untersuchungen betrat eines Morgens der Chefarzt das Krankenzimmer. »Wir haben etwas gefunden. Sie haben irgendwo einen Tumor in Ihrem Körper, wir wissen aber noch nicht genau, wo.« Shawn lag in seinem Krankenbett und fühlte sich wie betäubt. Wie von weit weg hörte er sich sagen: »Ein Tumor? Ich war doch noch nie krank und habe mich immer gesund ernährt. Wie kann das denn sein?« Der Arzt sprach noch eine Weile mit ihm über weitere Untersuchungen, die folgen würden, um Genaueres festzustellen.

Für die ganze Familie brach an diesem Tag eine Welt zusammen. Nichts war mehr so, wie es bisher immer gewesen war. Nach weiteren qualvollen Tagen des Untersuchens und Wartens hatten die Ärzte eine genauere Diagnose: Shawn hatte einen äußerst seltenen und aggressiven bösartigen Tumor in seiner Lunge. Eine intensive Strahlentherapie sowie mehrere Operationen folgten in den Wochen nach der Diagnose. In dieser Zeit wurde gebangt, gehofft und viel gebetet. Shawn war gerade vierzig Jahre alt geworden und hatte noch viel vor. Er liebte seine Frau und Kinder über alles. Julie und Shawn waren vom Charakter her eigentlich sehr unterschiedlich. Während Julie quirlig war und immer etwas zu erzählen wusste, war Shawn sehr ruhig. Er redete wenig und hörte am liebsten zu. Nie hörte man ihn schimpfen oder klagen, er wurde von allen wegen seiner freundlichen Art sehr geschätzt. Auch äußerlich unterschieden sie sich sehr. Während Julie etwas füllig und recht groß war, war Shawn sehr zierlich und schmal. Doch er und Julie ergänzten sich gegenseitig. Sie liebten und respektierten sich und führten ihre Ehe ganz im biblischen Sinne. Ihren Glauben an Jesus Christus hatten sie von Anfang an auch ihren Kindern vermittelt. Die Bibel zierte bei ihnen nicht nur das Regal, sie bedeutete der ganzen Familie viel. Gemeinsam lasen sie regelmäßig darin. Sie hatten ihren Kindern oft vorgelebt, was es bedeutet, Gott an erste Stelle zu setzten und ihnen beigebracht, dass Gott es gut mit denjenigen meint, die ihm vertrauen und an sein Wort glauben. Jeden Abend überlegten sie gemeinsam, wofür sie an diesem Tag dankbar sein konnten.

Doch nun fühlten sie sich, als würde ihnen der Boden unter ihren Füßen weggezogen. Ihr bisher recht sorgloses Leben wurde auf einmal bedroht. Sie mussten sich mit Shawns Krankheit auseinandersetzen, mit all den Fragen und Ängsten, die damit einhergingen. Julie wich nicht von Shawns Seite. Von morgens bis abends war sie bei ihm im Krankenzimmer. Die Homeschooling-Gruppe organisierte ein umfangreiches Unterstützungsprogramm, sodass die Kinder weiterhin unterrichtet wurden und versorgt waren. Viele Freunde sprangen ein und brachten Essen ins Haus, halfen den Kindern bei der Schularbeit und brachten sie zu ihren verschiedenen Aktivitäten, damit Julie bei ihrem Mann sein konnte.

Eine Chemotherapie brachte den Tumor im Lauf der nächsten Monate zwar zum Schrumpfen, doch mittlerweile hatten sich in Shawns gesamtem Körper Metastasen gebildet. Sieben Monate nach der Diagnose wussten er und Julie, dass er sterben würde. Sie klammerten sich inzwischen nicht mehr an die Hoffnung, dass er geheilt werden könnte, sondern bereiteten sich auf den Abschied vor. Viele Tränen flossen in dieser Zeit; die Tränen wichen zeitweise der Wut und Verzweiflung, und auch der Fragen. Fragen, die nicht beantwortet wurden. Sowohl Julie als auch Shawn hatten dafür gebetet, dass er gesund werden würde. Sie wussten, dass Hunderte Mitchristen für sie beteten, doch die Heilung blieb aus. Schließlich war es nur noch eine Frage der Zeit. Shawn bekam zuletzt starke Schmerzmittel und schlief die meiste Zeit. An einem frühen Freitagmorgen im September tat er seinen letzten Atemzug, an seiner Seite saß schluchzend Julie. Sie küsste ihn ein letztes Mal und flüsterte tränenüberströmt in sein Ohr: »Ich liebe dich. Bis dann im Himmel.«

In den starken Armen des Vaters

Die Konzerthalle war bis auf den letzten Platz ausverkauft. Das Publikum war bunt gemischt, angefangen von Kindern bis hin zu Senioren war alles vertreten. Im Konzertsaal gab es drei Balkone: einen großen hinten in der Mitte und zwei kleinere jeweils an den Seiten. Der linke Balkon war besetzt mit mehreren Schulklassen und ihren Musiklehrern. Wochenlang hatten sie sich auf diesen Abend vorbereitet und im Unterricht die Oper »Hänsel und Gretel« von Engelbert Humperdinck durchgearbeitet. Als krönender Abschluss dieser Unterrichtseinheit stand nun der Besuch dieser Oper an. Das Orchester hatte bereits im Orchestergraben Platz genommen, Kinder wie auch Erwachsene freuten sich mit erwartungsvollen Gesichtern darauf, dass sich der Vorhang heben und die Aufführung beginnen würde. Die Kinder kicherten und unterhielten sich aufgeregt miteinander. Für die meisten war dieser Opernbesuch eine Premiere in ihrem Leben. Spannend war für die Kinder auch, dass die meisten von ihnen ihre Eltern zwar auch im Konzertsaal sitzen hatten, aber gleichzeitig ein Gefühl der Unabhängigkeit genossen. Sie wussten ihre Eltern auf den anderen Balkonen verteilt und waren mit ihren Klassenkameraden unter sich.

Dann war es endlich so weit: Die Lichter im Saal verloschen, die Scheinwerfer wurden auf das Orchester gerichtet. Gespannte

Stille trat ein und alle Augen richteten sich auf die Musiker, die damit begannen, ihre Instrumente zu stimmen. Kurz darauf hob der Dirigent seinen Taktstock und die Hörner begannen kraftvoll mit dem »Schutzengelchoral« der Ouvertüre. Gebannt verfolgten die Kinderaugen vom Balkon aus, wie sich anschließend der Vorhang hob und sie in die ärmliche Stube der Familie von Hänsel und Gretel sehen konnten. Hänsel und Gretel waren gerade allein zu Hause und mit Arbeit beschäftigt. Wie die Kinder aus dem Unterricht bereits wussten, hatten Hänsel und Gretel seit Wochen nur noch trockenes Brot zu essen gehabt. Doch heute waren sie glücklich, da ihnen die Nachbarin einen Topf Milch geschenkt hatte und sie sich auf Reisbrei zum Abendessen freuten.

Die zuschauenden Kinder wurden in die Welt des Märchens mitgenommen und vergaßen ihre eigene Welt um sich herum. Ihnen war, als befänden sie sich selbst mitten im Wald, als sich der Vorhang zum zweiten Akt hob und Hänsel und Gretel den Heimweg in der Dunkelheit nicht mehr finden konnten. Die beiden Geschwister hatten ihren Abendsegen gebetet und waren eingeschlafen. Gerade in dem Moment, als vierzehn Engel vom Himmel herabgestiegen kamen, um den Schlaf der Kinder zu bewachen, hörte man von der hintersten Reihe des linken Balkons einen lauten Knall. Erschrocken drehten sich die Köpfe der Zuschauer nach oben, um zu sehen, was geschehen war. Doch in dem verdunkelten Saal war nur schwierig etwas auszumachen. Die Leute aus den anderen Balkonen jedoch konnten erkennen, dass ein Kind vom Stuhl gefallen war. Der Klassenlehrer beugte sich über das Mädchen und sprach mit ihr. Sie war sehr erschrocken, versuchte nun aber, ihren Schreck zu überspielen, indem sie anfing zu kichern. Zwei Minuten später kam der Vater des Mädchens angerannt, der den Zwischenfall vom mittleren Balkon aus gesehen hatte und daraufhin zu seiner Tochter geeilt war. In diesem Moment, als das Mädchen merkte, dass ihr Vater sich zu ihr herunterbeugte, verwandelte sich ihr Kichern in Weinen und sie streckte ihre Arme nach ihm aus. Der Vater nahm sie fest in seine eigenen starken Arme und hob sie hoch. Sie klammerte sich schluchzend so fest an ihn, als wolle sie ihn nie wieder loslassen. Beruhigend redete der Vater auf seine Tochter ein und trug sie dann hinaus, weg von den neugierigen Blicken der Zuschauer. Vor der Tür des Balkons fragte er sie: »Mein Kleines, hast du dir wehgetan?«, und war erleichtert, als er von ihr erfuhr, dass sie sich nur sehr erschrocken hatte und ihr Rücken ein klein wenig wehtat. »Wie ist denn das passiert, dass du vom Stuhl gefallen bist?«, wollte er dann wissen. Seine Tochter erklärte ihm: »Ich wollte besser sehen können, und habe mich auf die Lehne des Stuhls gesetzt, aber der klappte dann plötzlich zusammen und so bin ich nach hinten hinuntergefallen.« Schmunzelnd tätschelte der Vater seiner Tochter auf den Rücken, bevor er sie wieder auf den Boden stellte. »Na, das wirst du dann wohl in Zukunft bleiben lassen. Und jetzt lass uns zurückgehen, damit wir nicht verpassen, wie Hänsel und Gretel ihre Eltern wiederfinden.« Getröstet und glücklich nickte die Tochter, wischte die letzten Tränen weg und schnäuzte in das Taschentuch, das ihr Vater ihr hingestreckt hatte. Gemeinsam gingen die beiden auf den Balkon zurück. Der dritte Akt hatte begonnen; Hänsel und Gretel hatten gerade die Hexe in den Backofen hineingestoßen, der daraufhin donnernd in sich zusammenfiel. Kurz darauf hörte man die Eltern von Hänsel und Gretel, die nach ihren Kindern suchten und sie schließlich glücklich in die Arme schließen konnten. Nachdem die Hexe aus den Trümmern des Backofens gezogen und zum Lebkuchen geworden war, stimmten alle in das Lied des Vaters ein: »Wenn die Not aufs Höchste steigt, Gott, der Herr, die Hand uns reicht!«

Das Mädchen hatte an diesem Abend wieder einmal erfahren dürfen, wie tröstlich es ist, von den starken Armen des Vaters gehalten zu werden. Als ihr Vater sie in seine Arme genommen hatte, hatte sie gewusst, dass alles gut war.

Wie dieses Kind dürfen auch wir in den starken Armen unseres Vaters Zuflucht und Trost suchen. Gott ist unser Vater im Himmel. Er wird uns nicht zurückweisen oder fallen lassen, wenn wir ihn suchen und seine starken Arme brauchen.

Neulich beim Friseur

Wenn ich einen Termin beim Friseur habe, verbinde ich damit in Gedanken eine Auszeit. Zeit für mich, um mir etwas Gutes zu tun und mich pflegen zu lassen. Besonders im Urlaub gönne ich mir ab und zu gerne diesen Luxus. Dann kann ich meinem Mann getrost für ein paar Stunden die Kinder überlassen, während ich mir in aller Ruhe entspannt unter den geübten Händen des Friseurs etwas Gutes für Kopfhaut und Haare tue. Meistens gibt es dazu noch eine Tasse Kaffee, und nach Lust und Laune kann ich mich entweder mit dem Friseur unterhalten oder in einer Zeitschrift blättern, ohne dass mich jemand dabei unterbricht.

Mit dieser angenehmen Vorstellung machte ich mich letzten Sommer während unseres Urlaubs in Italien auf den Weg zum Friseur. Mit gespannter Vorfreude betrat ich den Salon, wo ich mich am Nachmittag zuvor bereits angemeldet hatte. Eine italienische Friseurin mit langen, zotteligen, schwarzen Haaren begrüßte mich: »Bon giorno, mi chiamo Maria!« und schob mich zu einem Stuhl hin. Da ich nicht wirklich Italienisch kann, fragte ich sie, ob sie Englisch spreche. »No problem!«, war ihre lautstarke Antwort. Mir wurde aber schnell klar, dass sie außer diesen beiden Worten nicht viel mehr Englisch reden konnte. Zu diesem Zeitpunkt wurde mir zum ersten Mal etwas mulmig zumute. Die Englischkenntnisse der Friseurin befanden sich auf etwa derselben Stufe wie meine Italienischkenntnisse. Wild gestikulierend wollte sie von mir wissen, wie ich die Haare geschnitten haben wollte. Eigentlich wusste ich das selbst nicht so genau, und sagte langsam und deutlich auf Englisch zu ihr: »Vielleicht hinten etwas kürzer und an den Seiten stufig schneiden. Was meinen Sie?« Maria verdrehte daraufhin verächtlich die Augen, und ich bekam allmählich Zweifel, ob dieser Friseurbesuch eine gute Idee gewesen war. Gleichzeitig spürte ich Ärger in mir hochsteigen. Ärger darüber, dass Maria mich ganz ohne Worte so herablassend behandelte und auch Ärger über mich selbst, dass ich wieder einmal so unentschlossen und unsicher war.

Nachdem Maria mir die Haare mit Wasser gewaschen hatte, das mehr kalt als warm war, fing sie an, meine Haare zu schneiden. Mit jedem Schneiden rupfte es unangenehm. Ich wagte es kaum, ihr im Spiegel zuzuschauen und merkte, wie ich mich auf dem unbequemen Stuhl immer mehr verspannte. Zeitschriften zum Durchblättern oder gar eine Tasse Kaffee waren weit und breit nicht zu sehen. Mit jeder Minute schien der Stuhl härter zu werden; überhaupt schienen sich die Minuten sonderbar in die Länge zu ziehen.

Während Maria an meinen Haaren Hand anlegte, nieste sie öfters und zog den Schnupfen lautstark hoch. Mit ihrem gebrochenen Englisch erzählte sie, dass sie krank sei und eigentlich das Bett hüten sollte, was sie sich aber nicht leisten konnte. Plötzlich kam sie mir näher, als mir lieb war, als ob sie mir aus nächster Nähe demonstrieren wollte, wie schlecht es ihr ging. Jetzt erst bemerkte ich ihre glasigen Augen und fieberroten Wangen. Das hatte mir gerade noch gefehlt! Inzwischen war kein Entkommen mehr, hilflos sah ich mich ihr ausgeliefert. Gleichzeitig tat sie mir aber auch leid, denn das musste auch für sie sehr unangenehm sein. Ich überlegte, ob ich ihr eines der Medikamente aus unserer Reiseapotheke bringen sollte – denn ich war wie immer im Urlaub mit allen möglichen Arzneimitteln ausstaffiert und hatte vorgesorgt: Fieberzäpfchen, Grippemittel, Hustensaft, Ohrentropfen und Tropfen für Magenverstimmungen. Doch diesen Gedanken verwarf ich schnell wieder – Maria hätte ja den Beipackzettel gar nicht lesen können und würde vermutlich auch nichts einnehmen wollen, was ihr von einer Fremden zugesteckt wurde.

Endlich war sie fertig mit Schneiden. Mein Schädel brummte leicht und meine Kopfhaut fühlte sich merkwürdig angespannt an. Sie steckte die Hälfte der noch nassen Haare hoch und verschwand erst einmal. Während der nächsten zehn Minuten fragte ich mich, ob sie wiederkommen würde oder ob ich jetzt so gehen sollte. War Maria ihrer Meinung nach fertig? Oder ging es ihr so schlecht, dass sie sich hinlegen musste? Schließlich kam sie wieder und begann ohne ein Wort damit, die Haare zu föhnen. Genauso wortlos ließ ich sie weitermachen und versuchte dabei, anhand des Spiegels herauszufinden, wie ich nun eigentlich aussah. Als sie endlich den für meine Begriffe viel zu heiß eingestellten Föhn ausschaltete und mir nach vollendeter Tat einen Spiegel an den Hinterkopf hielt, war ich angenehm überrascht von dem Ergebnis. So hatte mir zwar bisher noch kein Friseur die Haare geschnitten und geföhnt, doch die Frisur gefiel mir. Erschöpft und verspannt, aber gleichzeitig erleichtert wünschte ich Maria gute Besserung und machte mich auf den Weg zurück zur Ferienwohnung und zu meiner Familie.

Omas Nähmaschine

Meine Oma war gelernte Schneiderin. Sie hatte ihr Handwerk von der Pike auf gründlich gelernt. So manches Mal erzählte sie mir, wie sie als junge Frau während ihrer Lehre stundenlang im »Schneidersitz« das Nähen üben musste. Fein säuberlich von Hand wurden die verschiedenen Stiche geübt: Rückstich, Leiterstich, Vorstich und Schlingenstich. Sie lernte, wie man Knopflöcher näht und Stoffe kräuselt. Das erste Lehrjahr war besonders hart – ihre Lehrmeisterin legte Wert auf absolute Präzision und duldete keinerlei Ungenauigkeiten. Waren die Stiche nicht exakt gleich lang oder die Naht etwas krumm, gab es nur eins: alles wieder aufmachen und von vorn anfangen. Mehr als einmal war es meiner Oma in der ersten Zeit danach zumute, aufzugeben – besonders wenn nach stundenlangem Stillsitzen in gebückter Haltung alle Glieder schmerzten und die Finger wund waren. Doch sie hielt durch und gewöhnte sich an den Schneidersitz und die Körperhaltung während des Nähens. Die Schmerzen ließen nach und die Arbeit ging ihr leichter von der Hand. Sie freute sich über ihre ersten Näharbeiten, die sie selbstständig fertiggestellt hatte. Gemeinsam mit den anderen Lehrmädchen saß sie von morgens bis abends in der Nähstube. Während sie nähten, konnten sie miteinander plaudern und lachen und knüpften so Freundschaften fürs Leben.

Im Lauf der drei Lehrjahre lernte meine Oma alles, was eine gute Schneiderin können muss, und bestand erfolgreich ihre Prüfung zur Damenschneiderin. Das war im Jahr 1925. Das Geld war knapp, doch sie arbeitete fleißig und war auch mit einem kleinen Lohn zufrieden. Schon bald hatte es sich herumgesprochen, dass meine Oma eine gute Schneiderin war und ihre Dienste waren gefragt. Für uns heute unvorstellbar wurde sie des Öfteren mit einem Sack Kartoffeln, einem Korb Äpfel oder anderen Lebensmitteln »bezahlt«. Trotzdem schaffte sie es, sich etwas Geld anzusparen und ihre Freude war groß, als sie sich 1930 ihre erste eigene Nähmaschine kaufen konnte: eine Tretnähmaschine von Singer. Diese Nähmaschine sollte sie ihr Leben lang begleiten, selbst während der Kriegsjahre und dem damit verbundenen Umzug in eine neue Heimat. Oma nähte bis ins hohe Alter auf ihrer Singer-Nähmaschine, die zuverlässig und ohne größere Reparaturen treu ihren Dienst tat. Diese Nähmaschine war ein schönes Stück, aus schwarzem Gusseisen mit einem Blumenmuster bemalt. Der Tisch, auf dem sie befestigt war, war aus solidem Eichenholz. Das Tretpedal war ebenfalls aus Gusseisen, der Riemen aus Leder.

Als meine Oma heiratete, wollte ihr Mann nicht, dass sie weiterhin für andere Leute nähte. Er empfand es unter seiner Würde, dass seine Frau Geld verdiente. Eine andere Rollenverteilung wie es damals üblich war, kam für ihn nicht infrage: Der Mann sorgte für den Verdienst und die Frau war zu Hause und kümmerte sich um die Kinder und den Haushalt. Meine Oma fügte sich seinem Wunsch, nähte aber in jeder freien Minute Kleider für ihre Kinder sowie Tischdecken, Vorhänge und Bettwäsche. Später in den Kriegsjahren war es wiederum ihre Nähmaschine, die ihr und ihren Kindern beim Überleben half. Während ihr Mann an der Front in Russland seinen Militärdienst versah, konnte meine Oma sich und ihre drei Kinder über Wasser halten, indem sie für andere Leute nähte. Sie nähte alles, was gebraucht wurde: vor allem im Winter warme Jacken und Mäntel. Da es keine Stoffe zu kaufen gab, brachten die Leute ihr, was sie entbehren konnten: alte Vorhänge, Decken oder auch vorhandene Kleidungsstücke, die geflickt wurden, solange es nur irgendwie ging. Geld bekam sie in dieser Zeit kaum für ihre Arbeit. Stattdessen erhielt sie Lebensmittel und auch ab und zu Lebensmittelmarken, die sie für sich und ihre Kinder besser brauchen konnte als Geld. Dank ihrer Nähmaschine blieb es ihr während der Flüchtlingszeit sogar erspart, mit den anderen Flüchtlingsfrauen auf dem Feld schwere Arbeit leisten zu müssen. Die Bauernfamilie, bei der sie mit ihren Kindern Unterschlupf gefunden hatte, zog es vor, dass sie auf dem Hof blieb und nähte. Auf diese Weise konnte sie auch bei ihren eigenen Kindern bleiben und musste sie nicht den ganzen Tag allein lassen.

Nach den Kriegsjahren schaffte sie es irgendwie, ihre Nähmaschine mit nach Norddeutschland zu bringen, als sie mit ihren Kindern ihre alte Heimat in Schlesien verlassen musste. Mithilfe der Nähmaschine gelang es ihr, neue Kontakte zu knüpfen, denn auch in der neuen Heimat sprachen sich ihre Nähkünste schnell herum. Die Leute kamen gerne zu ihr, um sich das eine oder andere Kleidungsstück schneidern zu lassen. Gleichzeitig hatte meine Oma stets ein offenes Ohr für ihre Kundinnen. Sie erzählten aus ihrem Leben, teilten Freud und Leid mit ihr, während Oma an ihrer Nähmaschine saß. Da die Frauen stets sehr zufrieden mit Omas Arbeit waren, kamen sie auch gerne wieder. So wurden aus Kundinnen im Lauf der Zeit Freundinnen. Viele Freundschaften hielten jahrelang, manche bis an Omas Lebensende. Besonders erinnere ich mich an eine Dame mittleren Alters, die sich Hilfe suchend an meine Oma gewandt hatte. Oma war zu dieser Zeit nochmals umgezogen. Gemeinsam mit ihrem Mann Georg hatte sie sich ein kleines Reihenhäuschen in Delmenhorst gekauft, nachdem ihre drei Kinder erwachsen und ihre eigenen Wege gegangen waren. Ihre Nähmaschine hatte sie selbstverständlich mitgenommen. Zum ersten Mal in ihrem Leben hatte Oma in ihrem neuen Zuhause ein eigenes kleines Nähzimmer, wo ihre Nähmaschine einen Ehrenplatz erhielt. Eines Tages rief die Dame bei Oma an und bat darum, einmal vorbeikommen zu dürfen. Sie hätte ein besonderes Problem und bräuchte die Hilfe einer erfahrenen Schneiderin. Ein paar Tage später kam sie zu meiner Oma. Etwas verschüchtert stand sie vor der Tür, und meiner Oma wurde klar, was das Problem der Dame war: Sie war so extrem dick, dass sie unmöglich in einem Bekleidungsgeschäft einkaufen konnte. Jahrelang hatte sie sich nicht getraut, eine Schneiderin anzusprechen, doch nachdem sie nur Gutes über meine Oma gehört hatte, hatte sie sich schließlich dazu durchgerungen, Kontakt mit ihr aufzunehmen. Auch diese Begegnung war der Anfang einer langjährigen Freundschaft. Oma verstand es, diese Dame so einzukleiden, dass sie lernte, sich selbst wieder mehr zu schätzen und auch öfters unter die Leute zu gehen, was sie kaum noch getan hatte. Auch deren Sohn, der ebenfalls sehr beleibt war, freute sich über das eine oder andere Kleidungsstück, das Oma ihm nähte.

Immer wenn sie uns im Schwarzwald besuchte, freute ich mich, dass meine Oma viele hübsche Kleider für meine Puppen nähte. Als ich größer war, war es für mich stets ein besonderes Erlebnis, meine Ferien bei ihr zu verbringen. Wir hatten jedes Mal ein gemeinsames Nähprojekt und verbrachten viele Stunden in ihrem Nähzimmer. Noch heute habe ich einen Hosenanzug und zwei Jacken, die sie damals mit mir an ihrer Nähmaschine nähte. Auch wenn ich diese Kleidungsstücke schon lange nicht mehr trage, denke ich jedes Mal an meine Oma, ihre Nähmaschine und die schönen Stunden, die wir gemeinsam verbrachten, wenn ich die Kleidung im Schrank hängen sehe.

Als Oma im Alter von 82 Jahren von Norddeutschland zu uns in den Schwarzwald zog, brachte sie ihre Nähmaschine mit. Viel nähte sie nicht mehr darauf, doch ich bin sicher, dass es ihr ein Trost war, ihre Maschine bei sich zu wissen. Und noch ein letztes Mal zog sie mit ihrer Nähmaschine um: als sie in ein betreutes Alterswohnheim zog, wo ansonsten nicht viel Platz für ihre eigenen Möbel war. Schade nur, dass Omas Nähmaschine nach ihrem Tod nicht in unserem Familienbesitz geblieben ist.

Wechsel-Jahre

J a, hallo! Morgen geht es bei mir nicht, da habe ich schon einen Termin! Aber am Freitag hätte ich Zeit. Okay, bis dann. Mach's gut, tschühüß!« Unsere vierjährige Tochter Steffi »telefoniert« auf meinem ausrangierten Handy mit ihrer Freundin Sophia. Für sie ist diese Art der Kommunikation ganz selbstverständlich. Auch dass sie während des Telefonierens durch das Haus läuft und nebenbei noch so einiges anderes tut, wie sie es bei uns Großen sieht: einen Teller vom Tisch abräumen, sich einen Apfel nehmen, die Katze füttern, Blumen gießen oder den Hund streicheln. Wie früher dort zu bleiben, wo das Telefon in der Steckdose verankert war, kennen unsere Kinder heute nicht mehr – wenn nicht das Handy benutzt wird, dann greift man zum schnurlosen Telefon.

Überhaupt wachsen unsere Kinder hierzulande mit technischen Geräten auf, von denen wir Eltern und Großeltern allenfalls zu träumen wagten und nur so darüber gestaunt hätten. Wenn wir uns für eine längere Autofahrt vorbereiten, erinnert Steffi uns: »Ihr dürft das Navi nicht vergessen und müsst noch den Zielort eingeben, damit wir nicht falsch fahren!« Sind wir dann im Auto, wundert sie sich nicht darüber, dass ihre großen Geschwister jeweils mit Stöpseln im Ohr dasitzen. Sie weiß, was man mit den verschiedenen Geräten macht: Musik hören auf dem iPod, Spiele spielen auf dem Nintendo, Lesen mit dem

Kindle oder per Handy eine SMS schreiben. Zu Hause stellt sie sich wie selbstverständlich mit einem Mikrofon vor den Fernseher, wenn ihr großer Bruder mithilfe der Wii Beatles-Songs singt. Die Fernbedienung am Fernseher gehört für sie dazu wie die Wurst auf das Brot.

Als meine Eltern in den 1970er-Jahren ihren ersten Fernseher bekamen, empfingen wir drei Programme. Zum Umschalten der Programme mussten wir uns vom Sessel oder Sofa erheben und zum Fernseher gehen. Erst viele Jahre später gesellte sich zu dem Fernseher noch ein Videogerät dazu; wir freuten uns über eine wachsende Sammlung an Videofilmen. Wollten wir unsere Lieblingsmusik hören, bedienten wir entweder den Kassettenrekorder oder den Schallplattenspieler.

Inzwischen sind sowohl Videokassetten als auch Schallplatten und Kassetten »out«. Unsere Kinder sind mit den kleinen, handlichen runden Scheiben, allgemein bekannt unter den Kürzeln DVD oder CD, bestens vertraut. Die Tatsache, dass nicht nur zu Hause, sondern auch im Auto CD-Player vorhanden sind, wundert die Kinder auch nicht, es ist zur Selbstverständlichkeit geworden.

Besonders gerne schnappt sich unsere Steffi die Digitalkamera, um schnell ein paar Bilder zu machen. Das Fotografieren mit Filmrollen, die teuer entwickelt werden müssen, ist den Kindern nicht mehr bekannt. Stattdessen können sie sich sofort auf dem Display der Kamera ansehen, was sie soeben fotografiert haben – und nach Lust und Laune wieder löschen, was ihnen nicht gefällt. Anschließend werden die Bilder auf den Computer geladen, von wo aus man dann die schönsten Motive auf Fotopapier ausdrucken kann. Ganz einfach und selbstverständlich.

Wenn man etwas kopieren möchte, kann man das Dokument ja schnell auf den Scanner legen und dann ebenfalls über den Computer ausdrucken. Kein Problem!

Eine kleine Revolution war es für uns damals, als wir unser Telefon bekamen, ebenfalls in den 1970er-Jahren. Wir konnten plötzlich mit unseren Großeltern in Norddeutschland reden, wann wir wollten, oder einfach unsere Freunde anrufen. Heute können wir unsere Lieben nicht nur hören, wir können sie gleichzeitig auch sehen: Skypen macht es möglich. Für unsere Kinder nicht revolutionär, sondern einfach ganz normal ist es, wenn ihr Papa sich auf einer Geschäftsreise befindet, und sie sein Gesicht dann zu Hause im Computer sehen und mit ihm sprechen können. Ach ja, und zum Einkaufen können wir ja auch den Computer einschalten. Schließlich gibt es per Knopfdruck alles und zu jeder Zeit, sodass wir uns an keine Ladenschlusszeiten zu halten brauchen. Nur noch schnell die Kreditkarte bereitlegen – und wir können problemlos unsere Produkte ordern: Bücher, Spielsachen, Filme, Kleidung, einfach alles, was das Herz begehrt. Macht ja auch nichts, wenn ein Artikel schnell aus Asien nachbestellt werden muss.

So sind wir in die *Wechsel-Jahre* gekommen, und das nicht nur im technischen Bereich. Gerade ist die achtzehnjährige Tochter meiner Freundin mit ihrem Freund zusammengezogen. Schließlich ist es doch einfacher, wenn sich die beiden die Mietkosten teilen können. Heiraten kommt für sie noch lange nicht infrage, denn sie sind ja noch jung und stehen beide in der Ausbildung.

Was früher einmal normal war, ist heute eher die Ausnahme. Umgekehrt ist das Unnormale normal geworden. Kaum jemand macht sich noch Gedanken darüber. Ist doch ganz normal, dass junge Leute heute zusammenzuziehen, schließlich kann man auch einfach so miteinander wohnen. Ein Trauschein ist immerhin ziemlich hinderlich, wenn die Beziehung auseinandergeht, weil es halt nicht geklappt hat. Überhaupt ist die Ehe eher etwas Altmodisches – oder etwa nicht?

Gott hat den Bund der Ehe zwischen Mann und Frau von Anfang an für heilig erklärt. Dieser Bund hat einen ganz besonderen Stellenwert vor Gott. Jedes Brautpaar gibt bei der kirchlichen Trauung ein Versprechen ab und verspricht sich gegenseitige Treue und Liebe bis an das Lebensende. An der Bedeutung dieser Ehe hat sich nichts geändert, wohl aber die Einstellung der meisten Menschen dazu. Kaum einer möchte sich heutzutage noch langfristig festlegen, schon gar nicht bis zu seinem Lebensende. Man könnte sich ja selbst zu sehr damit einschränken.

Wechsel-Jahre – wir befinden uns mittendrin mit all seinen Höhen und Tiefen, mit Stimmungsschwankungen und allem, was dazugehört. Es hat sie zwar schon immer gegeben, mit jeder Generation aufs Neue, doch nie zuvor hat sich der Wechsel so rasant vollzogen wie heute. Nie zuvor waren wir weltweit so vernetzt, nie zuvor waren wir jederzeit und an beinahe jedem Ort so erreichbar wie jetzt. Nie zuvor war es so laut um uns herum wie heute. Immer mehr Flugzeuge, Hochgeschwindigkeitszüge und Autos machen es möglich, dass wir uns weltweit bewegen können – doch der Lärm an Flughäfen, Schienen und Autobahnen steigert sich bis ins Unerträgliche. Zu guter Letzt werden wir immer durchsichtiger – selbst an vielen Flughäfen werden wir bis auf die Knochen gescannt und durchleuchtet. Die weltweite Vernetzung durch das Internet erlaubt uns zu jeder Zeit,

Daten und Bilder einzusehen. Es ist noch gar nicht so lange her, da hätte sich niemand unter den Begriffen »Hacker« und »Internetkriminelle« etwas vorstellen können. Es gab sie schlichtweg noch nicht.

Die *Wechsel-Jahre* machen uns zu schaffen; wir müssen am Ball bleiben, um nicht ganz den Anschluss zu verlieren. Doch wie werden wir aussehen, wenn wir diese *Wechsel-Jahre* hinter uns haben? Wie wird es uns hinterher gehen? Werden wir sie überhaupt jemals hinter uns haben? In dieser Welt gibt es nur eines, was beständig bleibt: die Unbeständigkeit. Nichts bleibt so, wie es einmal war. Dabei brauchen wir etwas, auf das wir uns verlassen können, das uns Halt gibt und sich nicht ständig ändert. Wir brauchen einen Ort, wohin wir vor der Hektik unseres Alltags flüchten können; sozusagen eine Oase, an der wir zur Ruhe kommen und neu auftanken können. Gott sei Dank gibt es diese Oase. Sie ist unerschütterlich und unveränderlich und nur bei Gott zu finden. »Herr, du bist unsre Zuflucht für und für. Ehe denn die Berge wurden und die Erde und die Welt geschaffen wurden, bist du, Gott, von Ewigkeit zu Ewigkeit« (Psalm 90, Verse 1-2).

Bei Gott gibt es keine *Wechsel-Jahre*. Bei ihm bleibt alles, wie es ist. Gestern, heute und in Ewigkeit. Gott weiß jedoch um unsere *Wechsel-Jahre* und die damit einhergehenden Stressfaktoren und Symptome – sowohl körperlich, geistig als auch seelisch. Und er ruft uns zu: »Sei getreu bis an den Tod, so will ich dir die Krone des Lebens geben« (Offenbarung, Kapitel 2, Vers 10).

Ich hätte mich gefreut ...

Wieder einmal war ich in Eile und wollte noch schnell einkaufen gehen, bevor ich das Mittagessen vorbereiten musste. Als ich aus dem Haus trat, kam gerade unsere Nachbarin vorbei. Bei ihrem Anblick packte mich sofort das schlechte Gewissen und ich begrüßte sie mit den Worten: »Eigentlich wollte ich Sie letzte Woche besuchen ...« Freundlich und ohne jeglichen Vorwurf in ihrer Stimme antwortete sie mir: »Ich hätte mich gefreut«, und schaute dabei lächelnd aus ihrem Rollstuhl zu mir auf. Beschämt lächelnd sah ich auf sie hinunter. Ich wollte sie wirklich besuchen, hatte ihrer Tochter sogar angekündigt, ich würde vorbeikommen. Doch aufgemacht zu ihr, nur ein paar Schritte um die Ecke, hatte ich mich nicht. Dabei hatte ich die ganze Zeit gewusst, dass sie gestürzt war und nun noch mehr ans Haus gebunden war als bisher. Doch ich hatte mich von den vielen kleinen alltäglichen Dingen ablenken lassen und schließlich war meine gute Absicht, unsere Nachbarin zu besuchen, ganz in den Hintergrund gerückt. Und nun stand ich vor ihr. Ihre einfachen Worte »Ich hätte mich gefreut« trafen mich mehr, als wenn sie mir einen Vorwurf gemacht hätte.

Wie oft habe ich das eigentlich schon getan? Mir vorgenommen, einen Besuch zu machen, jemanden anzurufen oder auch mal einen Brief zu schreiben an einen Menschen, der sich freuen würde, wenn jemand an ihn denkt. Doch anstatt mir dafür die Zeit zu nehmen, habe ich andere Prioritäten gesetzt und mich ablenken lassen. Die Liste ist ja auch immer lang: Selbst als »Nur-Hausfrau« wird es nie langweilig. Und irgendwie ist doch alles wichtig, was so anfällt: den Haushalt erledigen, einkaufen, kochen, die Familie versorgen, die Kinder zu ihren Terminen fahren, im Garten arbeiten. Oft scheint es, als sollte ein Tag mindestens 35 Stunden haben, um alles abzuarbeiten. Und dann ist da noch Gottes Auftrag an uns: »Du sollst deinen Nächsten lieben wie dich selbst.« Es gibt viele Möglichkeiten, um Nächstenliebe zu zeigen. Egal, was man tut: Ob man jemanden zu sich nach Hause einlädt oder einen Besuch macht, ob man jemanden anruft oder ihm schreibt – man braucht Zeit dafür.

Gott gibt jedem von uns gleich viele Stunden am Tag. Wie wir diese Zeit ausfüllen, liegt zum Großteil an uns selbst. Mit der richtigen Einstellung können wir Gott selbst bei den kleinsten, unbedeutend scheinenden Tätigkeiten dienen und auch Nächstenliebe ausüben, sei es im Büro, im Haushalt, beim Einkaufen, ja sogar beim Unkraut jäten. Echte Zufriedenheit und erfülltes Leben erfahren wir dann, wenn wir uns Zeit für andere Menschen nehmen.

Übrigens: Den längst überfälligen Besuch bei meiner Nachbarin habe ich dann schleunigst nachgeholt. Obwohl sie schon viele Jahre wegen Kinderlähmung im Rollstuhl sitzt, strahlt sie eine Ruhe und Fröhlichkeit aus, die einfach nur guttut. Ihr Mann ist frühzeitig in den Ruhestand gegangen, um mehr Zeit für sie zu haben. Auch das ist ein wohltuender Kontrast zu der allgemein üblichen Hektik im Alltag. Bei diesem Ehepaar spürt man, dass sie Zeit haben. Zeit im positiven Sinn. Zeit miteinander und füreinander. Zeit zum Reden, gemeinsam zu verreisen, Zeit für andere.

Wieder einmal habe ich bei diesem Besuch erfahren, dass man bei einem solchen Akt der Nächstenliebe auch selbst beschenkt wird, genauso wie Johann Wolfgang von Goethe es einmal ausgedrückt hat: »Willst du glücklich sein im Leben, trage bei zu anderer Glück, denn die Freude, die wir geben, kehrt ins eigne Herz zurück.«

Der Kettenbrief

Keiner ist davor gefeit, jeden kann es treffen. Vermutlich hat fast jeder schon mindestens einmal in seinem Leben derartige Post erhalten, in Form eines Briefes oder einer E-Mail. In dem Schreiben wird man aufgefordert, den Brief zu kopieren und an mehrere Leute weiterzuschicken. Sollte man dies nicht tun, werden Folgen angedroht, die so manchen sensiblen Empfänger in Angst und Schrecken versetzen können. Wer hingegen brav den Anweisungen Folge leistet, darf sich angeblich auf tolle Belohnungen freuen. Meistens wird ein Zeitlimit gesetzt, bis wann man den Brief weitergeleitet haben soll, ebenso eine genaue Anweisung dafür, an wie viele Leute man das Schreiben zu schicken hat. Diese Art Brief nennt sich *Kettenbrief*. Zu guter Letzt wird man dafür verantwortlich gemacht, daran Schuld zu haben, wenn diese Kette unterbrochen wird, sollte man sich nicht an die Spielregeln halten.

Dem Einfallsreichtum der Verfasser solcher Kettenbriefe sind keine Grenzen gesetzt, und schon lange kursieren viele unterschiedliche Versionen. Das Schema ist jedoch meistens dasselbe: Mit der Ankündigung aller möglichen Unglücke, die denjenigen treffen werden, der sich nicht daran beteiligt, wird versucht, den Empfänger unter Druck zu setzen. Mich erstaunt es immer wieder, dass sich viele Menschen damit tatsächlich unter Druck setzen lassen. Nicht nur Kinder und Jugendliche, sondern auch reihenweise Erwachsene kopieren und versenden diese Art Briefe, um nur ja nicht von einem Schicksalsschlag heimgesucht zu werden, wie in dem Schreiben vorausgesagt wird.

So kam es einmal zu beinahe tumultartigen Szenen an einer meiner früheren Arbeitsstellen. Es war früher Nachmittag, die Post war gerade in den verschiedenen Abteilungen verteilt worden. In meiner Abteilung erhielt an jenem Tag jeder Einzelne von uns einen Brief von einer Kollegin. Dieser Brief hatte folgenden Inhalt: »Dies ist kein gewöhnlicher Kettenbrief. Lies ihn aufmerksam durch, du brauchst nur wenige Minuten dafür. Dieser Brief nahm seinen Anfang in Indien, nachdem ein kleines Mädchen einen schweren Schicksalsschlag erleiden musste. Durch starken Monsunregen wurde ihr Dorf verwüstet, die Hütte ihrer Familie wurde wie viele andere Hütten einfach weggespült. Ihr Vater ertrank bei dem Versuch, seine beiden Kühe aus dem reißenden Fluss zu retten. Ihre Mutter ist krank und kann sich nicht um die Kinder kümmern. So bleibt es nun diesem Mädchen überlassen, ihre vier kleinen Geschwister zu versorgen. Eine deutsche Entwicklungshelferin hatte die Idee, daraufhin einen Kettenbrief um die ganze Welt gehen zu lassen, um die Not dieses armen Mädchens und ihrer Familie zu lindern. Wie das gehen soll, ohne Geld zu schicken? Ganz einfach: Kopiere diesen Brief sechsmal und sende ihn an sechs deiner Bekannten und Freunde, deren Adressen du unten auf dem Brief beifügst. Setze dabei deine eigene Anschrift obenan. Bedenke dabei, dass diese Kette bisher noch nicht unterbrochen wurde, und auch du willst sicher nicht derjenige sein, der diese großartige Hilfsaktion zerstört, indem du dich nicht daran beteiligst. Wie gesagt, geht es hier nicht um Geld. Es geht darum, solidarisch hinter dem Schicksalsschlag der Familie in Indien zu stehen und darauf aufmerksam zu machen. Irgendwann werden die Hilfsgüter wie von alleine dorthin fließen. Auch für dich wird sich deine kleine Mühe lohnen, denn dir und deiner eigenen Familie wird viel positive Kraft zuströmen und euch wird großes Glück widerfahren. Andererseits wirst du aber auch nicht von eigenen Schicksalsschlägen verschont bleiben, solltest du diesen Kettenbrief missachten und dadurch die Verbreitung des Schreibens unterbrechen. Innerhalb von sieben Tagen wird ein großes Unglück auf dich oder einen deiner Lieben zukommen, wenn du diesen Brief ignorierst. Am besten kopierst du ihn sofort und verteilst ihn wie bereits beschrieben. Dann wirst du dich schon bald freuen können!«

Während ich in meinem Büro saß und den Brief noch las, hörte ich, wie jemand mit eiligen Schritten zum Kopierer ging, der vor meinem Büro stand. Kurz darauf wurde eifrig kopiert. Als ich neugierig nachschaute, standen meine Kolleginnen und Kollegen bereits Schlange, um den Kettenbrief jeweils sechsmal zu kopieren. Keiner schien auch nur in Erwägung zu ziehen, den Anweisungen nicht Folge zu leisten. Die Kollegin, die als Allererste am Kopierer gestanden hatte, war bekannt für ihren Hang zur Esoterik. Sie legte anderen Kollegen in ihrem Büro sogar die Karten und glaubte fest an Horoskope. Genauso glaubte sie dem Kettenbrief und an die Unheil bringenden Folgen, sollte sie sich nun nicht daran beteiligen. Mich überraschte aber doch, dass alle anderen Kollegen Ähnliches zu befürchten schienen: von der kleinen Angestellten bis zum Chef hin machten nämlich alle mit. Das gab mir zu denken. Warum ließen sie sich von solch

171

einem Schreiben so beeinflussen und glaubten einfach wie ein kleines Kind den darin enthaltenen Drohungen? Sie vertrauten offensichtlich dem Verfasser und auch sich selbst, ohne dies infrage zu stellen. Sie ließen sich mit dieser Welle mitreißen, in der es letztendlich nur um den eigenen Egoismus ging, nämlich dass ihnen nichts Schlimmes widerfahren würde. Sicher schwang auch Mitleid mit dem armen Mädchen in Indien mit. Doch eigentlich war die Angst vor dem eigenen Schicksalsschlag ausschlaggebend, die Hand in Hand mit dem Aberglauben einherging, dass man sein eigenes Schicksal zum Guten oder Bösen hin wenden könnte, indem man nun den Worten dieses Briefes folgte oder diese missachtete. Wer abergläubisch ist, ist vom christlichen Glauben abgewandt und sucht sein Heil auf anderen Wegen. Dies geschieht oft im okkulten Bereich, genauso wie dies bei meiner Kollegin der Fall war. Bereits im Alten Testament hat Gott uns dazu eine klare Anweisung gegeben: »Ihr sollt euch nicht wenden zu den Geisterbeschwörern und Zeichendeutern und sollt sie nicht befragen, dass ihr nicht an ihnen unrein werdet; ich bin der Herr, euer Gott« (3. Buch Mose, Kapitel 19, Vers 31).

Wie ich bei meinen Kollegen beobachten konnte, fanden sie weder Trost noch Zufriedenheit, indem sie den Anweisungen des Kettenbriefes Folge leisteten. Das versprochene große Glück blieb bei den meisten aus. Einige kamen nach ein paar Wochen im Vertrauen zu mir, um zu berichten, dass sie nicht verstehen konnten, warum es in ihrer Familie doch Krankheit und sogar Todesfälle gab, obwohl sie doch genau das getan hätten, was der Brief ihnen vorgeschrieben hatte. Das öffnete mir die Tür, diesen Kollegen von ganz anderen Briefen zu erzählen, nämlich den Briefen des Neuen Testaments. Briefe, in denen uns der wahre Sinn des Lebens und der einzige Weg zum wahren Glück aufgezeigt werden. Paulus schreibt im Kolosserbrief diese hoffnungsvollen Worte: »Mit Freuden sagt Dank dem Vater, der euch tüchtig gemacht hat zu dem Erbteil der Heiligen im Licht. Er hat uns errettet von der Macht der Finsternis und hat uns versetzt in das Reich seines lieben Sohnes, in dem wir die Erlösung haben, nämlich die Vergebung der Sünden« (Kolosser, Kapitel 1, Verse 12-14).

An jenem Tag, als der Kettenbrief die Runden durch die Büros machte, lehnte ich mich entspannt auf meinem Schreibtischstuhl zurück und war froh, frei von diesen abergläubischen Zwängen zu sein. Das Leid des indischen Mädchens und ihrer Familie war mir zwar nicht egal, doch konnte ich mir nicht vorstellen, dass es den Verfassern dieses Schreibens wirklich darum ging, die Not zu lindern. Genauso wusste ich, dass ein gewöhnlicher Spendenaufruf bei den allermeisten Kollegen nicht beachtet worden wäre. Den Kettenbrief hatte ich zerrissen und in den Papierkorb geworfen. Übrigens: Das angedrohte Unglück innerhalb der nächsten sieben Tage blieb aus.

Gerechtigkeit geht vor

Als wir auf das Hafengelände von Livorno einbiegen, sehen wir es direkt vor uns: Majestätisch und in gewaltiger Höhe erhebt sich dort »unser« Schiff, auf dem wir die nächsten zehn Tage unseren Urlaub verbringen werden.

Wer schon einmal auf einer Kreuzfahrt war, kann sich vorstellen, was es heißt, fürstlich behandelt zu werden. Mit dem Betreten des Schiffes taucht man in eine für die meisten Leute ungewohnte Welt aus Luxus und Glamour. Ein Spalier an Stewardessen und Stewards empfängt die Passagiere mit einem herzlichen Lächeln. Dann wird man von einem der Stewards persönlich bis zu seiner Kabine geleitet.

Auch wir sind als Familie auf den Geschmack gekommen und genießen diese Art zu reisen und Urlaub zu machen. Unsere beiden Teenager freuen sich über ihre Freiheit an Bord und können sich nach Lust und Laune am Pooldeck sonnen oder vom Animationsteam unterhalten lassen. Mit unserem Kleinkind sind wir Eltern eher am Planschbecken oder im Spielzimmer anzutreffen, oder wir genießen die Ruhe in unserer Kabine. Ganz besonders angenehm empfinden wir die zurückhaltende Höflichkeit der Kellnerinnen und Kellner im Speiserestaurant, wo wir uns morgens zum Frühstück und abends zum Dinner einfinden. Etwas gewöhnungsbedürftig ist es zwar schon, wenn einem der Stuhl zum Hinsitzen bereitgeschoben wird und man dann sogar die Serviette auf den Schoß gelegt bekommt, aber schon bald denkt man nicht mehr darüber nach, es wird zur täglichen Routine. Diskret und ohne dabei aufdringlich zu sein, nimmt der Kellner dann die Bestellung entgegen, nachdem man genug Zeit hatte, sich ausgiebig mit der Speisekarte zu beschäftigen. Vor allem abends ist diese sehr interessant und abwechslungsreich. Doch damit nicht genug: Man kann auch Sonderwünsche anmelden und Extrawürste bestellen wie glutenfreies Essen oder sogar koschere Speisen.

So geschehen bei unserer Kreuzfahrt letzten Sommer. Am ersten Abend wurden wir an einen Tisch geführt, der für den Rest unserer Zeit an Bord »unser« Tisch für das Abendessen sein würde. Wir wurden zu einer anderen netten Familie dazugesellt, die ebenfalls aus Deutschland kam. Am ersten Abend stellte sich der Kellner vor, der für unseren Tisch zuständig war. Sein Name war Tiaki, er kam wie so viele der Crew-Mitglieder aus Indonesien. Tiaki war stets zu einem Scherz aufgelegt und ließ seine strahlend weißen Zähne bei jeder Gelegenheit blitzen; vor allem hatte er seinen Spaß damit, die Kinder zum Lachen zu bringen. Er war stets bemüht, uns jeden Wunsch von den Augen abzulesen und bediente uns vorzüglich. Als er am ersten Abend reihum unsere Bestellungen fürs Abendessen entgegennahm und bei der uns gegenüber sitzenden Familie ankam, hörten wir, wie deren Tochter eine koschere Mahlzeit bestellte, die sie von zu Hause aus bereits vorangemeldet hatte. Tiaki machte zwar ein etwas verdutztes Gesicht, versprach aber, sich in der Küche danach zu erkundigen. Kurz darauf kam er mit der Auskunft zurück, dass das koschere Essen leider erst am nächsten Tag im Hafen von Civitavècchia an Bord geliefert werden würde. Um sicherzugehen, dass dies auch klappen würde, ging er noch zum Oberkellner, welcher wie ein Aufseher mit Argusaugen über den gesamten Speisesaal wachte, um ihn über den Sonderwunsch an unserem Tisch zu informieren. Der Oberkellner versprach, sich persönlich darum zu kümmern, dass am nächsten Abend ein koscheres Menü bereitstünde. Doch am nächsten Abend musste Tiaki in der Küche erfahren, dass immer noch kein koscheres Essen an Bord war. Das Mädchen an unserem Tisch wurde ärgerlich und beschwerte sich beim Oberkellner. Wir beobachteten ihn dann dabei, wie er sich unseren Tischkellner Tiaki vorknöpfte und auf ihn einredete. Als Tiaki schließlich zu uns kam, war er sehr geknickt. In gebrochenem Deutsch sagte er zu uns: »Ich nichts dafür können, dass koscheres Essen nicht gekommen ist. Ich extra Oberkellner Bescheid gesagt haben, und jetzt er mir geben die Schuld!«

Bisher hatte unsere 16-jährige Tochter dem Ganzen schweigend zugehört, doch jetzt konnte sie sich nicht mehr zurückhalten. »Also das ist ja der Hammer. Zuerst verspricht dieser Oberkellner, dass er sich um das koschere Essen kümmert, und dann motzt er unseren Kellner an, obwohl der gar nichts dafür kann! Er glaubt wohl, er ist der Größte! Dem werde ich jetzt mal sagen, was ich von ihm halte!« Ohne zu zögern, stand unsere Melissa auf und lief schnurstracks zu dem Oberkellner, der ihr gegenüber wie ein Schrank aussah. Wir konnten nicht hören, was sie zu ihm sagte. Doch wir sahen, wie er sich offensichtlich unwohl in seiner Haut fühlte und ihr beschwichtigend etwas antwortete. Daraufhin kam Melissa mit einem triumphierenden Lächeln an unseren Tisch zurück. Natürlich wollten wir alle wissen, was sie denn dem Oberkellner gesagt hatte. »Also, zuerst habe ich ihm gesagt, er solle gefälligst seine Angestellten wie Menschen behandeln und nicht wie Sklaven und seine eigene Schuld nicht unschuldigen Kellnern in die Schuhe schieben. Und wenn ihm das nicht passe, würde er von meinen Anwälten hören!« Um unseren Tisch herum herrschte erstauntes, anerkennendes Schweigen. Das hätte ich mich in ihrem Alter niemals getraut – und würde es wahrscheinlich auch heute noch nicht wagen, jemanden so zu konfrontieren. »Ja, und was hat der Oberkellner dann gesagt?«, wollten wir wissen. »Nicht viel, er hat nur gemeint, es wäre ja schon gut. Aber einer musste ihm das ja mal sagen; was der sich einbildet, so mit den armen Kellnern umzugehen!«

Wir staunten alle nicht schlecht, als zehn Minuten später wie aus dem Nichts plötzlich eigenhändig von besagtem Oberkellner persönlich ein dreigängiges, koscheres Menü an unseren Tisch gebracht wurde. Von da an gab es keine Probleme mehr, jeden Abend diesen Sonderwunsch der Tochter zu erfüllen. Als Tiaki am nächsten Abend die koschere Mahlzeit servierte, zwinkerte er Melissa kurz mit einem schalkhaften Lächeln zu, so als wolle er ihr sagen: »Gut gemacht, vielen Dank!« Auf ihre Weise säte Melissa an jenem Abend Samen, nämlich Samen der Gerechtigkeit.

Schon als kleines Kind war es ihr wichtig gewesen, dass es gerecht zuging. Sie achtete stets darauf, dass nichts ungerecht verteilt wurde, sondern alle ihren Anteil abbekamen, so wie sie es damals mit ihrem kindlichen Verstand eben konnte.

Auch in der Bibel zieht sich das Thema Gerechtigkeit von Mose bis zur Offenbarung durch wie ein roter Faden und zeugt davon, wie wichtig es für Gott ist, dass Gerechtigkeit geübt wird. Paulus bezeichnet die Gerechtigkeit sogar als Panzer: »So steht nun fest, umgürtet an euren Lenden mit Wahrheit und angetan mit dem Panzer der Gerechtigkeit« (Epheser, Kapitel 6, Vers 14). Die Gerechtigkeit als Panzer – wenn wir diesen Panzer anlegen, kann dieser nicht nur uns selbst zum Schutz dienen, sondern auch gelegentlich unseren Mitmenschen.

Temperatursturz

Vom Wohnzimmer aus trat Bettina auf den Balkon und blieb erst einmal stehen, um die würzige, milde Abendluft tief einzuatmen. Der Spätsommer hatte sich den ganzen Tag über von seiner schönsten Seite gezeigt. Die Sonne hatte noch einmal ihre warmen Strahlen ausgestreckt und in keinster Weise vermuten lassen, dass der Sommer schon bald seinem Ende zugehen würde. Nun war es Abend geworden. Bettina hatte ihre beiden kleinen Kinder gerade ins Bett gebracht und freute sich darauf, nun noch ein oder zwei Stunden Zeit zu haben, um in aller Ruhe mit ihrer Mutter zu plaudern. Ihr Vater war noch nicht da, er würde aber bald von seiner Musikprobe nach Hause kommen. Wie auch der Sommer neigte sich Bettinas Besuch bei ihren Eltern dem Ende entgegen. Die Koffer waren bereits gepackt, denn am nächsten Tag würde sie mit ihren Kindern wieder nach Hause fahren.

Bettina kam nur noch selten in ihr Elternhaus zurück. Sie wohnte mit ihrem Mann und den Kindern zu weit weg, um nur kurz einmal in ihre alte Heimat zu fahren. Außerdem war es für ihre Mutter jedes Mal anstrengend, wenn sie mit den Kindern kam, was öfters zu Reibereien führte. Bettina wäre gerne noch länger geblieben, doch sie wusste, dass sie ihre Mutter damit überfordern würde. Aus diesem Grund hatte sie ihren Besuch von Anfang an auf vier Tage beschränkt. Für sie viel zu kurz, denn es gab noch vieles, das Bettina gerne gemacht hätte. An zwei Tagen hatte sie die Kinder für ein paar Stunden bei ihren Eltern gelassen, um sich mit einer Freundin zu treffen, die noch am Ort wohnte, und um zu ihrem altvertrauten Friseur zu gehen. Am liebsten war sie jedoch einfach bei ihren Eltern zu Hause, dort, wo sie selbst Kind gewesen war. Sie wollte die kostbare Zeit ausnutzen, denn sie wusste auch, dass sie ihre Eltern nicht für immer haben würde.

Doch noch ging es allen gut, und sie hatten viel miteinander unternommen, ihre Eltern, die Kinder und sie. Wenn sie zu Besuch kamen, wollte ihre Mutter ihnen immer etwas Besonderes bieten und überlegte sich ein abwechslungsreiches Programm. So waren die letzten Tage dank des schönen Wetters ausgefüllt gewesen mit Ausflügen in den Zoo, ins Freibad und sogar zu einer Kamelfarm, und zu guter Letzt an diesem Tag noch in einen Freizeitpark. Am Abend waren die Kinder zum Glück so richtig müde gewesen und schnell eingeschlafen. Nun lagen nur noch wenige Stunden vor ihr. Bettina würde sich schweren Herzens wieder von ihren Eltern, die sie sehr liebte, und ihrer alten Heimat, wo ihr alles noch aus ihren eigenen Kindheitstagen so vertraut war, verabschieden müssen. Doch noch hatte sie den Abend ja vor sich, und sie nahm sich vor, diesen so richtig zu genießen.

Bettinas Mutter saß bereits mit einem Glas Rotwein auf dem Balkon. Bettina setzte sich auf einen Gartenstuhl ihrer Mutter gegenüber und ließ sich gerne von ihr auch ein Glas Wein einschenken. Nach dem Trubel des Tages tat es gut, einfach nur dazusitzen und den Blick vom Balkon hinunter in den gepflegten Garten ihrer Eltern zu genießen. Allmählich begann es zu dämmern, und bald würde die Sonne im Westen hinter dem

Berg verschwinden. Vereinzelt zwitscherten noch ein paar Vögel im nahe gelegenen Wald, die Grillen zirpten im Gras und von irgendwoher hörte man einen Kuckuck rufen. Noch war es angenehm warm, die Fliesen des Balkons und die Holzwand des Hauses hatten die Sonnenstrahlen des Tages gespeichert und strahlten noch immer eine wohlige Wärme ab. Bettina und ihre Mutter sprachen über den Ausflug in den Freizeitpark und freuten sich darüber, dass es allen Spaß gemacht hatte. Sie plauderten noch eine ganze Weile über alles Mögliche, während die Sonne langsam hinter dem Berg verschwand. Eine Fledermaus begann, über dem Garten ihre Runden zu drehen. Die Vögel verstummten und nur das leise Rauschen der Tannen war zu hören. Während einiger Minuten schwiegen Bettina und ihre Mutter nun. Die sommerliche Abendstimmung wich der allmählich einsetzenden Nacht, die Dunkelheit hüllte die beiden Frauen immer mehr ein. Plötzlich begann Bettinas Mutter wieder zu sprechen und sagte aus der Dunkelheit heraus zu ihr: »Ich wollte dich schon lange mal etwas fragen. Sag mal, wer hat dich eigentlich damals gegen mich aufgehetzt, als du vor drei Jahren hier warst? Vermutlich doch meine Mutter, oder?« Bettina wusste gar nicht, wovon ihre Mutter plötzlich sprach. Seit ihrem Besuch vor drei Jahren war sie noch einige Male wieder bei ihren Eltern gewesen. Sie konnte sich keinen Reim daraus machen, was ihre Mutter meinte. Darum antwortete sie überrascht: »Was meinst du denn damit? Wieso sollte mich denn jemand gegen dich aufhetzen?« Ihre Mutter antwortete in kühlem Ton: »Na damals, als Clara noch im Krabbelalter war, hast du von mir verlangt, dass ich im ganzen Haus Kindersicherungen in die Steckdosen machen solle. Du hast mich regelrecht tyrannisiert damit.«

Bettina fröstelte plötzlich. War es die Kühle des Abends oder die ihrer Mutter? Sie versuchte, ihre Gedanken zu sortieren und sich aus dem plötzlichen Stimmungswandel einen Reim zu machen. Gleichzeitig wollte sie das, was ihre Mutter ihr da zum Vorwurf machte, auf keinen Fall auf sich sitzen lassen. »Also tyrannisiert habe ich dich bestimmt nicht, so bin ich doch gar nicht. Ich weiß nur noch, dass ich damals vorgeschlagen habe, die Steckdosen mit Kindersicherungen zu versehen, weil Clara eben zu der Zeit alles ausprobierte und ich mir Sorgen machte, dass sie ihre Finger in die Steckdosen stecken würde. Das hat aber doch überhaupt nichts mit Oma zu tun. Wie kommst du nur auf so eine Idee?« Bettinas Mutter war nicht dazu bereit, in Erwägung zu ziehen, dass es eine völlig harmlose Angelegenheit gewesen war. »Du verteidigst immer nur dich und deine Kinder. Ihr seid ja sowieso alle gegen mich. Deshalb glaube ich auch, dass du mit Oma unter einer Decke gesteckt hast!« Bettina sagte nichts mehr. Sie wusste, dass sie bei ihrer Mutter nur noch auf taube Ohren stoßen würde. Die Anschuldigungen verletzten sie zugleich tief. Warum dachte ihre Mutter überhaupt so über sie? Wusste sie denn nicht, dass sie ihrer Mutter nichts Böses wollte? Ihre Mutter aber hatte mit ihr gesprochen, als wäre sie ihre Feindin. Noch dazu war diese Begebenheit mit den Steckdosen drei Jahre her. Offensichtlich hatte ihre Mutter sich all die Jahre damit beschäftigt, bis es schließlich aus ihr herausgeplatzt war. Es gab nichts, das Bettina nun sagen konnte, was ihre Mutter besänftigen würde. Wieder saßen die beiden eine Weile schweigend da und starrten in die Dunkelheit des Gartens. Bettina überlegte gerade, dass es besser wäre, wenn sie nun auch ins Bett gehen würde, als ihr Vater auf den Balkon trat. Sofort wurde ihr warm ums Herz. Keine der beiden Frauen erwähnte die soeben stattgefundene Unterhaltung. Bettinas Vater setzte sich zu ihnen und erkundigte sich, ob er den beiden Frauen noch etwas anbieten könne. Bettinas Mutter ließ sich noch ein Glas Wein einschenken, Bettina knabberte ein paar Nüsse. Der plötzliche Temperatursturz wurde durch die Wärme ihres Vaters aufgefangen. Für den restlichen Abend sprachen sie darüber, welche Projekte an Haus und Garten anstanden, über die Arbeit von Bettinas Mann und wann sie sich das nächste Mal sehen würden. Steckdosen und Kindersicherungen wurden mit keiner Silbe mehr erwähnt. Bettina wünschte sich für ihre Mutter, dass sie einsehen würde, dass sich niemand gegen sie verbündet hatte. Doch die Beziehung zwischen den beiden hatte sich an diesem Abend abgekühlt, was sie sehr bedauerte. Bettina nahm sich fest vor, ihrer Mutter zu verzeihen und ihr Bestes zu tun, um es wieder wärmer werden zu lassen. Als sie schließlich ins Bett ging, freute sie sich plötzlich darauf, zu ihrem Mann nach Hause zurückzufahren und ihre eigene kleine Familie wieder vereint zu wissen.

So ein Saftladen

Vor mehr als zwanzig Jahren zog meine Freundin Cordula nach »der Wende« aus dem Schwabenländle nach Mecklenburg, um dort mit ihrem Mann Markus ein neues Leben anzufangen. Nach dem Tod ihres Vaters hatte sie eine nette Summe Geld geerbt. Diese reichte, um ein altes Bauernhaus mit viel Land drumherum zu kaufen. Das Haus war zwar heruntergekommen und musste renoviert werden, doch mit Feuereifer machten die beiden sich daran, es wieder in Schuss zu bringen. Markus war handwerklich sehr geschickt, sodass er viel selbst machen konnte. Allerdings mussten sie dann doch einen Kredit über eine beträchtliche Summe aufnehmen, um verschiedene Handwerker und die vielen benötigten Materialien wie neue Fenster, Dachziegel oder Dämmmaterial zu bezahlen. Auch beruflich hatte Markus alle Hände voll zu tun – als Bauingenieur hatte er keine Schwierigkeiten gehabt, sich von seinem bisherigen Unternehmen einfach an dessen neuen Standort in Mecklenburg versetzen zu lassen. So war den beiden einem Neuanfang in der neuen Heimat nichts mehr im Weg gestanden.

Markus und Cordula engagierten sich beide im Dorfleben und es gelang ihnen, in der neuen Heimat Fuß zu fassen und sich dort schnell wohlzufühlen. Innerhalb von zwölf Jahren bekamen sie fünf Kinder, und eigentlich hätte ihr Glück nun vollkommen sein können. Doch es sollte anders kommen.

Markus arbeitete immer öfter bis in die Nacht hinein, während Cordula sich allein um die Kinder kümmerte. An den Wochenenden war er viel unterwegs, sodass sie zu Hause kaum Hilfe von ihrem Mann hatte. Irgendwann schöpfte sie den Verdacht, dass etwas nicht stimmte. Sie hatte keinen konkreten Anhaltspunkt, doch ihr Gefühl sagte ihr, dass Markus sie mit einer anderen Frau betrog. Ein halbes Jahr lang versuchte sie, mit ihm darüber zu reden. Doch jedes Mal, wenn sie ihn darauf ansprach, wich er aus oder meinte, das würde sie sich einbilden. Eines Tages jedoch erhielt Cordula schließlich Gewissheit, als sie im Rucksack ihres Mannes einen kleinen Liebesbrief seines »neuen Engels« fand. Noch an demselben Abend stellte Cordula ihren Mann zur Rede. Diesmal stritt er nichts ab. Er gab zu, seit über sechs Monaten eine Freundin zu haben. Obwohl Cordula dies schon lange geahnt hatte, brach an diesem Abend eine Welt für sie zusammen. Getrennt von Tisch und Bett lebte von da an jeder von ihnen sein eigenes Leben unter demselben Dach.

Es dauerte noch ein ganzes Jahr, bis Markus endlich auszog und Cordula somit auch wieder etwas zur Ruhe kommen konnte, um ganz vorsichtig in die Zukunft zu blicken. Um der Kinder willen vermied Cordula jeglichen Streit mit ihm, was ihr nicht sonderlich schwerfiel, denn sie sprach nur noch das Allernötigste mit Markus. Sie war nicht nur zutiefst verletzt von ihm, sondern stand auch ansonsten vor einem Scherbenhaufen. Nach ihrer Ausbildung hatte sie gleich geheiratet und die Kinder bekommen, sodass sie keine Berufserfahrung gesammelt hatte. Noch dazu war es sowieso unmöglich für sie, mit den fünf Kindern arbeiten zu gehen. Das Älteste war gerade dreizehn Jahre alt geworden, das Jüngste war knapp ein Jahr alt.

Als sie schließlich mithilfe ihrer Rechtsanwältin die Scheidung einreichte, blieb die Hälfte der Schulden an ihr hängen. Markus konnte für die Kinder nur einen Teil des errechneten Unterhaltes bezahlen.

Die erste Zeit lebte Cordula mit ihren Kindern deshalb sehr bescheiden und drehte jeden Pfennig dreimal um, bevor sie sich für eine neue Anschaffung entschied. Die Kinder standen bei ihr an erster Stelle, und sie achtete darauf, dass sie gut ernährt und gekleidet waren. Doch so manches Mal weinte sie sich abends in den Schlaf, weil sie nicht wusste, wie es weitergehen sollte. Cordula gab aber nicht auf und überlegte, wie sie von zu Hause aus etwas Geld verdienen konnte. Schon länger hatte sie mit dem Gedanken gespielt, selbst Apfelsaft herzustellen. Im Hof stand noch eine uralte Maschine aus dem vorigen Jahrhundert, mit der sie bereits mit ihrem Mann im Herbst aus frischen Äpfeln Saft hergestellt hatte. Diese Maschine konnte Äpfel waschen, zerkleinern und auspressen. Aber ganz allein mit den kleinen Kindern war es sicher nicht zu schaffen. Glücklicherweise konnte Cordula auf die Hilfe von ihren Nachbarn zählen; und so begann sie damit, Apfelsaft zu machen. Am Anfang verschenkte sie Kostproben von ihrem Saft an viele Freunde und Bekannte, damit diese auch probieren konnten. Der Apfelsaft schmeckte allen so gut, dass es sich schnell herumsprach und viele Leute nach mehr Saft fragten. Nach kurzer Zeit hatte Cordula ihren kleinen Saftvorrat verkauft. Im darauffolgenden Herbst begann sie damit, ihren Betrieb auszubauen. Mit jedem Jahr wurde die Saftherstellung professioneller: Anfangs wurden zwei Tage lang nur die Äpfel zu Saft gepresst, welcher an den darauffolgenden Tagen von Cordula mühsam mittels eines Tauchsieders erhitzt und in Bag-in-Box-Gebinde abgefüllt wurde. Inzwischen läuft heute fast alles vollautomatisch.

Zusätzlich zu der Saftherstellung für ihre Kunden begann Cordula schon bald damit, Säfte auf Vorrat abzufüllen, um diese das ganze Jahr über zu verkaufen. Dies war der Anfang ihres Saftladens, indem sie zunächst ganz einfach in einem unbenutzten Raum ihre Säfte lagerte.

Wenn im Herbst die Äpfel reif sind, beginnt für Cordula eine anstrengende Zeit. Ihre Kunden kommen mit eigenen Äpfeln zu ihr, die gepresst, gefiltert, in bereitstehende Fässer gepumpt, dann sofort erhitzt und abgefüllt werden. Anschließend wird der fertige Saft von den Kunden mit nach Hause genommen. Von morgens bis abends wird Saft gepresst und abgefüllt. Aus den anfänglich wenigen stolzen Obstbesitzern aus dem Dorf wurden inzwischen mehrere Hundert zufriedene Kunden aus dem gesamten Landkreis.

Mittlerweile macht sie außer normalem Apfelsaft auch viele leckere Saftmischungen: Apfel mit Holunder, mit Erdbeere, Cranberry, Johannisbeere oder Kirsche. Schon lange arbeitet sie dabei nicht mehr allein; sie wird tatkräftig von ihren Kindern und einigen Nachbarn unterstützt. Und was das Schönste für Cordula ist: Auch zu ihr selbst kehrte das Glück zurück. Sie fand einen neuen Partner, der mit ihr durch dick und dünn geht und sie nach Kräften unterstützt. Gemeinsam mit ihrem Anton richtete Cordula im ehemaligen Kuhstall schließlich liebevoll ihren kleinen Saftladen ein, so wie man ihn heute vorfindet. Dort verkauft sie das ganze Jahr über ihren selbst hergestellten Apfelsaft sowie die verschiedenen leckeren, selbst kreierten Mischungen. Den Fußboden erneuerten Anton und sie in Eigenleistung. Neu eingebaute Lampen sorgen für gutes Licht in ihrem Laden. Nach und nach ließ Cordula in ihrem Laden große Regale einbauen, um die Saftkartons schön übersichtlich lagern zu können. Die Kunden können in Ruhe zwischen den verschiedenen Saftmischungen wählen, die sowohl in 5-Liter- als auch in 10-Liter-Bag-in-Boxes erhältlich sind.

Mit viel Energie und Fleiß nahm Cordula damals ihr Schicksal in die Hand. Anstatt den Kopf in den Sand zu stecken, schuf sie sich eine eigene Existenz, von der sie heute gut leben kann.

Ganz klein und aus der Not heraus hatte sie einfach angefangen – mit ein paar Äpfeln und einer alten Saftpresse. Damals hätte sie sich nicht träumen lassen, einmal ihre eigenen Säfte in ihrem selbst gebauten Laden zu verkaufen. Außer einem gesicherten Einkommen hat sie Kontakt mit vielen Menschen, denn ihre Kundschaft kommt von nah und fern in ihren Saftladen.

Jedes Mal wenn wir sie besuchen, gibt es für uns etwas Neues zu entdecken. So wie neulich, als der alte Hofbrunnen wieder plätscherte und über der Eingangstür in schön geschwungenen Buchstaben zu lesen war: *Cordulas Saftladen.*

Ohne Pause
geht es nicht

M it meinen Geigenschülern mache ich nicht nur praktischen Unterricht, ich lege auch Wert auf den theoretischen Teil – die Lehre der Musik. Die Theoriekenntnis ist für das Erlernen eines Musikinstrumentes unerlässlich, denn ansonsten ist man beim Anblick eines Musikstückes ziemlich verloren. Schließlich sollte man nicht nur die Bezeichnungen der Töne kennen, man muss auch wissen, wie lange diese zu halten sind und in welchem Tempo man sie spielen muss. Außerdem ist es wichtig, die dynamischen Symbole zu kennen. Die Bandbreite hierbei ist groß, angefangen mit *pp* für pianissimo über *mf* für mezzoforte bis hin zum *ff*, dem fortissimo. Manche Stellen verlangen nach ganz leisen Tönen, dann wiederum ist es angebracht, laute Töne anzuschlagen. Der Übergang von leise zu laut oder von laut zu leise kann plötzlich und unerwartet erfolgen, sich aber auch allmählich über ein Crescendo oder Decrescendo entwickeln. Auch gibt es im Lauf eines Musikstückes unterschiedliche Geschwindigkeiten oder Tempi.

Mal spielt man langsam, an anderen Stellen dafür schnell. Die verschiedenen Tempi drücken dabei viele Gefühle aus: von besonnen, melancholisch oder traurig bis hin zu heiter und fröhlich oder sogar aufgeregt. Beim gemeinsamen Musizieren mit anderen Instrumenten spielt man meistens gleichzeitig und möglichst harmonisch im Rhythmus miteinander. Doch es gibt auch Stellen, an denen gegeneinander gespielt wird oder die anderen Instrumente schweigen, während man selbst oder ein anderer Musiker ein Solo spielt und allein zu hören ist.

Die Takte sind sozusagen die Bausteine eines jeden Musikwerkes. Jeder Takt muss in sich stimmen und das richtige Maß haben, wie eben Bausteine auch, damit das fertige Gesamtwerk nicht ins Wanken kommt oder krumm und schief dasteht. Jeder einzelne Takt muss komplett sein und kann entweder ganz mit Noten ausgefüllt sein, aber genauso gut auch mit Pausenzeichen ergänzt werden oder sogar nur aus Pausenzeichen bestehen. Wenn ein Musiker den Takt nicht richtig einhält, verursacht er früher oder später ein Chaos, denn dadurch werden das richtige Zusammenspiel und die damit verbundene Harmonie empfindlich gestört. Das wird sowohl dem Musiker selbst wie auch dem Zuhörer meistens schnell auffallen. Nicht die Pausen, sondern die Noten überwiegen bei Weitem im Gesamtbild eines Musikstückes und sorgen für das Klangerlebnis – aber: Ohne Pause geht es nicht. Kurze Atempausen sind für jeden Blasmusiker unerlässlich, und auch die Musiker an den Tasten- und Streichinstrumenten können nicht pausenlos spielen. Wer das versucht, kommt früher oder später außer Atem, verliert an Energie, wird langsamer oder kommt irgendwann ganz aus dem Rhythmus.

Die notwendige Struktur in der Musik ist beispielhaft für unser Leben: Wir alle brauchen immer wieder Pausen, was wir in unserer schnelllebigen Zeit oft vergessen oder ignorieren. Bevor wir es merken, werden die Pausen, die wir machen, kürzer. Manchmal lassen wir uns kaum noch Raum und Zeit dafür. Wir spielen unser Lied immer öfter im Allegro und Fortissimo, um in dem großen Orchester dieser Welt mitzuspielen. Wir wollen in dem Tempo der anderen mithalten und gehört werden, auch wenn wir nicht unbedingt gleich einen Solopart dabei übernehmen. Aber: Ohne Pause geht es nicht. Um nicht aus dem Takt zu geraten, brauchen wir gelegentlich etwas Abstand vom großen Konzert des Lebens. In den Pausen haben wir die Möglichkeit, zur Ruhe zu kommen, uns neu zu besinnen und, falls nötig, wieder in die Balance zu kommen und im wahrsten Sinne des Wortes wieder taktvoll zu leben. Und wenn wir nach der Pause wieder einsetzen, können wir hoffentlich mit neuer Energie und Freude unseren Part weiterspielen und somit zu einer wohlklingenden Harmonie im Ensemble des Lebens beitragen.

Musik begleitet von Anfang an bis zum Ende unser Leben. Für jede Jahreszeit und Lebenssituation gibt es Lieder und Musikstücke. Schon immer haben die Menschen die Höhen und Tiefen des Lebens in Liedern ausgedrückt: fröhliche Texte und heitere Melodien für freudige Anlässe, besinnliche und traurige Lieder für schwere Tage.

Die Verkündigung von Gottes Wort geschieht häufig auch durch die Musik. Ein Gottesdienst ohne Vor- und Nachspiel auf der Orgel oder dem Klavier ist eigentlich undenkbar, und die Gemeinde singt während des Gottesdienstes mehrere Lieder aus dem Gesangbuch. Psalm 98, Verse 4-6 fordert uns sogar dazu auf: »Jauchzet dem Herrn, alle Welt, singet, rühmet und lobet! Lobet den Herrn mit Harfen, mit Harfen und mit Saitenspiel! Mit Trompeten und Posaunen, jauchzet vor dem Herrn, dem König!«

Nicht jedem ist es gegeben, selbst ein Instrument zu spielen oder zu singen, doch jedem steht die Möglichkeit offen, die

Musik anzuhören, die er gerne mag. Musik ist auch eine Möglichkeit, sich für ein paar Augenblicke aus der Realität auszuklinken, um neue Kraft zu tanken. Viele Supermärkte nutzen diese Strategie, um ihren Kunden das Einkaufen angenehmer zu machen und somit den Umsatz zu steigern, indem sie leichte Musik laufen lassen. Der Kunde soll unterdessen entspannt und beschwingt seinen Einkaufswagen füllen, denn je besser seine Laune ist, desto mehr steigt seine Kauflust ...

Ohne Pause geht es nicht. Die Komponisten haben es schon immer gewusst und in ihren Werken mit eingeplant. Wenn wir dies auch für uns beherzigen, haben wir es leichter, in der Symphonie des Lebens den Takt zu halten, ohne uns im Ton zu vergreifen.

Mamas Backbuch

Blitzkuchen

150 g Butter rührt man mit 150 g Zucker und 3 Dottern schaumig ab. Gibt etwas Zitronensaft und Zitronenschale sowie etwas Rum dazu und löffelweise 180 g gesiebtes Mehl. Zuletzt den steifen Schnee von 3 Eiweiß und ½ Backpulver »Backin«. Goldgelb backen, in zwei Blätter, wenn es erkaltet, geteilt, wovon eines den Boden bildet. Dieses mit Creme oder Gelee bestrichen und den oberen Teil daraufgelegt, welcher nun glasiert und verziert wird.

Wenn ich heute Mamas Backbuch aufschlage und dieses sowie viele andere Rezepte lese, steigt mir förmlich der Duft jener köstlichen Bäckereien in die Nase und ich bin wieder das kleine Mädchen von damals. Ich stehe in Mamas Küche und sehe ihr dabei zu, wie sie die Zutaten zusammensucht und dann mit dem Rühren des Teiges beginnt. Eifrig helfe ich ihr dabei, die Eier aufzuschlagen, das Mehl zu sieben und den Zucker in die Schüssel rieseln zu lassen. Mama erklärt mir, dass alles gut verrührt werden muss, damit der Teig schön locker und luftig wird. Als der Teig fertig ist, kommt das Beste: Ich darf die Quirle ablecken und die Schüssel auskratzen, nachdem der Teig in die gefettete und bemehlte Backform umgefüllt ist. »Du, Mama, eigentlich brauchst du den Kuchen gar nicht zu backen, der Teig schmeckt fast noch besser«, sage ich zufrieden schmatzend zu ihr. Doch sie lacht nur und schiebt die Kuchenform in den vorgeheizten Backofen. Allmählich verbreitet sich ein köstlicher Duft in der Küche und zieht von dort weiter durch das ganze Haus. Eine wohlige Wärme strömt vom Backofen aus. Überhaupt ist die Küche ein Ort der Behaglichkeit. Dort trifft sich die Familie, Mama hat stets ein offenes Ohr für unsere kleinen und großen Sorgen, während sie am Herd steht und ihre leckeren Mahlzeiten vorbereitet oder den Sonntagskuchen backt.

Ganz besonders schön war für uns Kinder die Weihnachtsbäckerei. Dann durften meine beiden Brüder und ich Kekse ausstechen oder unsere eigenen Plätzchen formen und nach dem Backen nach Herzenslust dekorieren. Damit wurde auch wirklich erst in der Adventszeit angefangen, und nicht schon wochenlang vorher. Ebenso sah man in den Läden Lebkuchen, Dominosteine und die anderen weihnachtlichen Leckereien erst mit Beginn der Adventszeit. Schade, dass diese besondere Zeit im Dezember heutzutage bereits im September eingeläutet wird.

Für mich ist Mamas Backbuch das beste Backbuch der Welt. Nach ihrem plötzlichen Tod vor zwei Jahren erlaubte mein Vater mir, es mitzunehmen. Nun steht es auf meinem Küchenregal. Es genügt schon, dass ich es anschaue, und mir steigen die wohlvertrauten Gerüche in die Nase und Erinnerungen an längst vergangene Zeiten werden lebendig. Ab und zu schlage ich es auf, um einen der Kuchen zu backen, den es sonntags auf Mamas Kaffeetisch öfters gab: Streuselkuchen, Frankfurter Kranz, Käsekuchen oder Sandtorte. Doch so sehr ich mich auch bemühe – die Kuchen schmecken einfach nicht so gut wie bei ihr.

Mamas Backbuch ist noch viel mehr als eine Sammlung leckerer Rezepte. Schlägt man es auf, wird man von Frau Helen

Lohse mit Worten aus dem Jahr 1924 begrüßt, die sich fast hundert Jahre später doch recht belustigend lesen: »Aus diesem Buch kann selbst eine Hausfrau mit bescheidenem Wirtschaftsgeld ihren Speisezettel durch vorzügliche Mehlspeisen bereichern und vergrößern. Wie viel Freude wird es ihr und ihren Angehörigen verursachen, wenn sie, anstatt das Gebäck für den Besuch an Geburtstagen oder Festlichkeiten zu kaufen, selbst es zierlich und nett zu bereiten versteht. Ärztlich nachgewiesen ist, dass das kleine Hausgebäck zum Nachtisch besonders nahrhaft und anregend für die Verdauung ist, und so wäre schon von diesem Standpunkt aus die Hausbäckerei recht zu empfehlen. Bei Festsetzung der Maße an Zutaten bin ich von dem zeitgemäßen Standpunkt ausgegangen, möglichst zu sparen: An den Mindest-, aber auch an den Höchstmaßen muss jedoch, um dem Charakter der betreffenden Speise nicht zu schaden oder ein Misslingen zu vermeiden, festgehalten werden. Auch zu viel des Guten kann schaden. Die zu manchen Bäckereien nötigen, zuweilen mühseligen und langweiligen Hantierungen darf man sich nicht verdrießen lassen, die Freude am Erfolge wird die Mühe reichlich entschädigen.«

Bevor man nun zu den Rezepten kommt, werden »allgemein wichtige Ratschläge« erteilt: »Bevor die Bäckerei in den Ofen kommt, muss derselbe genügend erhitzt sein. Meist ist die Unterhitze zu groß, weshalb man die Röhre mit Backsteinen auslegt, und zwar sofort beim Anfeuern. Hat man einen Ofen mit doppelter Röhre, so bäckt man in der oberen bei mäßiger Hitze alle gerührten Teigarten, in der unteren Hefe- und Butterteig sowie Pasteten, welche letztere die stärkste Oberhitze brauchen. Zu vieles Öffnen und Nachschauen ist zu vermeiden – Speisen, welche Dämpfe entwickeln, dürfen sich mit der Bäckerei nicht gleichzeitig in der Röhre befinden. Man kann den erforderlichen Hitzegrad in der Backröhre leicht erproben, indem man ein Stück Papier in dieselbe legt. Wird dieses langsam gelb, so hat der Ofen die für das meiste Backwerk nötige Hitze.«

Beim Backen haben wir es heute dank der modernen technischen Geräte ja viel einfacher als die Hausfrau von damals. Wir rühren den Teig mit dem elektrischen Quirl oder der Küchenmaschine; der Ofen zeigt uns genau an, wann die gewünschte Temperatur erreicht ist. Auch müssen wir heute den Ofen weder mit Backsteinen auslegen noch diesen anfeuern.

Somit ist Mamas Backbuch auch zum Schmunzeln. Wenn ich darin blättere, finde ich außer den Rezepten auch so manche andere kleine Kostbarkeiten, die seit Jahr und Tag darin ruhen wie in einem wohlgehüteten Schatz: gepresste, vierblättrige Kleeblätter, Papierschablonen in Hasenform für die leckere Ostertorte, bunte Sammelbildchen und ein vergilbter Fünf-Pfund-Geldschein aus der Zeit, als Mama nach ihrem Schulabschluss ein paar Jahre in Schottland lebte. Mamas Backbuch wird für mich dann beinahe so etwas wie ein Fotoalbum. Vor meinen Augen steigen Bilder aus Kindheitstagen hoch. Mit jedem Kuchenrezept sind Erinnerungen an Geburtstagsfeiern und andere Feste verbunden. Ich sehe mich wieder am reichlich gedeckten Kaffeetisch sitzen und mit Familie, Verwandten oder Freunden plaudern. Der sonntägliche Kaffeetisch war bei uns zu Hause nicht wegzudenken, unsere Gäste kamen gerne dazu. Wir verbrachten viele schöne Stunden an der Kaffeetafel.

In Gedanken versunken und versonnen lächelnd schlage ich das Backbuch wieder zu und stelle es zurück ins Küchenregal.

Wenn bei Regen
die Sonne scheint

W er hat als Kind nicht schon über diese einzigartige Himmelserscheinung gestaunt, die uns im Lauf unseres Lebens immer wieder begegnet. Jeder kennt den Regenbogen, der nur sichtbar ist, wenn bei Regen die Sonne scheint. Ein Phänomen, dieser Bogen, der sich in sechs schillernden Farben wie von Meisterhand gemalt über die Erde spannt. Hell leuchtend, doch nie zu grell, um ihn anzusehen, sind seine Farben von außen nach innen erst rot, dann orange, gelb, grün, blau und violett. Für jeden Geschmack ist etwas dabei! Manchmal erscheint über dem Hauptregenbogen noch ein Nebenregenbogen, dann in umgekehrter Farbreihenfolge.

Der Regenbogen begleitet uns ein ganzes Leben lang. Er ist ein beliebtes Kunstmotiv und Übungsobjekt im Malunterricht. Auch in Dichtungen und Liedern kommt er häufig vor. Für viele Bereiche muss er seinen Namen hergeben: Da gibt es den Regenbogenfisch, die Regenbogenhaut, Regenbogenpresse, Regenbogenforelle, Radio Regenbogen, um nur ein paar Beispiele zu nennen. So ist der Regenbogen in aller Munde und auch heute noch topaktuell. Dabei ist er eines der ältesten Symbole der Bibel, wo er erstmals im Alten Testament erwähnt wird. Eine der beliebtesten Geschichten auch für Kinder ist die der Arche Noah. Zum einen wegen der Tiere, zum anderen aber auch wegen des Regenbogens, den Gott nach Ende der Sintflut erscheinen ließ. In 1. Mose, Kapitel 9 ist der Regenbogen das Zeichen des Bundes, den Gott mit Noah und den Menschen schloss. Gott versprach damit: »Ich will das Leben nicht ein zweites Mal vernichten. Die Flut soll nicht noch einmal über die Erde hereinbrechen. Diese Zusage, die ich euch und allen lebenden Wesen mache, soll für alle Zeiten gelten. Als Zeichen dafür setze ich meinen Bogen in die Wolken. Jedes Mal, wenn ich Regenwolken über der Erde zusammenziehe und der Bogen in den Wolken erscheint, will ich an das Versprechen denken, das ich euch und allen lebenden Wesen gegeben habe« (1. Mose, Kapitel 9, Verse 11-15; GNB).

Ein zweites Mal wird der Regenbogen von dem Propheten Hesekiel erwähnt: »Oberhalb der Stelle, wo beim Menschen die Hüften sind, sah ich etwas, das wie helles Gold aussah, umgeben von Feuerflammen, und unterhalb etwas wie loderndes Feuer. Die ganze Gestalt war von einem Lichtkranz umgeben, der wie ein Regenbogen aussah, der nach dem Regen in den Wolken erscheint. So zeigte sich mir der Herr in seiner strahlenden Herrlichkeit« (Hesekiel, Kapitel 1, Verse 27-28; GNB).

Ein drittes Mal kommt der Regenbogen in der Offenbarung von Johannes zur Sprache: »Sein Gesicht glänzte wie die kostbaren Edelsteine Jaspis und Karneol. Über dem Thron stand ein Regenbogen, der leuchtete wie ein Smaragd« (Offenbarung, Kapitel 4, Vers 3; GNB). Und: »Dann sah ich einen anderen mächtigen Engel vom Himmel auf die Erde hinuntersteigen. Er war von einer Wolke umgeben und ein Regenbogen stand über seinem Kopf. Sein Gesicht war wie die Sonne, und seine Beine glichen Säulen aus Feuer« (Offenbarung, Kapitel 10, Vers 1; GNB).

Somit spannt sich der Regenbogen vom ersten bis zum letzten Buch der Bibel.

Jedes Mal, wenn ich einen Regenbogen sehe, freue ich mich nicht nur an dessen Schönheit und Farbbrillanz, sondern auch daran, dass Gott heute noch dieses Zeichen seines Bundes mit uns Menschen für uns sichtbar erscheinen lässt. Ich werde beim Anblick eines Regenbogens daran erinnert, dass Gott bei uns ist – auch dann, wenn wir seine Nähe nicht spüren oder ins Zweifeln geraten. Zweimal durfte ich sehr eindrücklich erleben, wie mir der Regenbogen wie ein Fingerzeig Gottes erschien, als Zuspruch gerade dann, als ich gar nicht damit rechnete.

Das erste Mal geschah dies vor einigen Jahren. Mein Mann war in der Nacht aufgewacht und im Gesicht halbseitig gelähmt. Nichts Gutes ahnend machten wir uns nach einem Telefongespräch mit unserem Hausarzt am frühen Morgen auf den Weg ins Krankenhaus. Wir hatten beide große Angst vor der Diagnose und davor, was auf uns zukommen würde. Auf halber Strecke zum Krankenhaus stand vor uns plötzlich ein Regenbogen. Er stand vor uns wie ein weit geöffnetes Tor, das uns zum Durchfahren einlud. In diesem Moment war uns, als ob Gott zu uns sagen würde: »Habt keine Angst, ich bin bei euch.« Ich bin ganz sicher, dass in diesem Augenblick Gott diesen Regenbogen für uns in den Himmel gesetzt hatte, um uns ein Zeichen der Hoffnung zu geben. Das gab uns in diesem Augenblick Trost und machte uns Mut, nicht zu verzagen. Mein Mann hatte damals zwar tatsächlich einen leichten Schlaganfall gehabt, von dem er sich aber wieder ganz erholt hat.

Jahre später erschien mir der Regenbogen wieder als eine ganz persönliche Ermutigung. Diesmal war die Situation zwar nicht so dramatisch, einen Zuspruch hatte ich aber dennoch nötig und war umso dankbarer, als mich der Regenbogen wieder einmal daran erinnerte, dass Gott uns nicht verlassen hat und immer bei uns ist.

Ich war mit meiner kleinen Tochter Steffi auf dem Weg zum Kindergarten. Sie war gerade drei Jahre alt geworden, wir hatten bereits eine dreiwöchige Eingewöhnungsphase hinter uns. Mein sonst so fröhliches Kind litt sehr darunter, als sie merkte, dass sie ohne mich im Kindergarten bleiben sollte. Da es mir selbst sehr naheging, sie weinend zurückzulassen, war ich nun jeden Tag bei ihr geblieben. Doch mir war klar, dass es an der Zeit war, den Schnitt zu machen, und mich wirklich von ihr zu verabschieden. Der Tag war nun gekommen, an dem ich sie zum ersten Mal allein dort lassen würde. Bei leichtem Nieselregen gingen wir zu Fuß in Richtung Kindergarten. Je näher wir dem Kindergarten kamen, desto schwerer wurde es mir ums Herz. Da entdeckte ich auf einmal einen Regenbogen, der sich in schillernden Farben direkt über dem Kindergarten spannte. Er schien so eindeutig für mich dort hingestellt, dass ich hätte jubeln können. Was für ein Zeichen der Aufmunterung zu genau der rechten Zeit! Ich wurde bestärkt und ermutigt, jetzt nicht aufzugeben.

Inzwischen geht mein kleines Mädchen schon lange fröhlich und gerne in den Kindergarten. Die Zeit des tränenreichen Abschieds war nach drei Tagen vorbei.

Wenn bei Regen die Sonne scheint, verheißt dies Gutes. Im Sommer, wenn die Sonne am höchsten steht, wird man nie einen Regenbogen sehen können, das ist wissenschaftlich erwiesen. Wenn in unserem Leben die Sonne am höchsten steht und uns alles hell erstrahlt, brauchen wir keinen Regenbogen. Doch wenn dunkle Wolken aufziehen und Regen fällt, dürfen wir daran denken, dass auch dann die Sonne wieder durchbrechen wird. Wenn uns dann noch ein Regenbogen erscheint, ist das wirklich ein Geschenk Gottes: ein Zeichen dafür, dass er uns nahe ist und uns seine Gnade und seinen Frieden geben will.

Gesammelte Schätze

Heute ist der letzte Tag im alten Jahr. Nur noch ein paar Stunden – und ein neues Jahr beginnt. Die Stadt ist voller Menschen, die meisten von ihnen sind Touristen, die den Jahreswechsel in den Bergen feiern wollen. Sie sind in Urlaubsstimmung und genießen die Wintersonne, die aus einem wolkenlosen Himmel auf sie herabscheint. Alle Hotels und Ferienwohnungen sind zu dieser Jahreszeit hier belegt, es gibt keine freien Zimmer mehr. Die Berge rundherum bieten den Wintersportlern alles, was sie sich wünschen können; der Schnee ist gut, mit Gondeln und Sesselliften schweben die Ski- und Snowboardfahrer in luftige Höhen, genauso wie Wanderer mit ihren Schneeschuhen und einige Genießer, die sich oben in der bewirtschafteten Berghütte einfach nur in die Sonne legen möchten. Unten in der Stadt drängen sich die Menschen durch die engen Straßen und kleinen Gässchen. Ein Laden reiht sich an den anderen, man findet alles von Souvenirs über Sportartikel, Lederwaren, Trachtenmoden bis hin zu Süßwaren und Geschenkartikeln. An beinahe jeder Ecke befindet sich ein Glühweinstand, wo man sich kurz aufwärmen kann, sowie Cafés und Restaurants für den kleinen und großen Hunger. Die Geschäftsleute haben alle Hände voll zu tun und machen noch einmal gute Umsätze an diesem Silvestertag. Und ich bin mittendrin in dem Gewusel. Gerade kommt ein Ehepaar mittleren Alters aus einem Lederwarengeschäft heraus. Beide sind elegant gekleidet, er trägt einen Lodenmantel und einen dazu passenden Hut, sie ist dick eingehüllt in einen Pelzmantel. Der Herr freut sich offensichtlich über seinen gerade getätigten Einkauf: »So einen schönen Geldbeutel habe ich mir schon lange gewünscht. Richtig elegant ist der!« Seine Frau hat es eilig, in den Juwelierladen nebenan zu gehen: »Du schau mal, diese rubinbesetzten Ohrringe da im Schaufenster brauche ich noch. Die passen genau zu meinem roten Abendkleid, das ich neulich gekauft habe!« Mit diesen Worten verschwinden die beiden im Juweliergeschäft.

Ich gehe ein paar Meter weiter und stehe vor einem Sportladen, in dem immer noch alles zum halben Preis angeboten wird. Seltsam, als ich im letzten Frühjahr hier war, fand schon derselbe Sonderverkauf statt. Die Leute kaufen ein, als wäre es ihre letzte Gelegenheit für lange Zeit. Vielleicht ist es ja auch der Gedanke, dass es erst nächstes Jahr wieder etwas zu kaufen gibt ... Das Geld scheint locker zu sitzen, schließlich spart man ja eine Menge Geld, weil alles nur noch die Hälfte kostet. Die Schnäppchenjäger sind in ihrem Element!

Gleich neben dem Sportladen befindet sich ein Elektrogeschäft. Man könnte meinen, Weihnachten stehe noch vor der Tür. Leute mit riesigen Paketen und Einkaufstüten verlassen den Laden. Mir schwirrt mittlerweile der Kopf; ich habe genug vom Shoppen und setze mich in ein Café, um einen Cappuccino zu trinken. Eine ältere Dame in Begleitung eines weißen Riesenpudels setzt sich an den Tisch neben mir. Sie ist etwas außer Atem und hat mindestens acht Einkaufstüten in ihren Händen, die sie nun alle sorgfältig auf die restlichen Stühle um ihren Tisch herum verteilt. Dann schaut sie zu mir herüber und erklärt: »Ich habe noch ein paar Kleinigkeiten gebraucht und verwöhne mich heute selbst ein bisschen. Mir haben noch zwei Porzellanpuppen in meiner Sammlung gefehlt, und außerdem braucht man ja auch etwas Abwechslung in der Garderobe.« Sie zieht einen weißen Angorapullover aus der Tasche neben sich, um ihn mir zu zeigen. »Das ist mal ein besonderes Stück, am Kragen sind drei kleine Edelsteine eingesetzt, echte, versteht sich.« Doch, der Pullover ist wirklich sehr schön. Die Dame wartet meinen Kommentar gar nicht erst ab, sondern winkt die Kellnerin nun zu sich. »Ein Stück Sachertorte und eine Tasse Kamillentee. Ach ja, und bringen Sie mir noch so ein Marzipanteilchen aus Ihrer Theke.« Noch einmal wendet sie sich mir zu: »Schließlich muss man sich das Leben ja mit etwas versüßen.« Sie beugt sich zu ihrem Pudel hinunter, der es sich auf dem Fußboden bequem gemacht hat: »Du bekommst auch noch einen Leckerbissen, meine Süße. Frauchen hat dir eine schöne Pastete gekauft.« Ich beeile mich, meinen Cappuccino zu trinken und nutze die Gelegenheit zu zahlen, als die Kellnerin meiner Tischnachbarin die bestellten Sachen bringt. Bevor ich gehe, wünsche ich der Dame einen guten Rutsch und alles Gute für das neue Jahr. Sie bedankt sich und fügt noch hinzu: »Ja, im neuen Jahr werde ich mich damit beschäftigen, meine andere Sammlung zu vervollständigen. Mir fehlen noch etwa fünf Silberlöffel aus der Zeit von Königin Viktoria. Da wird vermutlich eine Reise nach England fällig sein.« Zufrieden mit sich selbst macht sie sich daran, mit ihrer Gabel ein großes Stück Sachertorte abzustechen und genüsslich in den Mund zu schieben. Während ich das Café verlasse, denke ich unweigerlich daran, was Jesus uns über das Schätzesammeln sagt: »Ihr sollt euch nicht Schätze sammeln auf Erden, wo sie die

Motten und der Rost fressen und wo die Diebe einbrechen und stehlen. Sammelt euch aber Schätze im Himmel, wo sie weder Motten noch Rost fressen und wo die Diebe nicht einbrechen und stehlen. Denn wo dein Schatz ist, da ist auch dein Herz« (Matthäus, Kapitel 6, Verse 19-21).

Dabei denke ich wehmütig lächelnd an eine kleine Begebenheit vor vielen Jahren zurück. Damals war ich mit unserer neunjährigen Tochter in unserem Dorf unterwegs. Plötzlich bückte sie sich und hob einen Geldschein vom Gehweg auf. Sie hatte fünf Euro gefunden und wollte das Geld für sich behalten. Ganz spontan kam mir in den Sinn, ihr Jesu Worte über das Schätzesammeln ganz praktisch zu veranschaulichen und sagte zu ihr: »Irgendjemand hat das Geld verloren. Weißt du, was wir jetzt machen? Wir bringen das Geld zum Rathaus und geben es dort im Fundbüro ab. Vielleicht sind die fünf Euro ja viel Geld für denjenigen, der sie verloren hat. Jesus sagt uns, dass wir uns Schätze im Himmel sammeln sollen. Ich glaube sicher, dass er sich darüber freut, wenn wir das Geld nicht einfach für uns behalten, und vielleicht sammeln wir uns ja so wirklich einen kleinen Schatz im Himmel, weil wir Gottes Wille tun. Und wenn niemand kommt und das Geld abholt, darfst du es später für dich behalten.« Melissa überlegte kurz, dann leuchteten ihre Augen auf und sie rief: »Ach so ist das mit dem Schätzesammeln im Himmel. Wir können ja kein Geld in den Himmel mitnehmen. Aber wenn wir das tun, was Gott von uns möchte, dann belohnt er uns dafür schon mal mit ein paar Schätzen im Himmel. Wenn wir dann in den Himmel kommen, ist schon alles da, was wir dort brauchen! Wenn wir die fünf Euro jetzt beim Fundbüro abgeben, dann sind wir ehrliche Finder, und das will Jesus ja auch von uns, dass wir ehrlich sind, gell?« Ich drückte meine Tochter kurz und sagte ihr: »Das hast du genau richtig gesagt, mein Schatz.« Nach sechs Monaten wurde auch hier auf Erden ihre Ehrlichkeit belohnt, denn Melissa durfte sich die fünf Euro auf dem Rathaus wieder abholen, die somit in ihren rechtmäßigen Besitz übergingen.

Noch jemand, der sich bestimmt Schätze im Himmel gesammelt hat, ist Albert. Albert ist ein älterer Mann aus unserer Kirchengemeinde. Er ist seit 48 Jahren mit seiner Frau verheiratet. Die beiden haben fünf Kinder großgezogen und ihnen von Anfang an ihren lebendigen Glauben an Gott vorgelebt. Das Geld war immer knapp bei ihnen; so manches Mal wussten sie nicht, wie sie über die Runden kommen sollten. Albert jedoch hatte dafür ein ganz besonderes Rezept, das ihn nie im Stich gelassen hat. Neulich erzählte er uns an einem Sonntag davon: »Meine Frau und ich haben mit unserer Eheschließung Gott noch ein anderes Versprechen gegeben: nämlich, dass wir unter allen Umständen 10 Prozent unseres Einkommens der Kirche geben werden, sofern es uns irgendwie möglich ist. Gott hat uns reich gesegnet mit fünf gesunden Kindern, doch mit jedem Kind wurde das Geld etwas knapper. Oft war das Geld schon zu Ende, bevor der Monat es war. Doch wir haben nie unser Versprechen vergessen, im Gegenteil. Als das Geld besonders knapp wurde, haben wir 15 Prozent an die Kirche abgegeben. Wir durften oft das Wunder erleben, dass wir stets genug zu essen hatten, ausreichend Kleidung und im Winter Holz für den Ofen. Wir hatten zwar nicht viel Geld, doch das, was wir zum Leben brauchten, wurde uns gegeben.« Verschmitzt lächelnd schaute Albert in die Runde: »Ihr jungen Leute, ich kann euch nur empfehlen, dies auch zu tun. Gebt euren Zehnten für Gott, und ihr werdet mehr bekommen, als ihr braucht. Ungeahnte Türen werden sich euch öffnen. Es funktioniert wirklich, denn einen fröhlichen Geber hat Gott lieb!«

Klimawandel

A ls ich ein Kind war, ging auf einmal ein Wort durch alle Schlagzeilen: *Waldsterben*. Die Bäume wurden zunehmend krank und in diesem Zusammenhang kam noch ein Begriff dazu, nämlich der »saure Regen«. Auf Exkursionen durch den Schwarzwald lernten wir klassenweise, woran man eine bereits erkrankte Tanne erkennt und welche Folgen das für den Wald, die Tiere und schlussendlich auch für uns Menschen hat, wenn die Wälder sterben. In Filmen wurden uns regelrechte Horrorszenarien für die Zukunft dargestellt, die die bisher bewaldeten Landschaften als kahle, nackte Hügel zeigten.

Im Lauf der Jahre wurde es wieder ruhiger um dieses Thema. Dafür schaffte es ein anderes Wort in die Hitlisten der am häufigsten gebrauchten Wörter und ist bis heute in den Medien weit verbreitet: *Klimawandel*. Beinahe täglich erfährt man in der Zeitung, im Fernsehen oder im Internet etwas über den Klimawandel. Ganz neu ist das Thema jedoch nicht. Bereits im Jahr 1824 entdeckte Jean Baptiste Joseph Fourier den Treibhauseffekt und einen damit zusammenhängenden Klimawandel. Auf diese Erkenntnis baute John Tyndall auf, indem er im Jahr 1862 einige der dafür verantwortlichen Gase identifizierte.

Bei dem sogenannten Klimawandel wird zwischen natürlichem und menschengemachtem Klimawandel unterschieden. Der menschengemachte Klimawandel wird als globale Erwärmung bezeichnet und ist auf Treibhausgase wie Kohlendioxid, Methan und Lachgas zurückzuführen. Diese Gase werden in der Erdatmosphäre angereichert, sodass die Wärmeabstrahlung von der Erdoberfläche in das Weltall erschwert wird. Mögliche Folgen sind verstärkte Gletscherschmelze, steigende Meeresspiegel und zunehmende Wetterextreme. Dahingegen spricht man beim natürlichen Klimawandel von der Klimaveränderung. Seit Entstehung der Erde verändert sich das Klima ständig, was auf verschiedene Faktoren zurückzuführen ist, wie Bewegungen der Landmassen auf der Erde, große Vulkanausbrüche, Veränderungen der Meeresströme und auch sogar für unser Auge unsichtbar stattfindende Schwankungen der Sonnenaktivität. Wenn man den vielen Klimaforschern und Experten Glauben schenken darf, wird die globale Erwärmung gravierende Auswirkungen auf den Menschen und die Natur haben.

Ein Klimawandel ganz anderer Art hat sich in den letzten Jahren in unseren Breitengraden eingeschlichen. Immer häufiger entladen sich Gewitter und schwere Unwetter und hinterlassen eine Spur der Verwüstung. Die Folge davon ist ein deutliches Abfallen der Temperatur und somit eine allgemeine Abkühlung, die in starkem Kontrast zu der ansonsten prophezeiten globalen Erwärmung steht. Auch der Wind hat an Stärke zugenommen und sorgt dafür, dass es allgemein unruhiger wird.

Was ist das für ein Klimawandel? Er findet in unseren Herzen statt und beginnt in den Familien, sozusagen als Mikroklima. Im Kleinen zunächst, oftmals schleichend und kaum zu bemerken. Wo Eltern kaum noch mit ihren Kindern reden, weil sie vor lauter Arbeit und Karriere weder Zeit noch Energie dafür übrig haben. Wo für Kinder Respektlosigkeit zur Gewohnheit wird und sich Unzufriedenheit und Langeweile breitmachen. Wo kaum noch gemeinsame Mahlzeiten eingenommen werden, und man sich höchstens noch vor dem Computer oder Fernseher trifft. Und dort, wo Gottes Wort keinen Raum mehr hat und seine guten Gebote ignoriert oder gar verspottet werden. Dort, wo sich die Eltern nichts mehr zu sagen haben und schließlich in Trennung oder Scheidung leben; dort, wo die alleinerziehenden Mütter und Väter permanent überfordert sind; dort, wo zwei Frauen oder zwei Männer die Ehe entehren und miteinander leben wie Mann und Frau, vollzieht sich rasant und unterschwellig eine Klimaveränderung mit verheerenden Folgen nicht nur des Mikro-, sondern auch des Makroklimas der ganzen Welt.

Bei all den Überlegungen zum Klimaschutz sollten wir vielleicht bei uns selbst beginnen, indem wir etwas sparsamer mit unserer eigenen Energie umgehen und für ein angenehmes Raumklima in den eigenen vier Wänden sorgen. Dann kann die Sonne in unseren Herzen öfters scheinen und aufkommende Stürme können schnell wieder abflauen und nicht an Stärke zunehmen. Dann wird auch die Neigung zu Schauern und Gewittern abnehmen und wir werden uns insgesamt wohler fühlen, wenn die Temperaturen nicht ständig schwanken, sondern einigermaßen konstant bleiben. So wie die meisten Menschen äußerlich ein mildes Klima mit viel Sonnenschein bevorzugen, ist es auch mit unserem inneren Bedürfnis nach Wärme; dies ist ein Grundbedürfnis, ohne dessen Stillung wir auf die Dauer nicht leben könnten. Dort, wo gelacht wird, wo man freundlich zueinander ist, geht man gerne ein und aus, denn die Herzen werden erwärmt. Kein Mensch fühlt sich wirklich wohl, wo gestritten und geschimpft wird. Dann kühlen die Herzen bisweilen bis zu einer Eiseskälte ab.

Meine Oma erzählte mir vor vielen Jahren: »Als ich ein Kind war, mussten wir unsere Eltern noch mit ›Sie‹ anreden.« Das hat mich damals lange beschäftigt und war für mich völlig unvorstellbar. Seine eigenen Eltern zu siezen, so als rede man mit fremden Leuten? Auch meiner Oma ging dies damals zu weit, denn sie erzählte weiter: »Als ich älter wurde, gab ich meinen Eltern zu bedenken, dass es doch eigentlich nicht richtig sei, wenn ich Gott mit ›Du‹ anreden dürfte, aber die eigenen Eltern siezen müsste. Das wirkte. Von da an durfte ich sowohl meine Mutter als auch meinen Vater ebenfalls duzen.«

Es ist gut, dass heute kein Kind mehr seine Eltern mit »Sie« anreden muss. Auch sollte in keinem Haushalt mehr der Rohrstock als Strafmittel eingesetzt werden. Doch ein mildes Klima kann nur dann auf Dauer herrschen, wenn eine gesunde Mischung für Abwechslung sorgt: wo liebevoll Grenzen gesetzt werden und die Wetterlage grundsätzlich stabil bleibt, selbst wenn ab und zu dunkle Wolken vorbeiziehen. Dann ist ein Klimawandel größeren Ausmaßes vielleicht doch noch aufzuhalten.

Seelsorge auf dem Gehweg

Unkraut jäten gehört nicht zu meinen Lieblingsbeschäftigungen. Unser Haus steht auf einem Eckgrundstück, um das sich auf zwei Seiten ein langer, gepflasterter Gehweg windet. Zwischen den Pflastersteinen wachsen mit Vorliebe kleine Pflänzchen, angefangen von Moos und Gras über Schachtelhalm bis hin zu Baumsamen, die ihr Glück dort versuchen. Doch spätestens wenn die kleine Babybirke zwei Zentimeter Höhe erreicht hat, wird dem Pflänzchen der Garaus gemacht. Schließlich haben wir als Grundstücksbesitzer regelmäßig den Gehweg sauber zu machen. Und so kann man mich auch in mehr oder weniger regelmäßigen Abständen auf dem Gehweg antreffen, wo ich mit einem Kratzgerät sowie Schaufel und Besen bewaffnet mit dem Unkrautjäten beschäftigt bin. Anfänglich tat ich dies etwas misslaunig der Gemeindeverordnung wegen, weil es eben sein musste. Doch schon bald merkte ich, dass jedes Mal einige Leute an mir vorbeikommen, während ich mich zentimeterweise auf dem Gehweg vorarbeite. Manche fahren im Auto an mir vorbei und wir winken uns zu, andere kommen zu Fuß angelaufen. Ich merkte auch schnell, dass die meisten Fußgänger sich darüber freuen, wenn ich sie begrüße und ein paar Worte mit ihnen wechsle. Im Gespräch haben schon viele Leute ihre kleinen und großen Sorgen mit mir geteilt. Oft sind es ältere Menschen, die gerade einen Spaziergang machen. Oder junge Mütter, die einkaufen gehen. Oder Kinder, die von der Schule heimschlendern. Ab und zu auch mal jemand, der sich verlaufen oder verfahren hat und nach der Richtung fragt. Meistens drehen sich die Gesprächsthemen um alltägliche Dinge wie Kindererziehung, was gekocht werden soll, wohin die nächste Urlaubsreise geht oder welcher Arztbesuch ansteht.

Im Lauf der Zeit hat sich meine Einstellung zum Unkrautjäten auf dem Gehweg grundlegend geändert. Schon lange gehe ich nicht mehr nur hinaus, um sauber zu machen, sondern ich gehe hinaus und bin gespannt, wer mir wohl heute über den Weg laufen wird. Als ich kürzlich auf dem Gehweg stand, um unsere Hecke zu schneiden, kam Norbert, unser Nachbar von weiter oben, schnellen Schrittes näher. Das war schon ziemlich ungewöhnlich, denn Norbert sieht man eigentlich so gut wie nie spazieren gehen. Er verlässt sein Haus selten zu Fuß, sondern fährt entweder mit seinem Sportauto oder dem Motorrad los. Norbert war ziemlich aufgeregt. Mir fiel auf, wie er nervös mit zittrigen Fingern an seiner Zigarette zog. Er steuerte schnurstracks auf mich zu und verlor keine Zeit mit höflichen Floskeln. Stattdessen brach es aus ihm hervor: »Ich hab grad Zoff gehabt mit meiner Freundin.« Mir war nicht wirklich danach zumute, mir seine Probleme anzuhören, außerdem wollte ich die Hecke fertig schneiden und sagte etwas ausweichend: »Ja, das kommt leider ab und zu vor. Wer kennt das nicht?« Insgeheim hoffte ich, dass er sich nun wieder verabschieden würde. Doch das tat er nicht. Im Gegenteil, nun legte er erst richtig los: »Sie wohnt in meinem Haus wie in ihrem eigenen, muss keine Miete bei mir zahlen und benutzt mein Auto. Und wenn ich mir ab und zu

213

eine Flasche Bier genehmigen will, macht sie Theater! Das regt mich richtig auf, nicht einmal mehr Herr in meinem eigenen Haus kann ich sein! Deshalb muss ich jetzt mal kurz um den Block laufen, um etwas Abstand zu gewinnen. Was soll ich denn nur machen?«

Auf dem Gehweg Ratschläge für Partnerschaftsprobleme zu geben, darauf war ich nun wirklich nicht vorbereitet. Doch ich merkte schon bald, dass Norbert einfach nur Dampf bei jemandem ablassen wollte. Ich hörte ihm einfach zu, und allmählich beruhigte er sich. Schließlich verabschiedete er sich mit den Worten: »Ich freue mich, dass du zufällig grad hier draußen warst. Danke für das gute Gespräch! Jetzt gehe ich zu ihr zurück, es ist ja eigentlich alles nicht so tragisch. Manchmal sehe ich wohl die Dinge ein bisschen zu eng.« Lächelnd machte ich mich daran, die Hecke endlich fertig zu schneiden.

Manchmal bleibt es nicht nur bei einem Gespräch, denn ab und zu habe ich auch komische Erlebnisse, bei denen Handeln gefragt ist. So wie neulich, als ich mich gerade mit einem besonders hartnäckigen Unkraut abmühte, das seine Wurzeln tief in die Ritzen zwischen den Pflastersteinen des Gehwegs krallte. Dabei fiel mir auf, wie unser Nachbar ein paar Häuser weiter heftig gestikulierend auf einen Spaziergänger mit Hund einredete. Hören konnte ich zwar nicht, was er sagte, besonders freundlich war er aber offensichtlich nicht. Noch bevor ich das Unkraut mit Wurzel herausziehen konnte, kam der Spaziergänger schnellen Schrittes in meine Richtung gelaufen. Sein Hund trottete neben ihm her. Als er mich erreicht hatte, begann er, mir ohne Umschweife sein Leid zu klagen: »Was haben Sie denn für einen hitzigen Nachbarn?! Mensch, hat der sich gerade aufgeregt, weil mein Hund vor seinem Grundstück einen Haufen gemacht hat. Ausgerechnet heute habe ich kein Beutelchen dabei. Aber ich habe ihm versprochen, dass ich gleich wiederkomme und sauber mache. Könnten Sie mir vielleicht mit einer kleinen Tüte aushelfen?« Schmunzelnd ließ ich von dem störrischen Unkraut ab und holte ihm ein Tütchen. Dankbar eilte er mit seinem Hund zurück zu dem Nachbargrundstück, um sein Versprechen einzulösen.

Ein anderes Mal war ich gerade damit beschäftigt, die Blätter vom Gehweg aufzukehren, als eine ältere Nachbarin den Gehweg entlangkam. Sie war nur noch wenige Meter von mir entfernt, da stolperte sie plötzlich und fiel hin. Dabei landete sie so unglücklich, dass ihre Hände und das Gesicht aufgeschürft waren. Sichtlich benommen saß sie vor mir auf dem Gehweg. Ich rannte schnell ins Haus, um Taschentücher und Pflaster zu holen und half ihr, ihre Wunden zu säubern. Nachdem sie sich von ihrem Schreck ein wenig erholt hatte, machte sie sich auf den Weg nach Hause zurück.

Seelsorge auf dem Gehweg – sie kann so vielschichtig sein wie die Menschen, denen ich begegne, wenn ich gerade draußen bin. Auch für mich ist es eine Bereicherung, denn ich glaube, dass kein Mensch rein zufällig gerade dann kommt, wenn ich Unkraut jäte.

Das Haus am Rand
unserer Stadt

Am Rand unserer kleinen Stadt, wo ein Kreisverkehr die Autos um ein schön angelegtes Blumenrondell leitet, wurde vor ein paar Jahren ein Neubaugebiet erschlossen. Die Häuser werden zum Glück schon lange nicht mehr in Reih und Glied aufgestellt, wie es früher der Fall war. Auch sind sie nicht mehr in einer eintönigen Einheitsfarbe angestrichen. Heute kann man fast alles sehen; kein Haus gleicht dem anderen, manche Häuslebauer scheinen sich in der Farbauswahl gegenseitig sogar übertrumpfen zu wollen. Die Neubaugebiete sind bunt gesprenkelt, die Farbpalette der Fassaden reicht vom klassischen Weiß über Gelb, Grün, Rot und Blau. Zwischendurch stechen vereinzelt Häuser in knallorange oder dunkellila hervor. Wie immer ist die Farbauswahl eine Frage des persönlichen Geschmacks. Die Meinungen darüber, was schön ist, gehen weit auseinander.

Wer sich bei uns in den Kreisverkehr einfädelt, dessen Blick fällt unweigerlich auf das erste Haus, das sich auf einer leichten Anhöhe von den anderen Häusern des Neubaugebietes abhebt. Farblich dezent in Gelb gehalten und mit einem blauen Rand versehen, würde dieses Haus noch nicht einmal besonders auffallen. Das Augenmerk an diesem Haus jedoch sind große blaue Buchstaben, von Malerhand auf die Frontseite gemalt. Groß genug, um diese auch beim Vorbeifahren im Kreisel lesen zu können. Die blauen Buchstaben reihen sich zu einem Text zusammen, der sich wie folgt liest: »Jesus Christus ist der wahrhaftige Gott und das ewige Leben« – ein Bibelvers nach 1. Johannes, Kapitel 5, Vers 20.

Die Reaktionen der Leute auf diese Art der Verkündigung sind so unterschiedlich wie die Geschmäcker bei den Häuserfarben. Natürlich gibt es die, die den Kopf darüber schütteln und nicht weiter darüber nachdenken. Andere machen keinen Hehl daraus, was sie denken und sprechen es laut aus: »Sollen die Leute in dem Haus doch glauben, was sie wollen. Aber sie sollen die anderen in Ruhe lassen und nicht versuchen, allen ihren Glauben überzustülpen!« – »Was sind denn das für Leute, die ihr Haus mit einem Bibelvers verunstalten lassen?«

Die Hauseigentümer sind Mennoniten und betreiben in ihrem Haus eine Augenarztpraxis. Sie leben für viele Mitbürger »in einer anderen Welt« und werden einerseits etwas kritisch beäugt, andererseits wünschen sich viele, mehr über sie zu erfahren. Tritt man bei ihnen in der Praxis ein, wird man von einem Bibelvers an der Wand und freundlichen Arzthelferinnen begrüßt. Man spürt einfach, dass dort ein anderer Wind weht und ein besonderer Geist herrscht. Noch dazu findet man selten einen so harmonischen Familienbetrieb wie hier unter einem Dach: Der Vater ist der Augenarzt, die Mutter arbeitet im angegliederten Optikerladen, zwei der insgesamt acht Kinder arbeiten bereits als Arzthelferinnen für den Vater. Man meint irgendwie, ein Stück heile Welt zu betreten, wenn man in dieses Haus kommt. Es ist wie eine wohltuende Oase, in die man sich gerne für ein Weilchen zurückzieht. Wartezimmer und Behandlungsräume sind geschmackvoll eingerichtet und strahlen etwas von der Ruhe und Freundlichkeit der darin arbeitenden Menschen aus. So manch ein Patient erhält dort nicht nur Balsam für die Augen, sondern auch für die Seele, und die Augen werden ihm geöffnet für eine Liebe, wie sie nur von Gott kommen kann.

Täglich fahren Hunderte von Leuten an diesem gut leserlichen Bibeltext vorbei. Wie viele von ihnen diesen tatsächlich lesen, weiß allein Gott. Manche werden den Bibelvers sehen und den Kopf darüber schütteln; andere werden ihn einfach ignorieren. Doch für manche kann so ein Zuspruch im wahrsten Sinne des Wortes lebensrettend sein. Wer mit seinem Herzen erkennt und glaubt, dass Jesus Christus der wahrhaftige Gott und das ewige Leben ist, darf sich freuen. Manchmal brauchen wir genau so einen Zuspruch mitten hinein in unser geschäftiges Alltagsleben, gerade auch dann, wenn wir nicht damit rechnen. Wir können neue Kraft und Hoffnung daraus schöpfen, und uns daran erinnern lassen, dass wir einen lebendigen Gott haben.

Die Augenarztfamilie verkündet ihren Glauben weithin sichtbar für alle Menschen, die es sehen wollen. Mit dem Bibelvers verteilen sie tagtäglich Samen des Glaubens. Bei wie vielen Menschen dieser Samen auf fruchtbaren Boden fällt, wissen sie nicht. Doch selbst wenn es nur einer ist, der aus diesen Worten an der Wand im Glauben ermutigt wird, der vielleicht gerade in diesem Augenblick seines Lebens nach einem tröstenden Wort sucht und dort an der Wand fündig wird – dann ist viel erreicht.

Futter für die Seele

Als ich neulich in die Küche ging, um den kleinen Hunger zwischendurch zu stillen, traf ich dort auf meinen Mann und sah, wie er sich genüsslich eine Praline nach der anderen in den Mund schob, um diese langsam zu zerkauen. Er stand einfach nur da und freute sich sichtlich an diesem Augenblick. Ich selbst griff nach dem Beutel »Studentenfutter« und begann, etwas weniger lustvoll die Nüsse und Rosinen herauszusammeln. »Ist doch eigentlich eigenartig«, dachte ich dabei, »was wir so in uns hineinfuttern – wirklich brauchen tun wir diese Art von Nahrung ja nicht – oder?« In erster Linie stillen wir mit kleinen Zwischenmahlzeiten dieser Art nicht so sehr den Hunger an sich – vielmehr stillen wir einen anderen Hunger, nämlich den Hunger nach Wohligkeit und Behagen. Sich etwas Gutes tun, sich selbst ein bisschen verwöhnen – das brauchen wir alle, und der schnelle Griff nach einer Kleinigkeit zu essen ist einfach.

Wie einfach wir es heute doch haben – im Supermarkt genügt ein Griff ins Regal, und wir greifen ins Volle. Schokolade, Kekse, Bonbons, Chips, Nüsse – was das Herz begehrt, liegt für uns zum Greifen nahe. Und falls wir uns während des Einkaufens doch zurückgehalten haben, um vernünftig mit unserer Gesundheit und unserem Geldbeutel zu wirtschaften, sind wir spätestens an der Kasse wieder der Versuchung ausgesetzt: Direkt neben oder vor uns quellen die Süßigkeiten in Augen- bzw. Handhöhe aus den Regalen. Während wir gelangweilt darauf warten, endlich zur Kasse vorzudringen, greifen wir schon einmal zu, um noch schnell einen Schokoladenriegel oder ein Päckchen Kaugummi auf das Fließband zu legen. Glücklich können sich diejenigen schätzen, die von solchen Versuchungen vollkommen frei sind und denen Schokolade und all die anderen Naschereien nur wenig oder nichts bedeuten. In meiner Familie ist das anders. Je höher der Stresspegel steigt, desto schneller leeren sich die diversen Packungen süßen oder auch salzigen Inhalts – die Anteile an Fetten halten sich dabei vermutlich die Waage.

Als ich noch zur Schule ging, belohnte ich mich nach einer anstrengenden Klassenarbeit gerne selbst, indem ich mir in der Konditorei ein leckeres Stück Kuchen oder Torte gönnte. Jeden Bissen und jeden Krümel konnte ich dabei mit allen Sinnen genießen: froh und dankbar darüber, wieder einen Stressfaktor weniger zu haben.

Was für den einen die kleine Nascherei ist, mag für den anderen ein Gläschen Wein oder eine Tasse Kaffee sein. »Nervennahrung« kann sehr unterschiedlich und vielfältig aussehen und ist je nach Geschmack und Vorliebe individuell verschieden. Doch was ist, wenn man aus irgendeinem Grund ausgerechnet sein Lieblingsfutter für die Seele nicht mehr zu sich nehmen kann? Wenn vielleicht der bisher so geliebte Wein jedes Mal Sodbrennen verursacht. Oder die Zuckerwerte bedenklich hoch sind, sodass der Arzt die Süßigkeit nicht mehr für empfehlenswert einstuft. Fällt man dann in ein seelisches Loch, wenn man sein bisheriges Futter für die Seele aus welchem Grund auch immer von seinem persönlichen Speiseplan streichen muss? Oder sucht man dann nach Alternativen, um die entstandene Lücke mit einem Ersatz auszufüllen?

Viele Leute kennen die Aktion »Sieben Wochen ohne«. In der Zeit von Aschermittwoch bis Ostersonntag wird bewusst auf etwas verzichtet, woran man sein Herz gerne hängt, und um sich Zeit zu nehmen, Gottes Wort zu lesen oder Gutes zu tun. Das kann schon eine echte Herausforderung sein für jemanden, der so gerne Süßes isst wie ich und sich dann entschließt, sieben lange Wochen darauf zu verzichten. Die erste Zeit ist besonders hart. Man muss lernen, seine Sinne umzupolen, weg von dem gewohnten Griff nach der Süßigkeit und dem damit verbundenen Heißhunger darauf. Doch man kann es schaffen. Wenn man dann am Ostersonntag zurückblicken kann und tatsächlich sieben Wochen lang verzichten konnte, ist das nicht nur ein befriedigendes Gefühl, sondern auch eine Bereicherung. Man ist um eine Erfahrung reicher und hat hoffentlich die Zeit auch genutzt, um tatsächlich Gottes Wort näherzukommen oder den einen oder anderen Besuch gemacht zu haben. Vielleicht hat man auch gelernt, seinen Lebensstil neu zu ordnen und anders zu gestalten. Zudem hat man gemerkt, dass man auf so manches verzichten kann, selbst wenn man es nicht muss.

Doch jeder braucht immer wieder Futter für die Seele – und wirklich erfüllt wird die Seele weder von Schokolade, Kaffee oder Wein noch von guter Musik oder einem Theaterbesuch. Tief in unserem Inneren hungert die Seele nach etwas, das nur Gott sättigen kann. Aus diesem Grund bietet Jesus uns an: »Kommt her zu mir, alle, die ihr mühselig und beladen seid; ich will euch erquicken. Nehmt auf euch mein Joch und lernt von mir; denn ich bin sanftmütig und von Herzen demütig; so werdet ihr Ruhe finden für eure Seelen. Denn mein Joch ist sanft, und meine Last ist leicht« (Matthäus, Kapitel 11, Verse 28-30).

Wetterleuchten
im Supermarkt

Wenn man in einen Supermarkt geht, begegnet man nicht nur einem reichhaltigen Warensortiment, man trifft auch auf eine Vielzahl an Menschen, deren Charaktere und Eigenschaften mindestens genauso vielfältig sind wie die Fülle des Angebotes an Produkten.

Während man meistens einigermaßen weiß, was einen an Produkten erwartet, ist dies bei den Menschen ganz anders: Wir haben normalerweise keine Ahnung, wer sich gerade zur selben Zeit wie wir dort befindet und wem wir begegnen werden.

Als ich neulich mit Steffi einkaufen war, fielen mir gleich mehrere Menschen aus verschiedenen Gründen auf. Es ging damit los, dass Steffi angesichts des Backautomats im Supermarkt Lust auf eine Brezel bekam. Die Knöpfe sind gerade in einer Höhe angebracht, dass auch bereits ein vierjähriges Kind diese drücken kann, wenn es sich auf die Zehenspitzen stellt. Bereits während Steffi mich um eine Brezel bat, bemerkte ich aus den Augenwinkeln heraus, wie eine ältere Dame stehen blieb und nun darauf wartete, was ich sagen würde. Meine Antwort war: »Ja, du darfst dir eine Brezel aus dem Automaten lassen.« Steffi rannte los und drückte auf den Brezelknopf. Prompt spuckte der Backautomat eine Brezel aus, welche polternd auf den Holzlatten darunter landete. Gerade als ich auch am Backautomaten

ankam, drückte Steffi schnell ein zweites Mal auf den Brezelknopf und genauso schnell spuckte der Backautomat noch eine
Brezel unten aus. »Steffi!«, rief ich aus. In demselben Moment
bemerkte ich, wie die Dame von vorhin sich möglichst unauffällig in unsere Nähe stellte und sich damit beschäftigte, die Zutatenliste der Schokoladenkekse gegenüber des Backautomaten
zu studieren. Sie wollte nun ganz offensichtlich zuhören, wie ich
damit umging, dass mein Kind eine Brezel mehr als erlaubt he-
rausgelassen hatte. Ich überlegte schnell, wie ich nun am besten
reagieren sollte. Eigentlich war ich ärgerlich über Steffis Unge-
horsam. Vielleicht sollte ich ihr verbieten, überhaupt eine Brezel zu bekommen. Andererseits musste ich nun beide Brezeln
kaufen, denn einfach eine liegen zu lassen, wie das zwar manche machen, wollte ich auch nicht. Ich ging dann auf Augenhö-
he von Steffi, um mit ihr zu reden: »Die Mama hat dir erlaubt,
eine Brezel zu holen, aber nicht zwei. Das war nicht richtig von
dir. Jetzt müssen wir beide Brezeln bezahlen. Die andere Brezel
bekommst du nicht, wir bringen sie deinem Bruder mit nach
Hause. Aber wenn du das nächste Mal am Backautomat wieder
zweimal auf den Knopf drückst, darfst du in Zukunft gar nicht
mehr drücken.« Mit diesen Worten nahm ich eine Papiertüte
aus dem unteren Fach des Automats und legte beide Brezeln hinein. Gerade in diesem Moment, als Steffi und ich weitergingen,
war auch die Dame bei den Schokoladenkeksen ganz zufällig
mit dem Lesen der Zutatenliste fertig und entschied sich dafür,
die Packung Kekse wieder in das Regal zu legen und ihren Einkaufswagen weiterzuschieben. Insgeheim fragte ich mich, ob sie
wohl mit meiner erzieherischen Maßnahme zufrieden war oder
was sie wohl darüber dachte. Aber eigentlich war es mir egal,

denn ich hatte ja nicht ihretwegen so reagiert, wie ich reagiert hatte, sondern meiner Überzeugung gemäß gehandelt.

Etwas schmunzeln musste ich, als wir am Ende des Ganges an einer bereits leicht ergrauten Frau und ihrer Bekannten vorbeikamen, die gerade versuchten, die Anwendungsempfehlung einer Creme für die reifere Haut zu lesen. Im Vorbeigehen hörte ich, wie die Frau zu ihrer Bekannten sagte: »Also wenn die Creme schon für die reifere Haut sein soll, sollte ja auch die Schrift auf der Tube im Großdruck sein!«, dabei rückte sie ihre Brille auf der Nase zurecht, um die kleinen Buchstaben zu entziffern.

Ich war mit dem Einkaufswagen und Steffi kaum um die Ecke gebogen, um Milch und Käse aus dem Kühlregal zu holen, als ein paar Meter weiter unten bei der Wurst ein Streit zwischen einem jungen Paar vom Zaun brach. Dabei schien es den beiden völlig egal zu sein, dass die anderen Kunden um sie herum alles mit anhörten. Die junge Frau fuhr ihren Partner an: »Wozu willst du denn schon wieder Würstchen kaufen? Das ist doch gar nicht gesund, diese ewige Fleischesserei!« Worauf ihr der junge Mann genervt entgegnete: »Ich habe aber Lust drauf, du musst die Würstchen ja nicht essen!« Seine Freundin konterte: »Wir könnten einen Haufen Geld sparen, wenn du nicht jeden Tag dein Steak und deine Wurst essen müsstest!« Ihr Freund stand mit den Würstchen in der Hand da und erwiderte: »Immer musst du an mir herumnörgeln. Iss doch du dein Grünzeugs und lass mich in Ruhe mein Fleisch essen! Und die Würstchen nehme ich jetzt mit, ob du willst oder nicht!«, und er legte sie auf den bereits prall gefüllten Einkaufswagen obendrauf. Die junge Frau sagte nun nichts mehr, dafür bemerkte Steffi zu dem eben

Gehörten: »Die Leute sind aber nicht lieb zueinander. Warum nicht, Mama?« Das konnte ich ihr eigentlich auch nicht erklären, was ich ihr auch sagte. Wie ein glückliches Paar kamen mir die beiden auf jeden Fall nicht vor.

So langsam machte ich mich auf den Weg zur Kasse. Unterwegs dorthin kamen wir am Obst- und Gemüseregal vorbei. Außer mir stand noch ein älteres Ehepaar dort. Die Frau nahm einen Salatkopf nach dem anderen in die Hand, um sich den allerschönsten auszusuchen. Nachdem sie einen nach ihrem Geschmack gefunden hatte, griff sie in die Apfelkiste, um sich auch dort die einzelnen Äpfel nach genauestem Begutachten herauszusuchen. Ihrem Mann war dies offensichtlich unangenehm, denn er raunte ihr zu: »Du kannst doch nicht alles anfassen. Jetzt nimm doch einfach eine Handvoll Äpfel raus!« Seine Frau warf ihm einen vernichtenden Blick zu und gab zur Antwort: »Ich habe das Recht auf einwandfreie Ware und werde nicht für etwas bezahlen, das ich zu Hause dann wegschmeißen muss! Du willst doch auch keine matschigen Salatblätter und verfaulten Äpfel essen, oder?« Anscheinend hatten die beiden schon längere Zeit im Supermarkt zugebracht, denn der Mann sah nun auf seine Uhr und meinte resigniert: »Es wäre schön, wenn wir in der nächsten halben Stunde hier herauskämen. Wir haben heute Abend noch Chorprobe.« Das schien zu wirken, denn die Frau reihte sich kurz darauf hinter mir in die Warteschlange an der Kasse ein. Und ich war froh, dass es nicht noch ein größeres Donnerwetter gegeben hatte bei dieser Einkaufstour im Supermarkt.

Wie ein Blitz
aus heiterem Himmel

Monatelang hatte Kirstin sich schon darauf gefreut. Die neuen Wanderschuhe hatten seit Februar im Schrank gestanden und nur darauf gewartet, herausgeholt zu werden. Eingelaufen hatte sie die Schuhe bereits Wochen vorher auf vielen Spaziergängen mit ihrem Hund. Seit Langem hatte sie die Bergtour mit ihrer Freundin Dorothee geplant; hatte alles organisiert, damit ihre drei Kinder versorgt waren, während sie sich einen ganzen Tag Auszeit gönnte. Das hatte sie seit der Geburt ihrer Tochter vor zwei Jahren nicht mehr getan.

Und nun war der lang ersehnte Tag endlich da. Kirstin und Dorothee waren früh aufgestanden, denn sie mussten erst eine längere Strecke mit dem Auto fahren, da die Berge nicht direkt vor ihrer Haustür lagen. Als sie an der Talstation ankamen, hing der Nebel zwar noch in den Bergen, doch die Sonne tat bereits ihr Bestes, um ihre wärmenden Strahlen durch die Wolken zu strecken. Kirstin und Dorothee hatten sich überlegt, mit der Gondel bis zum Berggipfel zu schweben, von wo aus sie ihre Wanderung beginnen würden; über einen Gratwanderweg an drei Bergen entlang, um dann schließlich ins Kleine Walsertal hinabzusteigen.

In der Gondel plauderten sie beschwingt mit einem jungen Ehepaar; bei allen war die Vorfreude auf den Tag zu spüren, und sie machten sich gegenseitig auf die herrliche Aussicht aufmerksam. Wie Spielzeugautos sahen die Autos auf dem Parkplatz der Talstation aus, die Leute schienen auf Ameisengröße zusammengeschrumpft zu sein. Mit jedem Meter, den sie höher kamen, bot sich ihnen ein größeres Panorama, immer mehr Berge tauchten in ihrem Blickfeld vor ihnen auf. Die Bergstation kam bereits in Sicht; sie konnten es kaum abwarten, auszusteigen und endlich ihre Wanderung zu beginnen. Doch kurz bevor die Gondel ihr Ziel an der Bergstation erreichte, stieg in Kirstin plötzlich ein beklemmendes Gefühl auf, ein bisher nie gekanntes Gefühl, das sie nicht einordnen konnte. Sie versuchte, es zu ignorieren und sich selbst damit zu beruhigen, dass ihr Kreislauf sicher mit dem schnellen Höhenanstieg zu kämpfen hatte.

Oben angekommen, stiegen die Freundinnen aus und liefen nach kurzem Studieren der Karte los – fest entschlossen, erst einmal den Gipfel zu erstürmen. Doch Kirstin konnte dieses merkwürdige Gefühl nicht abschütteln, noch dazu fiel ihr das Atmen schwer. Ignorieren konnte sie ihren Zustand nun nicht mehr, denn zu alledem stellte sich nun noch ein heftiges Angstgefühl ein, für das sie keine Erklärung hatte. Was war denn los mit ihr? Zu ihrer Freundin sagte sie: »Mir wird ganz komisch.« – »Was hast du denn?«, fragte daraufhin Dorothee. »Ist dir schwindlig oder schlecht?« – »Nein, das nicht, aber ich verspüre eine Beklemmung und große Unruhe in mir. Komisch, ich habe mich doch so auf diesen Ausflug gefreut, und jetzt kann ich diese Angst in mir nicht abschalten.« Dorothee redete Kirstin beruhigend zu: »Jetzt machen wir erst einmal ganz langsam und warten hier am besten ein paar Minuten. Wir haben ja Zeit und müssen nicht hetzen.« Langsam gingen die beiden nach einer kleinen Pause weiter. Das beklemmende Gefühl in Kirstin verschwand allmählich wieder und die weitere Bergtour verlief ohne Probleme, sodass die beiden Freundinnen die Wanderung doch noch genießen konnten.

Dass Kirstin eine Panikattacke auf dem Berg erlitten hatte, erfuhr sie erst später, nachdem sie zu Hause ihren Arzt aufsuchte. Und dass solche Attacken wie aus heiterem Himmel, ohne ersichtlichen Grund kommen können, lernte sie dabei auch. Ihr Arzt erklärte ihr, dass es für Panikattacken zwar immer eine Ursache gäbe, diese oft aber nicht nachvollziehbar wäre. Denn meistens verginge zwischen Auslöser und Panikattacke einige Zeit, und man könnte dann keinen direkten Bezug mehr dazu sehen. Wie es vermutlich auch bei Kirstin der Fall gewesen war, wurde eine solche Attacke durch eine Ansammlung mehrerer Stressfaktoren ausgelöst. Irgendwann war das Maß sozusagen voll gewesen und das Fass war zum Überlaufen gekommen. Genauso wenig wie wir einen Blitz aus heiterem Himmel vorhersehen oder gar verhindern können, geht es uns mit Panikattacken. Sie kommen oft dann, wenn wie sie am wenigsten erwarten. Deshalb werden wir umso mehr von ihnen überrascht. Der Arzt riet Kirstin schließlich zu mehr Gelassenheit und verschrieb ihr ein pflanzliches Mittel, um auf sanfte Art und Weise zur Entspannung zu kommen.

Unverhofft kommt oft – eine Redewendung, die sicher auf jeden Menschen immer wieder zutrifft. Wir können überlegen und planen – auf Tage und Wochen hinaus, aber letztendlich liegt es nicht in unserer Hand, wie unsere Zukunft verläuft. Und das ist wahrscheinlich auch gut so. Unverhofftes trifft uns Menschen tagtäglich, in kleinen wie auch in großen Dingen. Dann sind wir gefordert, zu reagieren, ob wir wollen oder nicht. Bei all unseren Überlegungen ist es gut zu wissen, dass Gott die Hand über alles hält, denn mit unserer begrenzten Sichtweise ist es uns gar nicht möglich, alles zu überblicken.

Salomo drückt es in den Sprüchen so aus: »Des Menschen Herz erdenkt sich seinen Weg; aber der Herr allein lenkt seinen Schritt« (Sprüche, Kapitel 16, Vers 9). Vielen bekannt sein dürfte die Kurzfassung davon: »Der Mensch denkt, und Gott lenkt.« Die Vorstellung, dass der Herr unsere Schritte lenkt, ist doch eigentlich tröstlich. Er allein kennt den Weg und liebt uns genug, um uns nicht in die Irre gehen zu lassen. So wie wir unsere Kinder an die Hand nehmen, wenn sie noch klein sind, um sie zu leiten und vor Schaden zu bewahren. Wir müssen uns nur von Gottes guter Hand leiten lassen – im Vertrauen darauf, dass er es gut mit uns meint.

Und was Kirstin zu ihrer großen Erleichterung auch lernte war, dass man mit ärztlicher Hilfe gegen diese unangenehmen Blitze aus heiterem Himmel etwas tun kann. Eine spürbare Besserung lässt zwar zuweilen auf sich warten, und Geduld mit sich selbst ist oft gefragt. Doch in den meisten Fällen kann viel bewirkt werden, sodass die Angst weicht und man mit neuem Mut durchs Leben gehen kann.

Der verschwundene Koffer

Uff! Gerade noch geschafft!« Lachend und vom Rennen außer Atem ließen mein Mann und ich uns in die Sitze fallen. Wir hatten einen schönen Ferientag in der Lüneburger Heide verbracht und gerade noch den letzten Zug erwischt, der uns in unseren Urlaubsort zurückbringen würde. Dass uns die 45-minütige Bahnfahrt mindestens doppelt so lange vorkommen sollte, ahnten wir zu diesem Zeitpunkt noch nicht.

Der Zug war voll besetzt von Einheimischen, die nach getaner Arbeit nach Hause fuhren sowie von Feriengästen wie wir, welche entweder von einem Ausflug zurückkehrten oder sich auf der Anreise befanden, um ihren Urlaub in Norddeutschland zu beginnen. So auch offensichtlich das ältere Ehepaar, das drei Reihen hinter uns in dem Großraumwagen saß. Über sich im Gepäcknetz hatten sie ihr Handgepäck verstaut. Der Zug war gerade losgefahren, als der Mann laut zu seiner Frau sagte: »Sag mal, wo hast du eigentlich unseren Koffer hingetan?« Seine Frau antwortete ihm: »Ich habe ihn in der Nähe der Tür abgestellt, weil hier im Wagen kein Platz dafür war.« Daraufhin stand der Mann missmutig auf und ging nach hinten, um den Koffer zu holen. Schon von Weitem war er kurz darauf wieder zu hören: »Der Koffer ist weg! Wie konntest du ihn denn nur dort abstellen, wo ihn jeder mitnehmen kann!« Seine Frau verteidigte sich mit den Worten: »Ich wollte es doch nur richtig machen und konnte ja nicht ahnen, dass er wegkommt!« Von nun an hörte man im ganzen Großraumwagen nur noch den Mann weiterschimpfen, seine Frau sagte kein Wort mehr. Er hörte nicht damit auf, ihr Vorwürfe zu machen, wie gedankenlos sie gewesen sei, dass sie den Koffer einfach abgestellt hatte, dass nichts klappen würde, wenn er nicht alles selbst machen würde, und was sie sich überhaupt dabei gedacht hatte. Vermutlich merkte er gar nicht, dass er sich ständig wiederholte und seine pausenlosen Anklagen zu einem eintönigen Monolog wurden.

Die Fahrt schien sich für uns mittlerweile endlos in die Länge zu ziehen. Beinahe unerträglich war die Schimpferei des Mannes; es war, als liefe in ihm eine CD ab, die einen Kratzer hatte und ständig dasselbe wiederholte. Nur gab es leider keinen Ausschaltknopf. Die Frau tat uns leid. Wie elend musste sie sich unter diesem verbalen Hagelschauer ihres Mannes fühlen. Doch dieser Hagelschauer war nicht typisch kurz und heftig, die Hagelkörner hörten nicht auf zu prasseln. Der Mann ähnelte einem trotzigen Kind, das eine Auszeit braucht und in seine Schranken verwiesen werden muss. Doch keiner der Reisenden mischte sich ein.

Wie es weiterging mit dem verschwundenen Koffer, haben wir nie erfahren. Als wir nach 45 Minuten ausstiegen, war der Mann immer noch am Schimpfen. Wir beteten im Stillen für die beiden, denn wer von ihnen Gebet nötiger hatte, wussten wir nicht so genau.

Entspannung im Zahnarztstuhl

Als ich heute Nachmittag zu meinem Zahnarzttermin ging, war ich ziemlich angespannt. Alle möglichen Szenarien hatte ich mir schon überlegt. Ich war mir ziemlich sicher, dass es Karies oder Schlimmeres sein musste. Diese schwarze Stelle am Zahnfleisch, noch dazu die Schmerzen unter der Zahnkrone – ich sah schon die Spritze und hörte das schrille Geräusch des Bohrers. Bestimmt würden noch weitere schmerzhafte Termine beim Zahnarzt folgen. So lag ich nervös im Zahnarztstuhl – voller Ungewissheit, was auf mich zukommen würde. Ich war wirklich alles andere als entspannt. Zu Hause hatte ich seit zehn Tagen meine drei grippekranken Kinder liegen, deren Genesung sich endlos in die Länge zu ziehen schien. Der plötzliche Tod meiner Mutter vor zwei Monaten beschäftigte mich pausenlos. So hatte sich eine Masse an Trauer, Erschöpfung und Niedergeschlagenheit in mir angehäuft. Dieser Zahnarzttermin war mir eine zusätzliche Last, musste ich doch zu Hause alles stehen und liegen lassen. Doch dann geschah etwas vollkommen Unerwartetes: Während ich im Zahnarztstuhl lag, kam die Zahnarzthelferin mit der Röntgenaufnahme meiner Zähne zu mir in das Behandlungszimmer und meinte: »Es sieht gut aus. Die Zahnärztin kommt gleich und wirft zur Sicherheit noch einen Blick auf Ihre Zähne.« Dann ließ sie mich allein. Aus dem

»gleich« wurde eine etwas längere Wartezeit, die für mich zu fast so etwas wie einer Wellness-Oase wurde. »Sieht gut aus« – was für eine unerwartet gute Nachricht! Ich fühlte mich wie erlöst. Auf einmal hatte ich Zeit und Ruhe, einfach mal nur dazuliegen, fern von Kindergeschrei, Bedienen und Aufräumen. Einfach mal nur Ruhe haben und allein sein – herrlich. Ich merkte, wie ich mich im wahrsten Sinne des Wortes im Zahnarztstuhl entspannte. Im Hintergrund lief leise Musik; ich schloss die Augen und genoss den Moment.

Als dann die Zahnärztin hereinkam und in meinen Mund schaute, meinte auch sie: »Ihre Zähne sind in Ordnung. Die schwarze Stelle am Zahnfleisch kommt von einer alten Amalgamfüllung und ist harmlos. Die Schmerzen unter der Zahnkrone sind nicht durch Karies verursacht. Vermutlich handelt es sich um eine vorübergehende Reizung des Nervs. Da warten wir einfach ab. Wenn der Schmerz wieder auftritt, können Sie jederzeit noch einmal vorbeikommen.« Sie nahm ihren Mundschutz ab und lächelte mich freundlich an. Ich bedankte mich bei ihr und schwang mich aus dem Zahnarztstuhl, um mit neuer Energie nach Hause zu gehen.

Die Kinder waren zwar immer noch krank, und die Katze hatte an drei Stellen im Haus ihr Mittagessen erbrochen, aber eigentlich war das jetzt alles nicht mehr so schlimm. Was mich vor einer Stunde noch an den Rand eines Nervenzusammenbruchs gebracht hätte, sah jetzt gar nicht mehr so dramatisch aus. In aller Ruhe wischte ich den Boden und kam währenddessen aus dem Staunen nicht heraus: Da muss man erst zum Zahnarzt gehen, um endlich ein bisschen Entspannung zu bekommen – Entspannung im Zahnarztstuhl!

Das war ein herrliches Gefühl, das ich bitter nötig gehabt hatte. Ein kleiner Lichtblick und Hoffnungsschimmer auch dann, wenn die grauen Tage nicht abzureißen scheinen. Ein kleines Wunder und ein Segen, wofür ich Gott sehr dankbar war.

Wenn die Tulpen wieder blühen

Z um wiederholten Mal ging Hannes in seinen Garten, um sich nach dem Stand der Dinge in seinem Tulpenbeet zu erkundigen. Der Winter war lang gewesen, und wie die meisten Menschen freute sich Hannes darauf, dass es nun endlich Frühling wurde. Auf seiner Wiese blühten die Krokusse schon in ihren erfrischenden Farben, die ersten Narzissen streckten ihre grünen Spitzen aus der Erde hervor. Doch nirgends sah er ein Anzeichen dafür, dass seine Tulpen sich auch aus dem Boden herauswagten. Letzten Herbst hatte er wohl beinahe Hundert Zwiebeln gepflanzt – verschiedene Sorten in bunten Farben. Noch dazu hatte er unzählige Tulpenzwiebeln aus den vergangenen Jahren in der Erde ruhen. Den ganzen Winter über hatte er sich auf die Farbenpracht seiner Tulpen gefreut, die ihm im Frühling ganz bestimmt blühen würde. Doch als im April schließlich bei seinen Nachbarn die Tulpen bereits blühten, während bei Hannes noch nicht einmal grüne Spitzen aus dem Boden schauten, wollte er es genau wissen. Er nahm eine kleine Schaufel und begann zu graben. So wie er im Herbst Löcher für seine Tulpenzwiebeln gegraben hatte, grub er nun wieder Löcher, um nachzusehen, was mit ihnen los war. Doch so sehr er auch grub, er fand nichts, außer vereinzelt ein paar verrunzelte Zwiebelschalen. Von den Zwiebeln selbst war keine einzige mehr da. »Mäuse!« Der Gedanke durchfuhr ihn wie ein Blitz. Das mussten diese verflixten Mäuse gewesen sein. Sie hatten seine Tulpenzwiebeln weggefressen. Merkwürdig fand Hannes nur, dass die Mäuse es ausschließlich auf seine Tulpenzwiebeln abgesehen hatten, aber weder die Zwiebeln der Krokusse noch Narzissen verspeist hatten. Außerdem hatten die kleinen Nagetiere offensichtlich die Zwiebeln seiner Nachbarn verschmäht, wohingegen seine wohl besonders schmackhaft gewesen sein mussten. Seufzend füllte Hannes die Löcher wieder mit Erde und beschloss dabei, es im nächsten Herbst noch einmal zu versuchen. Diesen Frühling würde er jedoch mit Tulpen aus dem Blumenladen vorliebnehmen müssen. Sie waren nun einmal seine Lieblingsblumen. Tulpensträuße auf dem Tisch gehörten für ihn einfach zum Frühling dazu. Dass die Tulpen für Hannes so eine wichtige Bedeutung hatten, hatte einen ganz besonderen Grund ...

Es war Ende April 1958. Hannes hatte gerade den Führerschein für den Motorroller gemacht. Während seiner dreijährigen Schreinerlehre hatte er sich jeden Monat etwas Geld von seinem Gehalt zurückgelegt, um auf einen Motorroller zu sparen. Sein Ziel, mit dem Abschluss seiner Ausbildung den Führerschein und seinen eigenen Roller zu besitzen, hatte er durch sorgfältiges Planen und Kalkulieren erreicht. Nun fehlte ihm nur noch eine Partnerin, mit der er gemeinsam durchs Leben fahren konnte.

Eigentlich hatte Hannes eine Gärtnerlehre machen wollen. Der Gärtnereibetrieb seiner Heimatstadt hätte ihm dies sogar ermöglicht, doch sein Vater war strikt dagegen gewesen. Nach dessen Auffassung sollte Hannes einen richtigen Männerberuf erlernen. »Als Schreiner hast du nicht nur dein sicheres Einkommen, das Handwerk wird dir auch im privaten Bereich sehr nützlich sein. Du kannst dir viel Geld sparen, wenn du deine Holzarbeiten selbst machst. Blümchen pflanzen kannst du in deiner Freizeit auch so, dazu brauchst du keine Ausbildung.« Das waren die nüchternen Worte seines Vaters gewesen, dem an Pflanzen und Gartenarbeit nichts lag. Hannes hatte sich dem Willen seines Vaters gefügt, so wie er es bisher sein Leben lang getan hatte. Weder er oder sein Bruder noch seine Mutter hätten es zur damaligen Zeit gewagt, dem Vater zu widersprechen.

Die Liebe zu den Blumen hatte Hannes jedoch nie verloren und an einem sonnigen, warmen Freitag Anfang Mai beschloss er, mit seinem Roller eine Spritztour nach Holland zu machen, um einmal die berühmte Tulpenblüte zu erleben. Der Wetterbericht meldete für das ganze Wochenende Sonnenschein, abgesehen von ein paar vereinzelten möglichen Schauern. Hannes fuhr einfach los, ohne sich vorher eine Unterkunft zu besorgen. Er war sicher, dass er schon etwas finden würde, schließlich war er ja allein unterwegs und auch nicht anspruchsvoll. Da er erst nach Feierabend losfahren konnte, würde er in die Nacht hineinfahren, doch das war für ihn kein Problem. Gut gelaunt fuhr er am späten Nachmittag los; eine Tasche mit ein paar wenigen Habseligkeiten hatte er bereits am Morgen vor der Arbeit gepackt und im Handschuhfach verstaut; ein belegtes Brötchen hatte er in der Mittagspause beim Bäcker geholt. So fuhr Hannes voller Abenteuerlust in Richtung Holland. Die Route hatte er mithilfe der Landkarte am Abend zuvor herausgesucht. Sein Zielort war das kleine Städtchen Lisse, von dort war es nur noch ein Katzensprung zu dem berühmten Keukenhof, der seit 1949 für seine großartigen Blumenbeete bekannt war. Hannes kam gut voran, nachdem der anfängliche Feierabendverkehr sich allmählich gelegt hatte. Je später es wurde, umso leerer wurden die Straßen. Als er gegen 21.00 Uhr die holländische Grenze erreichte, war es beinahe dunkel.

Das Wetter in Holland schien jedoch von dem guten Wetterbericht nichts zu wissen, jedenfalls nicht an jenem Freitagabend. Der Himmel hatte sich mit Regenwolken zugezogen, und es war empfindlich kalt geworden. Je näher er mit seinem Roller auf die Nordseeküste zurollte, desto stürmischer wurde es. Der Regen peitschte mittlerweile unaufhörlich auf ihn ein, sodass seine dünne Lederjacke schon bald völlig durchnässt war. Mit zunehmender Dunkelheit verdunkelte sich auch Hannes' gute Laune, denn von der langen Fahrt taten ihm sämtliche Knochen weh und er sehnte sich nach einer warmen Unterkunft, wo er seine müden Glieder ausstrecken konnte. Kurz vor Lisse hielt Hannes bei einer Tankstelle an, um seine Vespa volltanken zu lassen und nach einem Gasthof zu fragen, wo er übernachten konnte. Der Tankwart nannte ihm eine Adresse. »An deiner Stelle würde ich mich beeilen«, meinte der große hagere Mann. »Inzwischen hat die Wetterstation eine Unwetterwarnung mit orkanartigen Sturmböen herausgegeben. Am besten nimmst du eine Abkürzung. Fahr gleich hinter der nächsten Kreuzung rechts auf den Feldweg, du fährst dann direkt auf den Gasthof zu.« Noch bevor Hannes fragen konnte, wie lange er auf dem Feldweg fahren musste, schlug die Tür hinter ihm zu und der Tankwart war im warmen Inneren des Verkaufsraumes verschwunden. Die Kreuzung hatte Hannes schnell gefunden, auch der Feldweg war genau dort, wo der Tankwart es beschrieben hatte. Ohne lange zu zögern, bog Hannes rechts ein und versuchte, im Scheinwerferlicht seines Rollers die größten Steine zu umfahren. Stück für Stück rollte er vorwärts, zu allem Übel kamen ihm die Windböen nun auch noch entgegen, sodass er nur noch im Schritttempo fahren konnte. Plötzlich spürte er einen Schlag, er kam ins Schlingern und kippte schließlich mitsamt seinem Motorroller um. Als er sich wieder aufgerappelt hatte, sah er, dass er über einen großen Stein gefahren war. Mit seiner Taschenlampe leuchtete er seine Vespa ab und sah zu seinem großen Schrecken, dass sein Vorderrad völlig aufgeschlitzt war. Bei diesem Anblick tat er etwas, das er schon lange nicht mehr getan hatte: Er fluchte laut. Er war nicht nur nass und durchgefroren, nun stand er da in völliger Dunkelheit und sein Motorroller lag fahruntüchtig auf dem Boden. Doch er wusste auch, dass er die Nacht nicht auf dem Feldweg verbringen konnte. So machte er sich notgedrungen auf den Weg, um zu Fuß den Gasthof zu erreichen. Den Zündschlüssel steckte er ein, alles andere ließ er zurück. Er war noch nicht lange gegangen, als er etwas abseits vom Weg ein Licht durch den Regen hindurchschimmern sah. Ohne zu zögern lief Hannes darauf zu und bemerkte zu seiner Erleichterung, dass das Licht von einer Lampe an einem großen Backsteinhaus kam. Auch hinter einem kleinen Fenster flackerte noch ein Licht. Hannes beeilte sich, dorthin zu gelangen und klopfte mit zitternden Händen an die Haustür. Es schien eine Ewigkeit zu dauern, doch schließlich öffnete sich die Tür einen Spaltbreit und eine junge Frau sah ihn verschüchtert an. Hannes hoffte, dass sie seine Sprache verstehen würde und sagte: »Entschuldigen Sie die Störung, aber ich hatte einen Unfall mit meinem Motorrad und weiß nicht, was ich jetzt machen soll. Eigentlich war ich auf dem Weg zum Gasthof, um dort zu übernachten.« Die junge Frau lachte laut auf. Hannes musste wohl recht merkwürdig ausgesehen haben, aber er war froh, dass sie die Tür nicht gleich wieder vor ihm zugemacht hatte. Im Gegenteil, sie sagte in fließendem Deutsch zu ihm: »Wir haben genug Platz für Gäste. Wenn Sie wollen, können Sie heute bei uns übernachten! Ich sage nur schnell meinen Eltern Bescheid. Sie sind vorher gerade ins Bett gegangen. Warten Sie so lange hier in der Küche.« Zehn Minuten später kam sie in Begleitung ihrer Eltern zurück, und Hannes wurde herzlich willkommen geheißen. Die Mutter machte ihm einen heißen Tee und wärmte eine Suppe für ihn auf. Der Vater machte sich sogar auf den Weg, um Hannes' Motorroller zu holen.

In dieser Nacht schlief Hannes so gut wie schon lange nicht mehr. Als er am nächsten Morgen aufwachte, schien die Sonne bereits hell in sein Schlafzimmer. Beim Frühstück stellte sich heraus, dass Hannes bei den Verwaltern des Keukenhofs gelandet war. Die Tochter der Familie nahm ihn dann dorthin mit, und er erhielt eine private Tour durch die wunderschönen Parkanlagen. Endlich konnte er die Tulpenblüte in Holland in ihrer ganzen Pracht genießen. Das Schönste an der ganzen Sache war aber, dass er gleichzeitig der Frau seines Lebens begegnet war ... Maite war ihr Name. Als die beiden zwei Jahre später heirateten, wussten sie, welche Blumen sie ihr Leben lang begleiten würden: Tulpen.

Hannes versprach seiner Frau, die nach der Hochzeit zu ihm in seine Heimat gezogen war, stets dafür zu sorgen, ausreichend Tulpen in ihrem Garten zu pflanzen. Jedes Jahr, wenn die Tulpen wieder blühten, feierten die beiden ein Fest, nämlich an dem

Tag, als das Schicksal sie zusammengeführt hatte, in jener Nacht Anfang Mai, als Hannes bei Maite an die Tür geklopft hatte.

Als Hannes sich umdrehte, um ins Haus zurückzugehen, sah er Maite belustigt auf dem Balkon stehen. Sie hatte seine Suchaktion nach den Tulpen beobachtet und rief ihm mit ihrer mädchenhaften Stimme zu: »Hannes, es wird Zeit, dass wir nach Holland fahren – wenn die Tulpen wieder blühen!«

Bevor die Sonne untergeht

Nun ist es nur noch eine Frage der Zeit. Dort, wo das endlos weite Meer den Himmel zu berühren scheint, steht die Sonne wie ein roter Feuerball am Horizont. Noch. Mit jedem Augenblick scheint sie tiefer im Meer zu versinken, taucht dabei Himmel und Wasser gleichermaßen in eine wohltuende Mischung aus warmen Farbtönen von lachsfarben über orange bis rot. Es ist, als wolle die Sonne uns mit ihrem beeindruckenden Farbspiel einen letzten Gruß zurufen, bevor sie vor unseren Augen ganz verschwindet und es um uns herum finster wird. Wir können den Lauf der Sonne nicht aufhalten, müssen loslassen und uns darauf einlassen. Doch wir können uns gleichzeitig darauf verlassen, dass sie wieder aufgeht, jeden Tag aufs Neue. Und während bei uns die Nacht anbricht, beginnt jenseits des Horizonts ein neuer Tag.

Im Gegensatz zu den ständigen Veränderungen im Leben bildet diese Regelmäßigkeit eine wohltuende Zuverlässigkeit, eine göttliche Ordnung in dieser sonst oft so chaotischen Welt. Damit dürfen wir täglich neu rechnen, wir müssen uns nicht den Kopf darüber zerbrechen, ob die Sonne wieder aufgeht oder nicht. Solange die Erde sich dreht, wird sie es auch tun. Aber was ist, wenn in unserem eigenen Leben die Sonne auf einmal unterzugehen scheint, vielleicht sogar am helllichten Tag? Wenn wir mit dem Tod eines geliebten Menschen, einer schweren Krankheit oder einer anderen Krise konfrontiert werden? Wenn unser Leben, das bisher in seiner geregelten Bahn verlief, plötzlich eine Wende nimmt und wir förmlich aus der Bahn geworfen werden? Wenn wir keine Wahl haben und uns mit einer Situation auseinandersetzen müssen, die wir uns niemals freiwillig ausgesucht hätten? So verschieden wir Menschen sind, so unterschiedlich werden wir auch mit lebenseinschneidenden Ereignissen umgehen. Wir suchen nach Halt, Trost und Hoffnung.

Familie und auch liebe Freunde sind in solchen Zeiten wichtig. Oft schon tut es gut, ein »offenes Ohr« zu finden, jemanden, der einem wirklich zuhört. Letztendlich finden wir echten Trost und wahre Hoffnung aber nur bei Gott allein.

Seine Zusagen gelten auch noch heute für uns, genauso wie sie schon Gültigkeit für Noah, Abraham und Mose hatten. Wenn wir auch vieles in diesem Leben nicht verstehen und es uns sinnlos erscheint, dürfen und sollen wir uns an Gottes Zusage klammern, dass er es gut mit uns meint. Mit unserem beschränkten Horizont sehen wir, wie die Sonne am Abend untergeht, nicht aber, dass sie gleichzeitig woanders aufgeht. Während wir eine Zeit lang in der Dunkelheit der Nacht bleiben, geht für unzählige andere Menschen die Sonne auf. Wir brauchen die Dunkelheit in regelmäßigen Abständen, um zur Ruhe zu kommen und um neue Kräfte zu sammeln. Für all diejenigen, die sich auch am helllichten Tag fühlen, als säßen sie in einem dunklen Loch, gibt Gott eine wunderbare Verheißung: »Es wird nicht dunkel bleiben über denen, die in Angst sind« (Jesaja, Kapitel 8, Vers 23).

Und solange die Sonne jeden Tag neu für uns aufgeht, scheint sie für uns. Auch dann, wenn wir sie vor lauter Wolken nicht sehen können und wir ihre Wärme kaum spüren. Doch sie ist da, weil wir ohne sie nicht leben könnten. Genauso stelle ich mir vor, dass auch Gott für uns da ist, obwohl wir ihn nicht sehen und seine Nähe nicht immer spüren. Dennoch ist er da.

Elke Ottensmann

Aus Omas Nähkästchen und Opas Geigenkasten

Heitere und weitere Geschichten

Gebunden, 13,5 x 20,5 cm, 176 Seiten
Nr. 395.413,
ISBN 978-3-7751-5413-0

Durch viele Geschichten und Anekdoten verbindet Elke Ottensmann die Erlebnisse von drei Generationen. Sie erzählt von schlesischen Wurzeln, unverhofftem Zwillingssegen, Kriegswirren und neuer Heimat. Alltags- und Urlaubsgeschichten voller Humor und Gottvertrauen.

Beate Hill

Mich zieht es nach Südafrika

Erlebnisse einer Weltenbummlerin

Gebunden, 13,5 x 20,5 cm, 208 Seiten
Nr. 395.353,
ISBN 978-3-7751-5353-9

Beate Hill ist nach Südafrika ausgewandert, hat dort geheiratet und sechs Kinder bekommen. Die lebenslustige Seniorin erzählt von ihrer Wanderung zwischen den Kontinenten. Sie nimmt den Leser mit auf ihre Reisen von Schottland über Namibia bis nach Südafrika.

Bitte fragen Sie in Ihrer Buchhandlung nach diesen Büchern!
Oder schreiben Sie an: SCM Hänssler, D-71087 Holzgerlingen;
E-Mail: info@scm-haenssler.de; Internet: www.scm-haenssler.de